宮廷神官物語 十二

JN049323

榎田ユウリ

角川文庫
22599

宮廷神官物語

十二

なんて可愛い。愛おしい。
きみは私のお気に入り。
小さく、柔らかく、とてもか弱いけれど、いずれ強くなるとわかっている。
強くなるために試練があることも。
これ以上なく恵まれているがゆえに、喪失もまた大きいことも。

だから今はお眠り、健やかに。
目覚めて食べて、遊んだらまたお眠り。
そうして大きくなっていく。

おや。小さな蝶がきみの鼻先にとまった。あおみどりの羽の蝶。
擽ったいのか、きみの睫毛が震える。
だいじょうぶ、ここで護っているから。
いい風だ。穏やかな春だ。
もう少し、お眠り。

1

立ったまま瞼を閉じる。

もうなにも見えない。

風を受け、スイはぐらついた。正しい重心を取れていなかったと気づく。もう少し、前。足裏を意識して踏ん張り、右手でしっかりと枝を握っていた。さすがにこの場所で目を閉じ、両手とも離すのは危険すぎる。まだ身体がゆらっとしたけれど、顎を少し引いたら安定した。

ぴしゃり、と顎になにか当たって身を竦める。

それでも目は開けなかった。たぶん、チョゴリの結び紐《コルム》が風に煽られてぶつかったのだ。チマが風をはらんで膨らむのがわかる。今日は綺麗な鶸《ひわ》色のチマなのだし、木登りはやめようと思っていたのだが……我慢できなかった。

スイは今、樹上に立っている。

子供の頃から登っていた、お気に入りの大木だ。空を抱き締めんばかりの見事な枝振りで、スイの運動神経を鍛えてくれた。

春は浅く、まだ風は冷たい。真正面からの吹きつけに、少し身体を預けるようにしてみた。押し返される感覚が面白い。だが風はいつも気まぐれだ。次の瞬間にはフイと向きを変え、スイの身体はグラリと前傾する。すぐに枝を握る手に力を入れたものの、さすがに目を開けてしまった。下を見れば、地面はかなり遠い。

「危なかった……」

ぼそりと口に出したのは、自分を落ち着かせるためだ。呼吸を整え、視線を空に戻す。西のほうは明るいし、雲は走るように流れている。午《ひる》すぎには晴れそうだ。スイは木の上が好きだった。危ないのは承知だが、好きだった。空に近い場所にいると、嫌なことを忘れられる。ほんの些細なことではあるけれど……それでも、うっかり飲んでしまった魚の小骨のように喉奥をチクチクと刺す、嫌なこと。

──誰にも似ていないなんて、お可哀相に……。

囁いていた数人は、どこの女官たちだったのか。

──母上は変わり者と噂だけれど、とてもお美しいわ。父上も目元の涼しい美丈夫よ。なのにあの姫は……ふふ……お可哀相。

──やせっぽちで。

──のっぽ。

──色黒で、なによりあのそばかす。

お可哀相、お可哀相……繰り返される言葉を風に乗せて飛ばしたい。

だからつい、チマをたくし上げながら走り、山まで来てしまった。

女官たちの言葉は本当だ。スィはそばかすが多いし、ひょろりと痩せている。八歳くらいから背丈がぐんぐんと伸びだし、十二になった今は、同じ年頃の子たちより頭ひとつ大きい。手足も妙に長くて持てあまし気味だ。父も上背があるから、そこは似たところなのだろう。頬骨が高いのは、曾祖父に似たのかもなと父は話していた。もし選べるなら、母のように華やかで美しい顔に生まれたかったけれど……そんな悩みは口にすべきではない。両親はスィをこの上なく大切にしてくれるし、食べるものも着るものも困ったことはないのだ。容貌が冴えないからと嘆くなど、贅沢というものである。

再び目を瞑る。

ただ立っているだけ……けれど見えなくなった途端、自分がどんなふうに立っていたのか覚束《おぼつか》なくなる。それだけ目の果たす役割は大きい。人は五感のうちで、『見る』にもっとも頼っているそうだ。

——だからこそ、見えぬ時が肝要だ。

以前聞いた、父の言葉だ。

夜、剣の手入れをしながら父は色々な話をしてくれる。スィは小さな頃から、父の邪魔をしないように、でもなるべく近くで、その姿を見ながら耳を傾けていた。

——剣の達人は背後から斬り込まれても対応できる。見えずとも、相手の気を捉えることができるからだ。だから闇の中で戦っても強いそうだぞ。

すごい、とスイは前のめりになって「ならば父上も闇の中で戦えますか？」と聞いた。父はおおらかな笑みを見せ、答えてくれる。

――そうだな。俺は山育ちだからなんとかなるだろう。山の夜は暗い。月がなければ、まるで墨の中を歩くようだ。その闇は人の方向感覚を狂わせてしまう。

――ではもし、夜の山で迷ったらどうしたらいいのでしょう。

――動かぬことだ。じっと夜明けを待つ。そのほうが無駄に体力を失わずにすむ。もし山犬が出そうならば、木の上にいるのがいい。木登りは得意であろう？

――はい！　たいていの木には登れます。

――だろうな。なにしろ天青《てんせい》仕込みだ。

父は言ってまた笑った。

――見えぬのも怖いが、見えているつもりはもっと怖いぞ。

そう教えてくれたのは敬愛する母だ。

母もまた、父の横で剣の手入れをしていることがある。刺繍をしている姿はあまり見ないし、得意ではないようだ。それでもスイの衣類にだけは、ちゃんと護り刺繍を入れてくれる。小さな蝶がスイの護り霊で、これは宮廷神官が決めてくれた。

――見えているつもり……？

――見えているつもりでも、実は見えていない。珍しいことではない。美しい花の奥に毒虫が潜んでいることもあるし、美味しそうな魚が実は傷んでいることだってある。

スイよ、そういうものを見逃さないためには、どうしたらよい？

母に問われて、スイは考えた。

――音を探します。花びらの中で毒虫が蠢く音です。魚なら、よく嗅ぎます。傷んだ魚からは、おかしなにおいがするはずです。

――賢いぞ、スイ。さすが我が娘。

母が両腕を広げたので、嬉しくなってその中に飛び込んだ。スイは父や母に抱き締められるのが大好きだ。

――目だけに頼ってはならぬ。五感のすべてを研ぎ澄ます必要があるのだ。そのためには山に行くのがよい。山ほどよい師はいないからな。

この語らいは、確か九つくらいの時だ。その冬が明けた春、数えで十になったスイは、ひとりで北嶽《きただけ》に行ってよいと許可をもらった。都の北を守る山で、幼い頃から親しんでいる場所でもあるが、今までは必ず大人が一緒だった。ひとりで山に入ることを父はかなり心配していたが、母は「この子ならば大丈夫だ」とスイを信じてくれた。

それから二年――スイは北嶽の樹上に立ち、風を受けている。

麓には竜仁《りゅうじん》の都が広がっている。町はだいぶ春めいてきたが、山はまだところどころに雪が残っていた。この山の都側はなだらかな斜面と草地で人々を迎え入れるが、中腹を越えると急に険しくなる。岩場、崖、深い獣道が行く手を阻むのだ。スイにとっては庭も同然の場所だが、気を抜けば怪我をするし、場合によっては命も落としかねない。

だから五感を研ぎ澄ます。

雲を読み、風を感じ、芽吹きのにおいを嗅ぐ。耳は遠くの咆吼を捉えた。西の岩場のほうから風に運ばれて来たのだ。大きな獣が棲んでいるようなので、西の岩場には行かないようにしていた。こんなふうに山を感じる術《すべ》を、スイは母から、父から、そして師である天青から教わり、学んだ。

ふいに風が凪ぐ。

木々のざわめきが消えて、あたりが静かになる。耳を澄ませると足音が聞こえた。旅のために厚く編んだ草鞋《チプシン》の足音……スイは下を見る。

旅笠に、藁の雨具。上からなので顔は見えなかった。珍しいなと、スイは思った。この山道で旅人を見ることは多くない。竜仁の都へと続いてはいるが、道が複雑で険しく、山を迂回したほうが安全だからだ。

スイはよく観察した。

藁雨具の下は黒い長衫《チャンサム》のように見える。この国では普通、庶民が着ているのは木綿か麻の染めていない衣類なので、大抵は白か生成り色だ。役人は紺色を使う。生活に余裕のある庶民の娘ならば、松花色、玉色のチマも愛用される。だが黒はあまり見ない。ひとつ考えられるのは……。

眼下の男が急に立ち止まった。

そして片膝を突く。旅草鞋に小石でも入ったのだろうか。

樹の上に人がいては驚かせてしまうから、通りすぎるまで静かにしていようと、スイは気配を殺した。

けれど、様子がおかしい。

しばらく待ったが、旅人は立ち上がらない。それどころか両手まで地について、がくりと項垂れる。スイがさらに目を凝らすと、草むらに逃げていく縞柄の蛇が見えた。

まずい。小さいが、毒の強い蛇だ。

ためらわず、樹の上から飛び降りた。ぶわっとチマがふくらみ、下に穿いているソクパジが見えてしまっただろうが、そんなことを気にしている場合ではない。かなりの高さがあったが、うまく膝を使い着地の衝撃を吸収する。スイを見た旅人は、目を見張って言葉を失っていた。思っていたより若い人だ。蛇に噛まれたかと思ったら、今度は人が降ってきたのだから驚くのも無理はない。

「どこを噛まれましたか」

山に行くときは携帯している小刀を取り出しながら聞いた。旅人は座りこんだ状態で右足を伸ばし、自分の足首を示す。

「ちょっと我慢してください。毒を吸い出さないと」

ぐいっ、とスイは彼の足を自分に引き寄せた。噛み痕に小刀の刃先を入れ、傷口を広げると、口をつけて毒を吸い出す。この処置をしておかなければ、数分で足全体が痺れて動けなくなる。毒が全身に回れば、熱が出て痙攣が始まり、時には命に関わるのだ。

数回に分けて毒を吸い出すと、スイは口元を拭いながら「そのままで」と機敏に立ち上がった。この季節ならば、もう生えてるはず……そう期待しながら藪の中に入っていく。毒消しの効能がある野草を見つけると、まず一枚自分の口の中に入れて噛む。ものすごく苦いが、我慢してよく噛み、ゴクンと飲み込んだ。こうしておかなければ、口や喉が麻痺してしまうからだ。

さらに今度は二枚の葉を噛みながら急いで旅人のところに戻る。

再びその傍らに座り、噛み砕いた葉を口から出して傷に当てる。葉の汁が毒を弱めてくれるはずだ。チョゴリの下袖を裂いて、包帯代わりに巻きつける。

大急ぎで一通りの処置を終えると、スイは「ふぅ」と息をついた。

「これで大丈夫なはずです。今日は足が痺れるかもしれないけど、それもだんだん収まって……」

説明しながらようやく相手の顔をまともに見た。

旅人が微笑んでいた。十六、七歳くらいかもしれない。男と呼ぶにはまだ若く、けれど少年のあどけなさからは脱していて……そして、綺麗な人だった。

瞳が、とても不思議な色をしている。琥珀のような、榛《はしばみ》の実のような……外《と》つ国にはそんな色の瞳の人がいて、この国にも稀に見かけると聞いたことはあったけれど、実際に会うのは初めてだった。目が離せなくなってしまう。

また風が強くなる。

痩せた身体を包む藁雨具が、ザワザワと音をたてる。

ひときわ強い風に竹笠が飛んでしまい、旅人の髪を括っていた紐も外れた。長い髪が強い風に遊ばれ、うねるように舞う。その風の中で、彼は座したまま姿勢を正し、合掌した。そして静かに頭を下げる。すると、ふいに風が収まった。暴れていた髪もふわりと戻り、旅人はゆっくりと顔を戻してまた微笑む。

若いのに、落ち着きはらった様子だ。蛇に噛まれた箇所は今ひどく熱を持って痛いはずなのに、そんな素振りすら見せずに泰然としていて……人間というよりも、山の精みたいだとスイは思う。ポカンとしたまま見つめていると、旅人が人差し指を動かした。自分の唇を示しながら、ゆるく頭を振った。

「……あ。口、が？」

聞くと、また微笑んで頷く。

スイは理解した。目の前にいるこの人は、言葉を発することができないのだ。

「喋れないけど聞こえてるんですか？　それとも私の唇を読んで？」

そう質問すると、彼は自分の耳を示し、コクンと頷く。聴覚は正常ということだ。スイは続けて「足はどうですか？　痛くないですか？」と尋ねた。

彼は手近にあった細い木の枝を取ると、地面に文字を刻み始める。

──痺れてるけど、そんなに痛くない。ありがとう、きみのおかげだ。

しっかりとした読みやすい文字の返答に、スイは安堵する。

「よかった。この葉っぱを持っていってください。腫れが引くまでは、潰した葉を貼り替えるんです。町の薬房に行けばもっと効く膏薬が手に入るんだけど……。あの、このへんの人じゃないですよね。どこかのお寺から？」

彼のような黒長衫を纏う人々を、以前母と行った寺院で見たことがある。僧たちはその上に袈裟もつけていたけれど、この人に袈裟はない。

彼は再び頷き、また枝を動かす。

――ダンビ。十六歳。

名前と年齢のあと、さらに「きみは命の恩人だ。敬語じゃなくていいよ」と書き足す。この国では、ひとつでも目上ならば丁寧に話す習慣があるのだ。スイは微笑んで「ありがとう」と頷いた。

「ダンビ兄さん、だね。私はスイ、十二歳」

初対面だったけれど、親しみをこめて「兄さん」とつける。なんとなくそう呼びたくなる雰囲気のある人だったのだ。ダンビもすんなりと受け入れてくれて、軽く頷いたあとに、こんなふうに地面に記す。

――スイは人？

質問の意味がわからず、スイはきょとんとダンビを見返した。

――天女かと思って。突然空から降りてきたから。

「まさか。あの樹の上にいたの」

そう返すと、ダンビは頭上の大木を見上げてなるほど、という顔をする。それから再び地に文字を刻みだした。

──羽衣じゃなくて、紅鶸色のチマの天女だ。

「ダンビ兄さん、ふざけてるの？　天女なら、もっと美人じゃないと」

──きみは綺麗だよ。

そんなふうに書くダンビに、スイはハァと溜息を零してから言った。

「毒蛇から助けたからって、そんなふうに言わなくて大丈夫。私は自分がちゃんとわかっているもの」

──スイは周りはよく見えているのに、自分のことは見えてないんだな。

「それで、ダンビ兄さんはどこから？」

スイが無理やり話を進めると、ダンビは笑って、遠い山奥の寺から来たのだと教えてくれた。

「お坊様なのに髪が長いのは、修行中だから？」

──寺で育ったけれど、僧になるわけじゃないんだ。俺が僧になってしまうと、みんなが困るし……。

「なぜ？」

スイが聞くと、ダンビは背負っている矢籠《しこ》と弓袋を示した。

「あれ、ダンビ兄さんは狩人なの？」

──僧は殺生ができないからね。俺が鳥を射て、捌く。

「……えっと……つまり、お坊様は自分で殺した鳥は食べちゃいけないけど、ダンビ兄さんが殺した鳥なら、食べていい……？」

それはちょっと、都合がよすぎるのではないかとスイは思ってしまう。

──うん。三種の浄肉、っていうことにして、食べてる。そうしないと飢えてしまうからね。寺には畑もあるけど、土が痩せてて収穫は少ないんだ。

「さんしゅのじょうにく？」

聞いたことのない言葉だった。寺の決まりはよくわからないが、鳥を食べなければ生きていけない厳しい環境なのだ。ダンビはそんな寺育ちで、けれど僧ではない。着ている物はきっと、お坊様のお下がりなのだろう。よくよく見ればかなり年季の入ったもので、接ぎも当ててある。

また風が強くなり、ふたりとも肩を竦める。生まれつきなのだろうか、ダンビの髪には独特のうねりがあって、風になぶられるとすぐにぐちゃぐちゃに乱れてしまう。スイはあたりを見回して、飛んでいったダンビの括り紐を探した。

「紐、飛んでいっちゃったみたいだね……。ちょっと待ってて」

そう言って、自分の三つ編みを括っている紐を外した。小刀でその紐を半分に切る。紐には、いくつかの小石が飾りとして通されているので、それらが抜け落ちないように端にキュッと結び目を作り、立ち上がる。

「結ぶね」

スイは言って、ダンビの背後に回ると、まず手ぐしで絡まった髪を整えた。うねりのせいで多少苦労したが、なんとかまとめる。それから、よく光る黒と、濃い緑の石が通っている飾り紐できっちりと結った。

「できた！」

スイが元の位置に座ると、ダンビは自分の髪をくっている飾り紐に触れて微笑み、合掌して感謝の気持ちを伝えた。そして再び小枝を手にする。

——紐、ありがとう。

「母さんと作ったの。沢できれいな小石を探して、よく磨いて、職人さんに穴を開けてもらって、草の繊維を撚った紐に通して……とても楽しかった」

——大切なものなのに、切ってしまってよかったの？

「大切なものはしまいこんでも意味がなくて、使ってあげるほうがずっとよくて、もっといいのは誰かにわけてあげること……私の師は、そう教えてくれたから」

——師？　師がいるんだ。

「そう。ふたり」

スイは笑って頷いた。ダンビが少し驚いたのも無理はない。この国では女の子が学問をするのは珍しいのである。

——ふたりも？

「おひとりはとても楽しい師でね、木登りや、山のことを色々教えてくれたの。さっきの薬草のことも、その師から聞いたんだよ。もうおひとりは物静かで、私の知る中で一番聡明な方。世の理《ことわり》や歴史、詩歌の知識を授けてくださったの。私はとくに恵まれていると思うけど、竜仁の町でも、女の子が学問できるようになってきたんだよ。王様が御触れを出したから」

王様、とダンビの唇が形を作った。

「女の子でも、身分が低くても、貧しくても、読み書きだけはできるようになりなさい、というお考えなの。優秀な子ならば、もっと学べるように、奨学金も出る。ダンビ兄さんも字が上手だね。お寺で文字を？」

――そう。口がきけないなら、絶対に必要だからね。

「お父さんか、親戚がお坊様なの？」

――違うよ。俺は赤ん坊の時、寺の前に捨てられてたんだ。

そう綴られた文字に、スイは顔を上げられなくなってしまった。

ダンビにどんな言葉をかけたらよいのだろう。それがわかるまで、ダンビの顔を見ることができない。スイは懸命に考えたが、適切な言葉は思いつかなかった。すると、頰にそっとダンビの指先が触れる。スイがずっと下を向いているので、不審に思ったのだろう。（どうしたの）と語りかけるような目でこちらを見ていた。

なにか答えなければと思うのだが、気持ちばかりが焦る。

「……今、考えてみたんだけど……もし、自分がお寺に捨てられた赤ちゃんだったらと考えたんだけど……だめだった……想像できなかった。つらくて悲しいことはわかるけど、頭ではわかるけど……」

スイには母も父もいる。両親からの惜しみない愛情を受け、幸せに育っている。その愛情のない世界を思い描くことは、あまりに難しかった。

「ごめんなさい……」

下を向いて喋っているので、くぐもった声になってしまう。ダンビの手が、土を撫でて今までの文字を消し、まず『謝らなくていい』と書いた。そしてこう続ける。

――俺が捨てられたのはスイのせいじゃない。でも、面白い考え方だね。

「面白い？」

スイはやっと顔を上げて、ダンビを見た。

――俺はそんなふうに、誰かのことを想像したことがない。

「そうなの？」

スイにとっては自然なことだったので、驚いてしまった。母は常々言っていた。頭で知っているだけではだめなのだ、と。

――かといって、世のすべてを経験することは無理だ。まして、飢えや病などの辛苦を自ら経験しようとする者などいまい。だからせめて想像しなさい。心に思い描く努力を続けなさい。それはいわば、私たちの仕事のようなものだ。

そんなふうに言われ続けてきたスイにとっては、誰のことも想像しないと言い切るダンビは新鮮だった。

「たとえば、友達が今どんな気持ちかな、とか考えない？」

――友達はいない。寺に子供は俺ひとりだった。僧たちともあまり話すわけじゃないし……だから人の気持ちは想像はしない。でも、鳥のことは考えるかな。

「鳥？」

ダンビが頷き、琥珀の瞳に生き生きとした光が宿る。

――鳥を上手に射るには、鳥の気持ちにならないとだめなんだ。獲物が欲しいのか、番《つがい》を探しているのか、どの風に乗れば心地よく飛べるのか……。

ちょうどその時、大きな鳥がふたりの上空を横切った。

――ああ、立派な鷲《トクスリ》だ。この山は風が強いから、鳥を射るのは難しそうだね。知らない鳥もずいぶん見たよ。こんなに遠くまで来たのは初めてだ。

「ひとり旅？　お寺のお使いかなにか？」

その問いに、ダンビは指を一本立てた。ひとりだよ、という意味だ。寺の使いなのかについては、なにも答えなかった。

「この山を抜けて、竜仁の町に行くんだよね」

つまり、彼にとっては初めての都だ。ならば自分にも力になれることはある。スイはダンビから小枝を借り、地をカリカリと削りだす。

「あと四半刻もすれば、歩けるようになるはず。それまで町のことを説明しておくね。私、地図が描けるの！」

　スイはまず、横に長い線を引いた。

　それから縦にも何本か引き、横にまた付け加え、最後に全体をぐるりと曲線で囲みながら、「これが城壁ね」と説明する。

「いま私たちがいる北嶽はこのへんなので、一番近い城壁門は北東門。亥時《へシ》には閉じる門だから気をつけて。竜仁の北側は高台になってて、貴族のお屋敷が並んでるよ。街の中心に行くほど民が増えるの。できたら、ここの薬房市場に寄ってね。赤縞蛇に嚙まれたと言えば、薬を出してくれるから。さっきの毒消し草を渡せば、安くしてくれるよ。東にはもっと大きな市場があって、なんでも揃うし、旅籠もあるの。でも青物なら南市場のほうが新鮮かな……。私が一番美味しいと思う汁飯《クッパ》屋さんは、このあたり。どっしりした小母《アジュンマ》さんが大きな声で仕切ってるお店だから、すぐわかると思う。漬物も最高。あっ、あと、餅菓子のおすすめは……」

　うっかり美食案内になりかけたスイだが、ダンビがある一点を指さしたので言葉を止めた。大きくあいたその空間について、もちろんスイはよく知っている。

「そこは鳳凰宮だね」

　──鳳凰……。

「うん、王宮。とっても広いよね。この中には、王様と、王様の家族も住んでらして、お世話する女官たちもたくさんいる……んだって。それから宮廷神官も」

——噂を聞いたんだけど、鳳凰宮には、慧眼児《えげんじ》がい……。

「慧眼児！」

ダンビがすべて書き終えるより早く、スイは大きな声を出してしまった。ダンビが目を瞬かせて驚いている。

「ご、ごめんなさい。ダンビ兄さん、慧眼児のこと知ってるの？　最近はもう、慧眼児のことを話す人は少ないのに……」

——額に目がある、伝説の子供。そういう神話だろう？

そう、神話ではこう語られている。


国乱るるとき、白虎あらわる。

白き虎の背に乗るは慧眼児なり。

その者、額に輝ける蒼眼にて、人の悪しき心を看破す。


つまり、白い虎に乗って、額に三つめの目があって、それは蒼くて、人の心を読むというのだ。確かに、普通ならば信じられない話だろう。

けれど、スイは……。

——きっと慧眼児と思われるほど優秀な子がいたのだろうって、僧たちは話してた。

それが大袈裟に伝わったんだろうって。

「……あの、でも、前の王様の時に慧眼児が現れた記述は残ってるみたいで……。私も、噂で聞いただけだけど……」

――それなら、なぜ今はいない？

「それは……」

――いい王様の御代だと、慧眼児が現れて助けてくれるらしいね。今の王様はいい王様ではないのかな。

「そんなこと、ないと思う」

スイの声は、少しだけ尖ってしまったかもしれない。けれど、これはちゃんと話しておきたいところだった。

「王様はまだお若いけど、徳の高い御方……の、はずだよ。だって、竜仁の都に救済院は増えたし、子供のための学問処も増えてるもの」

――どうだろうね。俺のいた山の麓では、この冬を越せなかった人も多かった。食い詰めた村人の中には子供を売った人もいたそうだ。秋の長雨で、収穫が悪かったから。でも、王様からなにか助けがあったっていう話は聞かなかった。

その返答に、スイは言葉を失ってしまう。ああ、また想像できなかったのだと唇を噛む。竜仁がよくなったからといって、すべての土地がそうだとは限らない。去年の秋、雨が降り続いた地方が不作に見舞われた話は、母から聞いていたのに……。

スイが俯きかけると、ダンビの手が再び頬に触れてきた。今度は少しからかうように、ツンと突かれる。擽ったくて肩を竦めながら、スイはダンビを見た。ごめん、とその唇が動く。わずかに緑がかった茶の、綺麗な瞳がこちらを見つめている。

――スイは都の子だから、やっぱり王様が好きなんだね。

「……うん」

――きっと王様は、たくさんの仕事を抱えていて忙しいんだろう。田舎の長雨にまで気が回らなくても仕方ない。……そういえば今の王様は、下々の前にも姿をお見せになることがあるんだって？

「そうなの。おめでたい儀式の時には宮中の広場が開放されて、そこに民も入れるようになったんだよ。綺麗な踊りが見られたり、餅が振る舞われたり……。そういう儀式の時には、短い時間だけど王様がおでましになるの」

――スイも王様を見たことある？

「うん。……あの、遠くから」

――俺も王様が見られるかな。

「しばらく竜仁にいるなら、見られるかもしれないよ。新しい大神官の任命儀式があるはずだから。ただ、もう三回ぐらい延期になってて……母さんが言うには、大神官が新しくなると、得をする人と損をする人がいるから揉めるんだって」

――そうか。大神官は王様と同じぐらい偉いんだもんね。

「あ、偉くはないと言ってたけど」

——王様と大神官がこの国の大きな二本の柱なんだろう？　僧たちも言ってた。

「柱……そうなんだけど……ええと……」

スイは思い出しながら語った。

王と大神官は確かに国の重要な二本柱である。けれど、なぜ柱が重要なのかといえば、家を支えるからであり、ではなぜ家を支えることが重要なのかといえば……。

「その家に住んでる人たちを、守るためでしょう？」

ダンビはしばし目を泳がせて考えたあと、小枝を手にして地面に刻んだ。

——なら、誰がその家に住んでるの？

「それはもちろん、民だよね」

——民って、スイや俺や、大勢の庶民たちだよね。それだと、王様や大神官より俺たちのほうが大事ってことにならないか？

「なる……かな……うん、なる……？」

スイが頷くと、ダンビは再び考え込んだ。癖のある髪の毛の中に指を突っ込んでカシカシと掻き、それから改めてスイを見つめ（だめだよ）と唇が動く。

——それはだめだ。学のない俺でもわかる。そんなことを口にしたらいけない。反逆罪で捕まるかも。

「そ、そっか……そうだね……うん、言わないようにします」

真剣に心配してくれるダンビに、スイは頷くしかなかった。

――いったい誰が、スイにそんな危ない考えを話したんだ？

そう問われ、スイは「あの……」と口籠もった。

「近所の汁飯屋の……常連のおっちゃんが」

その返事に、ダンビは小さな溜息をつく。

――酒が入って、気が大きくなりすぎたんだな。真に受けちゃだめだよ。

「うん。気をつける」

スイはしっかりと頷いた。嘘はよくない。それはわかっているし、スイだって嘘などつきたくない。けれど事実だけ告げていれば万事が丸く収まるわけではないと、母も言っていたし……そもそもこの状況で事実を明かせるわけがない。

――大神官など、べつに偉くはないのです。

あの方は、本当にそう言っていたのだけれど……。

――重き役割ではございますが、偉いわけではありませぬ。真の意味で立派なのは、日々地を耕し、食物を作っている民たちです。人はみな、食べられなければ生きられぬ。とはいえ、宮廷神官やら大神官やらは、偉く見えたほうがなにかと都合がいいゆえ、そのように扱われているにすぎませぬ。

つまらなそうな顔で語っていたのは瑛鶏冠《えいけいかん》――次期大神官、その本人だったとは、言えるはずがないのだ。

さらには、この時スイが次期大神官よりも上座に就いていたことも、ダンビに話すことはできない。鶏冠が正式に大神官に任命されるまでは、スイが上座で正しい。もっとも、幼い頃から鶏冠が大好きだったスイは、上座にいるよりその膝に乗っていることが多かったのだが。

――大神官のために民があるのではなく、民のために大神官があるのですね。

スイが言うと、鶏冠は頭を下げ「さすがは母上譲りのご明敏」と畏まった。それから顔を上げると、

――優れしは木登りだけではございませぬな、姫。

と続け、少しだけ笑った。姫とはつまり、スイのことだ。

スイの父は景曹鉄《けいそうてつ》。最も近くで王を守る護衛隊の隊長を務める、名高き武人。そして母の名は龍櫻嵐《りゅうおうらん》。

この国では龍姓を使うことは固く禁じられている。なぜならば、それを使える一族はたったひとつと決まっているからだ。すなわち、王族である。

スイの母は、国王、龍藍晶《らんしょう》の異母姉なのだ。要するにスイは国王の……。

きゅるきゅるきゅる～。

その音に、スイは自分の腹を押さえた。ダンビがこちらを見る。恥ずかしくて、顔から火が出そうだ。朝餉はしっかり食べてきたというのに……まったく、山にはいるとどうしてこうもすぐ、空腹になるのか。

しかもこんな時に限って、餅のひとつも持ってきていない。ダンビが荷物の中から干し芋を出して、（食べて）とスイに渡した。

「……いいの？」

――干し芋はたくさんあるから、大丈夫。

そう言われて、スイはありがたく受け取る。日持ちするようにかなり乾燥させた干し芋は硬いが、嚙みしめるとじんわり甘さが感じられた。

「美味しい」

にっこり笑って言うと、ダンビも微笑んだ。

父譲りの長身に、薄いそばかすの散る顔。山を駆け回り、すっかり汚れた紅鶸色のチマをはき、干し芋を齧る姫君、国王と濃く血の繫がった姪。

その正しい名は翠嵐《すいらん》――景翠嵐である。

2

　びちゃっ。

　顔が濡れる感触に、瑛鶏冠は眉根を寄せた。

手で覆い守ろうとしたのだが間に合わなかったようだ。咄嗟に瞼を閉じたので、墨が目に入ることは防げたものの、右目から頬にかけてツゥと流れていくのがわかる。同時に弾けるような笑い声があがった。

「あぁ、なんてことを。おまえたち、この方をどなただと……」

　燕篤《えんとく》の狼狽《うろた》える声をよそに、悪戯者たちは笑いながら走って逃げたようだ。軽い足音が遠ざかっているのがわかる。鶏冠は「よい」と言おうとしたのだが口にまで墨が垂れてきてしまい、無言のまま燕篤のほうに手を差し伸べた。すぐに手巾が載せられ「本当に申し訳ございません」と燕篤が謝罪する。

「今の子たちは、文字を学ぶにはちと幼すぎるようだが……」

　顔を拭い、やっと目を開けて鶏冠は尋ねた。三つ、四つの子供ら数人による、墨をたっぷり含んだ筆を振り回す攻撃に遭ったのだ。

「読み書きを学びに来た子らの、弟妹なのです。下の子の世話をしている子が多いので、どうしても連れてくることになってしまい……」

「なるほど……。時に燕篤、この墨のにおいは変わっているな。色も薄いようだ」

「はい、実のところ墨ではございませぬ。墨は高うございますから、草の汁を煮詰めたもので、我々は草墨と呼んでおります。ですからどうぞしっかり拭いてください。墨より色は薄いですが、落ちにく……」

床にも零れた草墨を拭きながら話していた燕篤が頭を上げた。鶏冠と目が合うと、再び下を向いて、「くっ」と声を詰まらせる。

「……どうやら私の顔は、相当面白いことになっているようだな」

「も、申しわけ……っ」

俯いたまま肩を震わせている燕篤に「洗ってくる」と言い残し、鶏冠は立ち上がった。少し離れた場所から、さっきの悪戯者たちが鶏冠を覗いてクスクス笑っている。そのうちのひとりが、兄であろう子にまつわりついて「ジャマすんな」と叱られていた。兄のほうは七、八歳だろうか。紙代わりの薄板に、一生懸命文字を書き写している。

鶏冠は靴《ファ》に足を入れ、粗末な家屋を出た。入り口には、この界隈では浮くほどの素晴らしい筆遣いで『文字処』と書かれた幕が下がっている。油をよく染み込ませた靴を履いているのは、このあたりの水はけが悪いからだ。一昨日の雨がまだ残り、予想通りぬかるみが多い。ぬかるみの中、裸足にぼろぼろの草鞋《チプシン》で庶民たちは働いている。

「ありゃ、お師匠。その顔はどうなすったかね」

井戸で顔見知りのおかみさんに笑われてしまった。鶏冠が答えるより早く、

「ははは、ガキどもにやられたかい」

やはり顔見知りの老人が、目尻の皺を深くして言った。そのとおりですと鶏冠が返すと、おかみさんは「きれいな顔が台無しだよぅ」と、たくましい腕で井戸水をくみ上げてくれた。ふたりともこのあたりに住む人たちだ。顔を洗ってさっぱりした鶏冠だったが、手布はだいぶ草墨で汚れている。これで拭いたらまた汚れてしまうので、結局自分の袖で顔を拭った。麻生地なのでごわついているが、水はちゃんと吸ってくれたので問題はない。

「お師匠さん、こないだウチの子が、あたしの名を書いてくれたんですよぅ」

盥《たらい》を小脇に抱えたおかみさんが嬉しそうに報告してくれた。

「それはよかった。少しずつ、みんな学んでいます」

「ウチの悪たれ孫は、辻のお触れ書きを読んでくれましたよ。いやあ、読み書きなんざ必要ねえと思っていたが……やっぱり読めねえよりは、読めたほうがいいや」

老人は少し照れたような口ぶりだった。この人は以前、この地に文字処を作ることを快く思っていなかったのだ。何人かの住民に移動してもらう必要があったので、揉めていた時期もあった。鶏冠は説得のために幾度も足を運んだので、すっかり顔を覚えられたというわけである。

「文字処、か。わしらの子や孫が、字を学べるなんてなぁ」

老人はしみじみと言い、おかみさんは頷く。

麗虎国《れいここく》の都、竜仁。

この町には、学びの場がいくつかある。位の高い貴族の子息が通う学殊館《がくしゅかん》が一箇所。ほどほどの位の貴族と、裕福な良民の子を受け入れる学問処は九箇所まで増えた。常民の子も受け入れるように律が変わったのだが、学費がかかるため在籍は稀である。伝統と格式で追随を許さないのは宮中神学院であり、こちらは数年前から奨学生制度が始まっている。あらゆる身分に門戸は開かれているものの、その試はかなりの難関だ。結果、宮中神学院の門をくぐる奨学生は、年間ひとりかふたり程度だった。

そんな中、鶏冠は気がついた。

——生きて行くための学問、です。

民のため、まずなにが必要なのかに。

——なにより、文字です。簡単な読み書きだけでもいいのです。そこからすべてが始まるのですから。

粘り強く主張し、王にも働きかけていった結果、昨年から始まったのがこの文字処である。貧しい家では、子供も大事な労働力だ。したがって、毎日学問をさせることは現実的ではない。けれど読み書きだけと割り切れば短期間ですみ、親も行かせやすい。

「文字を覚えれば、一生の財産となります」

鶏冠は濡れた袖をパンパンと整えながら言った。

「読み書きができれば、どんな仕事をするにも便利なのです。物売りなら勘定の記録、畑をするにしても、天候の変化を記しておけば役に立ちます。できるだけ、子供たちを文字処によこすよう、周りの人たちにも伝えてくださいますか」

「おう。近所にはもう言ってあるからな、隣町の顔役にも報せとこう」

「ありがとうございます」

「なんのなんの。がっはっは、お師匠、あんたほんとに丁寧なお人だなあ！」

自分よりずっと年上の老人にバシバシと背中を勢いよく叩かれ、細身の鶏冠はやや前のめりになってしまった。それを見たおかみさんが「あれあれ、ちゃんとごはん食べてるのかい」と笑う。

「老師範、先ほどは失礼しました」

小走りにやってきたのは、燕篤だ。

「あ、草墨は落ちましたね……」

「うむ」

「そろそろ、新しい文字処の候補地にご案内したいのですが」

「ああ、行こう。おかみさん、ご老人、それでは」

鶏冠は丁寧に頭を下げ、燕篤も同じようにして、共に井戸のある裏道から出た。燕篤は穏やかに微笑みながら「きっと、驚くでしょうねえ」と言う。

「老師範がどなたなのかを知ったら……あの人たちは腰を抜かすかもしれません」

今は簡素な麻の外套《トゥルマギ》に袖を通している鶏冠だが、確かに普段は絹を纏っている。お師匠、師範様、などここの民たちは様々に鶏冠を呼ぶが、どれも正しくはない。燕篤の使う老師範は間違ってはいないが、意味としては『師範の中でも偉い人』にすぎないので、鶏冠の身分が正確にわかるわけではない。

では鶏冠はどこの老師範なのかといえば、宮中神学院である。

つまり、神学院の中でもっとも位の高い師であり、当然ながら宮廷神官であり、その位は紫色《ししょく》という高位であり——さらには次期大神官に内定している。

大神官とは、この国でただひとり、王に並ぶ者だ。

「知らせる必要はあるまい」

「そうですね。そのほうが貴方様も動きやすいでしょう」

燕篤はすんなり頷いた。そうなのだ。いちいち傅かれるのは鶏冠としても困るのである。確かに神官は尊い立場といえるのだろうが、なぜ尊いのかといえば、民のために身を粉にして尽くすからだろう。少なくとも鶏冠はそう考えているわけだが、すべての神官が同じ考えではないので厄介だ。

「あれ、お袖が濡れてますが」

「顔を拭いたのだ」

「……老師範、なにやらお弟子様に似てらしたような」

「聞き捨てならんな。私はあのように粗忽ではないぞ」

ふふ、と笑い声が少し後から聞こえてくる。礼節を重んじる燕篤は、必ず鶏冠よりやや後ろを歩く。穏やかな気質の青年だが、目から鼻に抜けるような聡明さを持ち、同時に厳しい現実の世を渡る強《したた》かさも兼ね備えている。文字処の運営責任者として、まさしくうってつけの人材なのだ。本来は鶏冠の信頼する友の私隷民なのだが、友は快く送り出してくれた。

「次の予定地も、やはり靴の汚れやすい場所なのです」

つまり、土地が低く、水はけのよくない所である。

「構わぬ。子供たちが来やすいことが大切だ」

「家屋の持ち主とは話がついているのですが、いささか気になることが……。あ、こちらです。あの古い倉に手を入れて文字処にできないかと……」

燕篤の言葉が途中で切れたのは、大きな音が件の倉庫から聞こえてきたからだ。ドッシャン、ガラガラと、なにかが崩れ落ちるような音である。

「何事でしょうか」

燕篤が鶏冠を守るように一歩前に出た。ほぼ同時に、十人ほどの子供たちがワッと出てくる。蜘蛛の子を散らすように逃げていく彼らは、上は十三、四歳、下は六、七歳だろうか。その子たちの身なりを見て、鶏冠は眉を寄せた。春浅く、まだ冷える日も多い時期だというのにまともな上衣もないどころか、裸足の子もいたのだ。

「浮浪児たちか？」

　鶏冠の問いに燕篤は「はい」と答える。

「気になることというのは、あの子供たちなのです。あの倉で彼らは雨露をしのいでいた様子で……持ち主は『すぐ役所に連絡して追っ払いましょう』と言い出しまして、もちろん私は必要ないと止めたのですが……まさか役人がもう……」

　燕篤自身、貧しく苦労した身の上である。住む場所すらない子供たちを、無慈悲に扱うことなどしないし、当然鶏冠もそんなことはあってはならぬと思っている。

「とにかく、見て参ります」

　燕篤は駆け出し、いくらも進まないうちに立ち止まる。倉の中から更に出てくる人影があったからだ。

「こらこら、暴れるなって」

「放せっ、放せよ……！」

　ひとりの若い男が、痩せた少年を抱えるようにして現れた。青年はすぐに鶏冠らに気づき、「あ、おいでしたか～」と気楽な笑顔を見せる。頬に引っ掻かれたような傷があった。少年はじたばたと暴れるものの、逃げられそうにない。青年のほうは背も高く、痩身ながらしっかりした筋肉に恵まれていた。少年を抱えたまま、ずりずりと引き摺るようにしてこちらにやってくる。二人を見て鶏冠は、

「怪我をしているではないか」

とまず言い、手布を出そうとした。だがそれはさっきの草墨で汚れてしまっている。そこで麻地の上衣の下にある、綿地の袖を裂いた。

「ああ、もう血は止まったから大丈夫ですよ」

「お前ではない。その子だ」

「え？　ありゃ、ほんとだ」

青年が少年の顔を覗き込む。怒った猫のように唸る少年は、前髪の間から血を垂らしていた。青年の擦り傷は浅手だ。

「頭を切ったのか？　この布でしっかり押さえて、血を止めなさい」

「うるせえよ！」

「どこかにぶつけて切ったのかな。あんなに暴れるからだぞ」

「放せってば！」

「俺だって放したいけど、そしたら逃げるじゃないか。話がしたいだけって言ってるのになあ」

「嘘つくんじゃねえっ、俺たちを捕まえて役人に引き渡す気だろ！」

「だから違うって……んぎッ！」

身体が半分浮いたまま、それでも逃げようともがいていた少年の足が、青年の臑を蹴った。踵が見事に命中し、青年は思わず腕を離す。少年はその隙を逃さず、機敏な動きを見せた。逃げ出し、走り出す。

――

痩せてはいるが足はめっぽう速い。燕篤が追いかけていったが、恐らく徒労に終わるだろう。

「いー、いー、痛っ……」

一方の青年はその場に屈み込み、向こう臑を押さえて呻いていた。

「逃げてしまったではないか」

「そ、そんなことを仰いますがね、うう、痛ェ……」

「あの子の怪我が心配だな……」

「ああ、骨が折れたかも……老師範、俺のことも少しは心配してくださいよッ」

「ふざけてないで、立ちなさい」

いまだ屈みこんでいる青年を見下ろし、鶏冠は冷ややかに言った。この青年の心身の屈強さを誰よりよく知っているのだから、あの程度で心配などするはずもない。

「ちぇっ。ほんとに痛かったのに」

そうぼやきながらも、青年はすっと立ち上がった。隣に立たれると鶏冠は多少見上げなければならないほどだ。

実に、よく育った。

目玉ばかり大きな、痩せて小柄な少年だったのに。

山奥育ちの礼儀知らず、すばしこい悪戯者、神官書生になってからもすぐにケンカを始めるし、友ができれば一緒になって悪さをするし、罰の書写では居眠りするし……。

思い出し笑いならぬ、思い出し溜息をつきたくなるほどの問題児だった。

けれど、今は。

無言のまま顔を見つめられ、居心地が悪くなったようだ。青年は苦笑いしながら「どうしました、老師範」と首を少し傾げる。

にょきにょきと伸び、生まれながらの運動神経はさらに磨かれ、鶏冠の護衛のために武術も身につけた。強く、健やかに、その姿は成長著しいが、大きな二つの瞳は以前と同じままに澄んでいる。さらに驚嘆に値するのは、その心根もまた、真っ直ぐなまま変わっていないことだ。

「ああ、晴れてきましたね」

青年が空を見上げて言った。西の空で薄雲が割れ、太陽の光が覗いている。灰色ばかりだった天空に青が戻ってきたのだ。

「天青」

鶏冠は青年の名を呼んだ。

青年は──天青は、空から視線を戻し「はい」と返事をする。

瑛天青。

今から十三年前、都に連れて来た少年が、よもや自分の養子になるとは思わなかった。実際には兄弟ほどの年齢差しかない。神官である鶏冠は妻を娶らないが、養子を迎えることは認められているのだ。

「引っ掻かれたか」

頬の傷を見て問うと「なんてことありません」と軽い調子で返す。

「一番ちっちゃいのを抱えた時、やられたんです。攫われるとでも思ったのかなあ」

「まだかなり幼い子もいたようだが」

「一番下は五歳くらいかと。全部で九人でした」

昨年は天候が不安定で、収穫は思わしくなかった。さらに竜仁の都から遠くない農村地帯で、たちの悪い病が流行したのだ。その時に親を亡くした子供たちが、都に入って浮浪児となっているという報告は、鶏冠にも届いていた。

「す、すみません……追いつけませんでした……」

息を切らしながら、燕篤が戻ってくる。

「あの子供たちはみな隷民なのか？」

鶏冠の問いに「恐らく」と頷く。

「だから役所を恐れて、逃げ回っているのでしょう」

この国において隷民に自由はなく、誰かに所有されているのが原則だ。主がいない隷民が役人に捕まれば、強制的に隷属先が決められる。燕篤の主のように、隷民を家族同様に扱う主は稀だ。多くの場合は厳しい生活となり、まだ年端もいかぬ子供をこき使って死なせてしまう者すらいる。もちろんそのような道に外れた行いは禁じられているのだが、主が『病死した』と届け出ればそれまでだ。

「最後に逃げた少年がまとめ役で、名前はハヌル。十二、三歳でしょう」

「名もわかっているのか」

「あの子たちはハヌル団と名乗っていて、この界隈ではそこそこ知られているのです。鼠に困ってる食堂に毒餌を売ったり……自分たちで作っているようですが、よく効くと重宝されているらしく」

「へえ、ハヌル団か。みんなで働いてるってことか？」

天青が感心すると、燕篤は苦笑いで「まあ、その食堂から食べ物をくすねたりもするわけですが……」とつけ足した。

「ああいった浮浪児の集団はよく見ますが、すぐにばらけてしまうのが普通です。ハヌルはよほど、下の子たちの面倒見がよいのでしょう。食堂主の中には、残飯を持っていく程度なら、大目に見ている者もいます。救済院に行けば食事は与えられますが……」

「そのあと、バラバラにされて、新しい主のとこに送られるもんな」

燕篤は頷き、吐息をひとつ零した。そして、

「文字が必要です」

静かだが力強い声でそう言った。

「私が隷民の身分でありながらこうしていられるのも、文字が読めたことが大きいのです。もちろんそれに加えて、天青師範、老師範様、我が主の鹿穏《かおん》様など、多くの徳高き方に恵まれたということもありますが……」

「俺の徳が高いかどうかは別にしてさ、燕篤の言うとおり、やっぱり読み書きはできたほうがいいよな。主の扱いも変わってくるだろ。とくに商人のところで下働きするとなったら、絶対に有利だと思う」

「はい。さらに算盤《そろばん》ができればもっと良いのですが……いいえ、望みを高くしすぎるより、まずは足元を固めねば」

「燕篤、あの子たち戻ってくるかな？」

「夜になれば戻るかと。外で寝るにはまだ寒すぎますから……」

「そっか。じゃ、ちょっと買い物行ってくる。老師範、ひとりでお帰りになれますか？」

「問題ない」

鶏冠が答えると、天青は「では」と一礼してその場を去っていった。身体は大きくなったが、軽やかな動きは昔のままだ。一方、今もやっぱり小柄な燕篤は「どうしたのでしょう、急に買い物とは……」と不思議そうな顔をしている。

「食べ物を買いに行ったのだろう。干し芋や、餅菓子をな」

そして、あの倉に置いておくのだ。子供たちが戻ってきた時のために。

「不肖の弟子だが、そういうことにはよく気が回る」

淡々と言うと、燕篤が「ふふ」と小さく笑った。

「……なんだ？」

「いえ、その……すみません。お気づきではないのですね」

「なにをだ」

「天青師範は貴方様と同じことをしているのです」

「…………」

「かれこれ十五年ほど前でしょうか。老師範様が庶民の菓子をお買いになり、店主がややこしい計算で代金をごまかそうとしていて」

「……そなたが助けてくれたな」

「はい。あの菓子も、貧しい子供たちのためのものでした」

「懐かしい話だ」

呟きながら、鶏冠は過去に思いを馳せる。

山奥の寒村に慧眼児がいると聞き、天青を迎えに行ったあの日がやけに遠く感じられる。白虎とともに現れる、人の悪しき心を読む少年――当時の鶏冠は、そんなものは伝説にすぎないと考えていた。そう噂されている天青に会ってみれば、ひどく口の悪い、憐れに痩せた子供であり、けれど村人たちは天青を異質な者として扱っていた。

結論として、天青は確かに慧眼児だった。

そして慧眼児であるがゆえに、王宮での謀略に巻き込まれて幾度も危険な目に遭った。天青とともに村を出た曹鉄も同様だ。彼も数奇な運命に翻弄され、苦難に遭った。そしてふたりとも、それを乗り越えたのだ。

「本当に、我が友天青はすっかり立派な師範神官になりました」

「……あれでか？」

「これは手厳しいお師匠ですね。ですが文字処の子供たちは皆、天青師範が大好きですよ。宮中神学院の書生たちは違うのでしょうか？」

「まあ、あれを嫌っている者はそういないだろう。とくに初級書生は天青を慕う子も多い。……叱られてばかりのいたずら子猿が、師範神官になるとはな……」

過ぎてしまえば瞬く間に感じられる。

天青は学問の好きな子ではなかった。もとより、故郷の寒村では、学問どころか食べていくだけで精一杯だったのだから無理はない。それが上級書生になる頃には、書庫にも足繁く通うようになっていた。絶対に宮廷神官になるという、強い意志があったのだろう。それはつまり、鶏冠のそばに居続けるため……そうわかってはいたが、お互いに言葉に出すことはなかった。

ただ一度だけ……書生として最後の試が終わった夜、天青がぽつりと呟いた。

――約束したので。

その頃には青年の面差しになりつつあった弟子はそう言ったのだ。さらに、

――いや、約束というか……その……約束したつもりでいるんです、俺は。

ごにょごにょとそんなふうに続けた。

約束とは、あの手紙のことだろう。あの人が天青に宛てた最後の手紙。天青はそこに書かれていた言葉と、約束したのだ。

天青の言いたいことはすべてわかっていた鶏冠だが、その場ではわからぬふりをしていた。天青は恐らく、鶏冠のわからぬふりを、わかっていた。

まったく、弟子の成長というのはしばしば面はゆい。

そして天青は卒業の試でよい成績をおさめ、宮廷神官となり、まあいくつかのごたごたはあったものの、数年後には師範神官の位も得た。

「今や天青は、ほかの神官様たちも一目置く存在と聞いておりますが」

燕篤の言葉に、鶏冠は「藍晶王という後ろ盾があるのでな」と答えた。もっとも、それは鶏冠自身も同じ立場である。

「大神官である庚民世《こうみんせい》様もたいそう天青がお気に召しているし……。だが本人は、派閥も作るでもなく、相変わらずあの調子だ」

「周囲に流されず、決して志を変えない。そんなところもおふたりはそっくりです。本当に、天青師範は老師範様を敬い、同じように生きようとしているのですね」

「…………」

「おや、老師範様、耳が少し赤いような」

「燕篤」

視線を外しながら窘めると、燕篤はにこやかに「失礼いたしました」と詫びる。

「……むしろ私が教えられてきたのだ」

独り言程度の声だったが、燕篤には聞こえたようで、鶏冠を見た。

「そなたも知っての通り、天青の性根は呆れるほどに真っ直ぐだ。私などはだいぶ拗《ねじ》くれているが……天青と過ごすうちに、引きずられるように真っ直ぐになってしまう」

「弟子をそのように評価できることこそ、老師範様の徳でございましょう」

「確かにあれは私の弟子。だがそもそも、存在自体が奇跡とされる……」

鶏冠はその続きを言わなかった。街中で声に出すことではなかったし、燕篤も言わずとも承知していることだからだ。

「その件について、不穏な噂を耳にしたのですが」

燕篤は躊躇を含んだ口調で言った。どんな噂なのかは、鶏冠も予想がついているのであえて聞くことはしない。

「……ただの、噂でございますよね？」

「本人に聞くのがよいのではないか？」

「はい、実はすでに聞いたのです。もちろん私は根も葉もない噂と信じていたのですが、当の天青師範が『さて、どうだろうな？』とはぐらかすものですから、かえって不安になってしまい……」

「はぐらかしたか。では私も、どうだろうな、と答えておこう」

「そんな、老師範様まで」

燕篤は懸念顔のまま、納得できない様子だ。だが天青自身が親友にすら明確に言わなかったならば、なにか意図があるはずだ。

「なに、天青のことは心配に及ばぬ。さあ、倉の中を見せてくれ。どれくらい文机を置けるか調べなければ」

鶏冠が促すと、燕篤も気持ちを切り替えたのか「はい、ご案内します」と背中をしゃんとさせ、歩き出した。

文字処の試みは始まったばかりだ。厳しい世を生き抜くための知恵、知識、それを得るための入り口……それが読み書きである。すべての身分の子に、その機会を与えたい。絵空事だ、そんな世はあり得ぬと嗤う人も多いだろう。仮にその夢が叶ったとしても、その頃自分は死んでいるだろう。それでも構わない。ほんの数十年しか生きられぬ人にできることなど、もともとたかが知れている。

繋げられればいい。

無理と思われることを始める者がいて、受け継ぐ者がいて、諦めない者がいるなら、それはきっといつか現実になる。

あとは、それを信じる力が必要なだけだ。

＊＊＊

「恐れながら王様。信じると仰せにはなりますが……」

髪にだいぶ白いものが混じった重臣が、切々と語る。

「その信じる心、それこそが私の懸念にございます。人の信じる力は、強うございます。まして王たる方の信念はなおのこと。それゆえに、万にひとつ、信じる相手を間違えたならば、取り返しのつかぬことになるやもしれませぬ」

祈るばかりの、懸命な訴えだ。その声が時に微妙に震えるのは、心からの忠誠ゆえ――と、思ってしまう者がいても無理はない。

藍晶自身、最初はそうだった。

父である先王は、早い段階で玉座を息子に譲った。もとより父は穏やかな気質の人であり、権力の象徴たる玉座に執着はなかったようだ。また、藍晶が正式な世継と決まるまでの波乱に懲りたというのもあるだろう。二度とあのような事態にならぬよう、早々に息子に王位を譲り、隠居した。

早すぎる譲位に反対した重臣もいた。この国に変革をもたらそうとしている藍晶が王となれば、多くの貴族は既得権益を失うのだから当然だ。藍晶自身ですら、あと数年は根回しの準備に費やすつもりでいたので、多少焦ったほどである。王の意向ではあったが、重臣の反対があまりに大きければ藍晶の王位継承は困難だった。

しかし、反対する重臣たちを説得する者がいたのだ。

それが申錫石《しんしやくせき》である。

この文官は、当時はさほど目立つ存在ではなかった。大きな治水工事を成功させた功績で、重臣の座を得たばかり、いわば新参者といえた。とはいえ、治水は国の要のひとつだ。錫石はいかにも穏やかで、好好爺という風貌の男だったが、弁舌巧みにして、人の心をよく読んだ。次第に申一族はその地位を固めて、発言力も大きくなり、阿《おもね》る貴族も多くなった。その申錫石が『国のためには、新しき思想を持つ王が必要である』と力説したのだ。

つまり、藍晶はこの申錫石に恩があるとも言える。

「申錫石よ。つまりそなたは、余が盲信していると申すのか？」

「おお、王様。とんでもないことでございます」

錫石が大げさに頭を垂れる。これが心からの振る舞いではないことなど、藍晶にはとうにわかっているし、宮中に二枚舌など珍しくもない。野心を感じさせない風貌に油断した自分を責めたところで、今更である。

とにもかくにも、錫石の発言力は藍晶の想定以上に大きくなってしまった。そして今、藍晶の念願ともいえる令を否定している。

すなわち、次期大神官について、である。

王が政務を行う書斎の上座で、藍晶は隙のない表情を作っていた。もちろん内心は辟易である。いったい何度、同じようなやりとりを繰り返せばいいのだろうか。正式な合議の場でちっとも話が進まないため、こうして内々に錫石を呼び寄せているのだ。

呼んだのは錫石だけではない。

「瑛鶏冠よ。なにか言うことはないのか」

次期大神官に内定している本人に聞くと、「私からはとくにございませぬ」と相変わらず淡々とした反応だ。もともと権力に対する執着がなく、むしろ権力など遠ざけたいほどの男なのである。

「申錫石は、余がそなたを信頼しすぎていると心配しているが」

「王様は、等しく臣下の言葉に耳を傾けるお方と思っております」

「もちろんですとも」

錫石が割って入った。

「我が王様は公正かつ公平な御方、しかしいまだお若いことは事実。さらに大神官までお若いとなっては、この老いぼれどうしても心配が払拭できませぬ。さらに申し上げるのであれば……え、その……」

錫石がわざとらしく言葉を止める。藍晶が苛立ちを抑えながら「申せ」と促すと、またしても頭を低くして、

「はい……このようなことを口に致しますのは心苦しいのですが……それもまた臣下の役割と存じます。王様と老師範様、おふたりがかつて幾度もの苦難を越えられたこと、この錫石も存じ上げております。その絆はどれほど固いことでしょうか。だからこその懸念なのです。おふたりの距離が近すぎるのです」

錫石の言には一理ある。

王と大神官の距離は、近すぎないほうがよい。なぜならばこの国の柱である両者が、悪い意味で結託してはならないからだ。せっかく二本ある柱なのに、癒着してしまっては意味が無く、それは政の暴走に繋がりかねない——それが錫石の主張だ。

今、思い切りため息がつけたらすっきりするだろうな、と藍晶は思った。

何回同じ正論を聞けばいいのか。王と大神官の癒着があってはならないことくらい、百も承知だ。そんな風になるつもりはないが、それを証明しろと言われても難しい。

「では、誰ならば次の大神官にふさわしいというのだ」

「それはじっくりと議論を……」

じっくり、ゆっくりと、申一族の息のかかった大神官候補を設えるまで——という思惑だろうが、そうはいかない。

「だいぶ時間がかかりそうであるな。大神官、それでよろしいか？」

「いえいえ、王様。よろすくはございませぬ」

今まで黙っていた現大神官が口を開いた。王である藍晶に最も近い位置にちんまりと座するのは庚民世、見た目は地味だが大神官としての実績は高い。ただし、その実績の多くは庶民に益のあるものなので、宮中での評判は微妙なところである。

「そもそもわたくすが大神官という、身に余る位をお引き受けしますたのは、あくまで『繋ぎ』と思ったからにございます。あれはもう、十二、三年前になりましょうか……。

その時に確かにお約束いたしますた。次の大神官は、瑛鶏冠様にと。そして今、わたくすの仕事のほとんどを鶏冠老師範が手伝ってくださっています。なんならたった今わたくすが死んだとすても、宮廷神官たちはなにも困らぬでしょう。なぜならば、鶏冠老師範がおいでだからです。ほかの方にこの役割が務まるとは、とても思えませぬ」

よく言ってくれた、と藍晶は膝を打ちたい気分だ。宮中暮らしが長くなっても、田舎訛りが直らないのが不思議ではあるが、そこが庚民世らしいところなのだろう。その朴訥さが失われることはなく、実直にして堅実に、神官たちをまとめてきてくれた。

「うむ、約束は守らねばならぬ。先代の大神官、亡き胆礬《たんばん》が最期に余に告げたのもこの件であった。必ず、鶏冠を大神官にと仰せになって、身罷《みまか》られたのだ。錫石よ、これはとうに決まっていたことなのだ。そなたの懸念は理解するが、物事は全て悪い方向に進むとは限らぬ。余と瑛鶏冠を信じてはくれぬか」

やや下手に出てみると、錫石は「もったいなきお言葉」と恐れ入ったものの、

「王を信じるは臣下の務め、しかしながらさらに重要なのは、王をお諫めする勇気かと思いまする。新しき大神官の任命は、どうぞ今しばらくお待ちくださいませ」

ほとんど伏すように頭を下げながらも、頑として主張は曲げない。しかも、

「私も苦しいのです。王様の意に添えぬこの身をどれほど恨めしく思うことか……。その心をお疑いになるのであれば、どうぞ私を不敬者と罰し、牢に叩き込んでくださいませ。この申錫石、己の首をかけて申し上げております……！」

芝居じみた声音で、そんなふうに続けるのだ。

藍晶は額に軽く手を当て、溜息を押し殺した。錫石が頭を下げているあいだに、ちらりと鶏冠を見ると、諦観にも似た表情で静かに首を横に振る。無駄です、という意味だろう。なるほどそのようだ。藍晶は「頭を上げてくれ」と錫石に頼んだ。顔を上げた錫石の目は赤く充血していて、芝居もここまでくると立派なものだと感心してしまいそうになる。

「この件については、熟考いたす」

「それでは、次の合議の議題からは外してよろしゅうございますか」

本当ならば具体的に日取りを示し、強引にでも大神官任命式を決めたかった。だが錫石を口説き落とせない限り、合議にあげても反対派の重臣に潰されるだけだ。藍晶は唇を噛む思いで「そのようにいたせ」と言うしかない。

「王様の英明なるご判断に、御礼申し上げます」

藍晶が頷くと、その場から錫石、鶏冠、民世は去って行った。さらに人払いをすると、側近で護衛の赤烏《せきう》以外の従者たちも書斎から退く。

藍晶は、卓の上の茶碗を取り、中の冷めた茶をグイと飲み干した。空になった茶杯を無言で見つめていると、後ろで控えている赤烏が珍しく自ら口を開いた。

「……お投げになりますか？」

そう尋ねられ、笑うしかなかった。

まさしく、この茶杯を床に叩きつけて粉々に割ってやろうかと思っていたところだ。片時も離れずに藍晶を守ってくれるこの側近は、無言の怒気を感じ取ったのだろう。けれど、そう聞かれてしまえばもう投げるわけにはいかない。

「投げぬ」

「お投げになればよろしいのでは」

「この貴重な杯が粉々になれば、つかのま胸はすくであろうな。だが、それでなにが解決するわけでもない。ならば美しい茶杯が気の毒というものだ」

「御意」

「その代わりと言ってはなんだが、姉上のところへ行こう」

藍晶にはひとつ年上の姉がいる。母は違うのだが、この宮中で最も信頼できるひとりだ。さらに、姉の住まう宮はどこで誰が話を聞いているかわからない宮中において、数少ない安全な場所でもある。

「前触れを出しまするか」

「いらぬだろう。姉上は突然の来訪を喜ぶ御方だ。……龍の髭菓子《クルタレ》があったな？　持って行こう、あの子の好物だ」

あの子というのは姉の娘、つまり藍晶の姪である。名を翠嵐といい、今年で数えの十二歳だ。優れた運動神経を両親から引き継ぎ、幼い頃から鶏冠を師として学んでおり、大変賢い。藍晶にもとても懐いていてくれていて、小さな頃はよくこの膝に乗ったものだ。

ただし肩車は大男の赤烏にされるほうが楽しかったらしい。

「少し前、翠嵐に聞いたことがあるのだ」

菓子を待つあいだ、藍晶は語った。

「大人たちの中で、誰を最も尊敬しているかと」

赤烏が新しい茶を淹れながら、ほんの少し笑みを浮かべた。そんなことを聞いた藍晶が可笑しかったのかもしれない。藍晶は王となってからも、信頼の置ける僅かな者しか書斎には入れないため、側近がしばしば女官の仕事をすることになる。

「翠嵐様はどうお答えに？」

「なかなかだぞ」

翠嵐は獣の仔のような直感を持つと同時に、熟考するということも知っている。藍晶がその質問をした時は、いくらか困ったような顔をしたものの、やがて、

「最もお強いのは母上だと思います、と……まずそう答えた」

「おや。父上ではありませぬか」

赤烏はそんなふうに言ったが、実のところさほど意外には思っていないだろう。腕力だけではなく心の強さまで含めれば、翠嵐の母、櫻嵐の右に出るものはいまい。

「最も優しいのは父上だと、その次に申していたな」

「確かに曹鉄様は剣の腕前もさることながら、その細やかな心遣いで、配下の者にも慕われています」

「うむ。それは余も感じていることだ。さらにあの子は、こう言ってくれた。最も聡明なるは叔父上様、とな」

つまり藍晶が一番賢いと言ったわけだ。赤烏は当然とばかりの顔で「子供ながらよくわかっておいでです」と頷く。

「さらに、最も気を許せるのは天青だと」

「木登り師匠にございますな」

「ふふ。そうだ。そして最後に、尊敬する者の名を教えてくれた」

――老師範様を、最も尊敬いたします。

翠嵐はそう答えたのだ。母でもなく、父でもなく、王である叔父でもなく、鶏冠だと。

「理由を尋ねると、こう答えた。足袋の穴《ポツン》をかがっているからと」

「足袋、にございますか？」

「そうだ。むろん、ものを大事にする美徳でもあるが、足袋に穴が開くほど歩いていることを尊敬するそうだ。鶏冠は文字処を作るのに奔走しているし、ふだんからまず輿は使わぬ」

「なるほど。しかし、櫻嵐様も足袋に穴が開きがちかと思いまするが……」

「はは、余もそう申した。すると翠嵐は『その場合は、紀希《きき》が繕ってくれますゆえ』と言うのだ」

紀希とは、櫻嵐と苦難を共にしてきた女官である。

――ですが、老師範様はご自分でなさるのです。ご自分の足で歩き、足袋を繕い、なんと草鞋すら編めます。あの御方を尊敬せずにはいられませぬ。

鶏冠が足袋を繕ったり草鞋を編んだりできるのは、もとが貧しい生まれだからである。その事実を知る者は少ないし、翠嵐もまた知らないはずだ。そもそも、この豪奢な王宮で生まれ育った者にとって、足袋を繕うなど考えられないことである。穴が開いたら新しい足袋を持って来させればいいだけだ。高貴な女性は刺繍を嗜むが、繕い物は下級女官の仕事である。

だが翠嵐は、それが普通だとは思っていない。この国に生きる人々のほとんどは、そんなふうに暮らしていないことを知っているのだ。僅か十二歳にして、賢い上に徳を備えつつある姪を、藍晶はとても誇らしく思っている。

「さて、参るか」

「は」

赤鳥を伴い姉の宮へと向かった藍晶だが、折り悪く、櫻嵐も翠嵐も不在であった。また山にでも遊びに行ったかと思いきや、女官は「貴重な薬草が手に入ったので、王妃様へお届けに向かわれました」と言う。

ならば仕方ないと、藍晶は自分の宮へと戻りかけたが――途中で立ち止まる。

しばしそのまま動かずにいると、

「百花宮《ひゃっかぐう》へおいでになりますか?」

赤烏が静かにそう尋ねた。

「……うむ」

藍晶は頷き、また歩き始める。百花宮とは、王妃の住まいである。そこに行けば姉と姪もいるのだし――ついでと言うのはよくないが、王妃へのご機嫌伺いもできる。藍晶が妃を娶り、もうすぐ二年になるが、最近はあまり百花宮へ赴いていなかった。その理由はいくつかある。

「王様、いらっしゃいましたか！」

明るい声で出迎えてくれたのは王妃ではない。今日は美しい唐衣《タンウィ》に身を包んでいる姉、櫻嵐だ。唐衣は宮中で身分の高い女性が纏う日常着だが、なにしろこの姉は変化自在な人であり、『当然の格好』をしているほうが珍しいのである。その隣に立ち、「叔父上様」と嬉しそうな声を上げるのは翠嵐だ。宮中での作法もしっかりと身につき、さすがにもう抱きついてきたりはしないのだが、それがいささかさみしくもある。

そして、

「王様……ようこそおいでくださいました」

いつもながら、どこか翳りのある声で静かに上座を譲ったのが輝安《きあん》王妃、つまり藍晶の妻である。藍晶は「そのままでよい」と言ったのだが、作法通りに床座につく。藍晶は女官に王妃の為の座布団を持って来させた。

「突然すまぬな、王妃。歓談の邪魔をさせてもらうぞ」

「なにが邪魔なものですか。たった今、王様の噂をしていたところです」

櫻嵐の言葉に「悪い噂でないとよいのですが」と笑った。王となった藍晶だが、姉に対しては今も敬いの気持ちと言葉をもって接している。

「まさか。例の文字処について王妃様にご説明していたのですよ。王様は素晴らしい試みをなさっていると」

「姉上、あれは瑛鶏冠の案なのです。長い目で見たとき、民を救うのは読み書きだと」

「だとしても、それを許可したのは王様ですから」

櫻嵐は溌剌とした声でそう言ってくれた。一方で、輝安は気怠そうな面持ちをしていた。顔色もあまりよくない。

「王妃よ、体調が優れぬのか」

藍晶が問うと「申し訳ございません」と覇気のない声で詫びる。

「この数日は、あまり……。義姉上《あね》がよい薬草を持ってきてくださいました。それを飲めばきっとよくなりましょう」

「うむ。すぐに煎じさせるとよい」

「私もこの子を身ごもっていた時に飲んだものなのです。今はこのように、我が腹に入っていたとは思えぬほど大きくなりました」

母が隣の娘を見ると、翠嵐は「私も早く、いとこにお会いしとうございます」と可愛らしい声を出す。

「先ほど、王妃様のお腹に触れさせていただきました。とっても大きくなっていて……この中に赤ちゃんがいるのだと思うと、どきどきいたしました」

そうか、と藍晶は微笑んだ。輝安も少しだけ表情を和らげたようだ。

王妃は出産を控えている。

この事実が、藍晶を百花宮から遠ざける理由のひとつだ。当然ながら、王妃の懐妊は喜ばしいことである。最初にその報せを聞いた時は、小走りに百花宮に向かい、王妃の手を取って礼を言ったほどだ。だが、この懐妊をきっかけにだいぶ態度を変えた者がいる。王妃の父であり、さきほども藍晶を懊悩させていた中錫石だ。

「思うに、王妃様はいささか運動不足なのではと。医師からも庭園のお散歩などを勧められたのではないですか？　これからますます身体が重くなると思いますが、動いていたほうがお産は楽なものです。なあ、紀希？」

部屋の隅に控えていた櫻嵐の腹心が「左様にございます」と恭しく答えた。

「櫻嵐様など、ご出産当日になってもあちこち散策遊ばされ、挙げ句の果ては姿が見えなくなり……」

「あったなあ、そんなことも」

「女官ばかりか武官まで駆り出されて捜し回り、そうかと思うといきなり戻られて『そろそろ出てきそうだぞ！』と仰られ……」

溜息交じりの紀希は、現在では女官長に次ぐ立場となっている。

この数年、女官たちの不祥事がほとんど出ていないのは、紀希が巧みに取りまとめているからだろう。宮中では、女官の数は武官より多い。その掌握は相当な手腕を必要とする。

「本当に、私は寿命がだいぶ縮みましてございます」

「そのおかげで安産だったのだからよいではないか。王妃様、私のようにとは申しませぬが、日に一度は庭園などを歩くのがよろしいかと存じます」

「しかし……我が父は、万が一のことがあっては大変ゆえ、動かぬようにと……」

「そんなものはハイハイと聞き流し、好きに散歩すればよいのです」

「それでは父に逆らうことになってしまいます」

俯きがちに弱々しく言う王妃に、櫻嵐は「お父上を敬うそのお気持ち、敬服いたします」といったん受けとめてから、

「しかしながら、こと出産に関しては、お父上に経験があるとは思えませぬのでなあ。医師と経験者の助言について、どうかよくお考え下さいませ。身体を動かさぬと食欲も落ちましょう。しっかり食べなければ、お子様に栄養が届きませぬ」

櫻嵐の言葉はいちいちもっともだった。藍晶も医師を通じて、王妃はもう少し動いたほうがよいと聞いていたところなのだ。

「王妃よ、余のためにも少し歩いてくれぬか」

「ですが……父は……」

王たる夫よりも父の言葉が大事なのか——そんな思いが胸をよぎり、藍晶は自分の狭量さが情けなくなった。この国では親への孝はなにより徳が高いとされているのだから、王妃を責めるわけにもいかない。

「王妃様、私は瑞香《ずいこう》を見に行きたいのです」

唐突に言ったのは翠嵐である。王妃は怪訝な顔をしながらも「瑞香ならば……池の向こうの庭園で咲き始めたと聞いている」と答える。

「そうなのですね。あのう、連れて行ってくださいませんでしょうか。私はあの花が大好きなのです。あんな小さな花なのに豊かな香りがあって、春が来たのだなと、心から感じられるのです」

「私も瑞香は好きだが……」

「参りましょう、ご一緒いたしましょう」

「おお、それはよい。この母も……」

一緒に行くと言いかけた櫻嵐だったが、「母上は、だめです」と娘に言われてポカンとしてしまう。

「え。母はだめなのか……」

「はい。恐れながら、王様もお連れできません。私は王妃様とだけ行きたいのです。王妃様、どうぞこのわがままな翠嵐をお連れくださいませ。そして、誰かに見咎められた際には、翠嵐にねだられ、仕方なくつきあったのだと仰せになってください」

王妃はやや呆気にとられていたが、そのうちふっと小さな笑みを見せ「うむ。では、そういたそう」と頷き、女官に支度を命じた。

春先の風はまだ冷たい。王妃は外套を纏い、翠嵐とおつきの女官を連れて宮を出た。ゆっくりと進む一行を見送りながら、藍晶は姉に向かい、

「姉上は、なんと頭の回転が速く、かつ心の優しい姫をお持ちか」

と、羨望を隠さないままの声音で言った。

「母として謙遜すべきなのでしょうが……いや、あの子には時に私も舌を巻きます。しかし、おかしい……ああいう機転というか……場の雰囲気をたちまち察知して、気を利かせるような所は誰に似たのか……」

「姉上はじゅうぶんに機転の利く御方ではありませぬか」

「ですが、場の雰囲気はあまり気にしませぬ。むしろぶち壊すことも……」

藍晶は笑い「確かに」と返した。

「父親も、それほど気の利いたことの言える男ではないですし」

「確かに我が護衛隊長は、口の上手い男ではありませぬな。……姉上、覚えておいでですか？　曹鉄が貴女とともに、父上のもとにやってきた時のことを」

その問いに姉はプッと噴き出し「忘れようもありませぬ」と返した。

曹鉄は王家の継承問題に巻き込まれ、あやうく命を落とすところだった。さらに藍晶を護った功績も大きく、武官として相当な出世を遂げていた。とはいえ、身分は良民だ。

王の娘である櫻嵐を娶りたいなど——口にしただけで、首が飛んでもおかしくはない。

それでも、曹鉄は逃げなかった。

「まさしく、死を覚悟した顔でしたなあ。私は駆け落ちしようと張り切っていたのに、曹鉄はそれはできぬと頑なで」

——貴方様は、藍晶王子に……これからの麗虎国に、絶対に必要な方です。

そう言って、駆け落ちを拒んだそうだ。それを聞けば、藍晶はこのふたりに味方するしかない。否、聞かずとも味方したことだろう。だからその折りも同席し、父に囁いたわけだ。

——この機を逃せば、姉上が認める男は二度と現れませぬ。あのご気性ですから、一生嫁がれることはないかと……。

櫻嵐姫の武勇伝は尾鰭がついて麗虎国に広まっていたので、満更大袈裟でもなかった。また、無理に嫁がせるのが難しいことも、父王はよくわかっていたのだと思う。曹鉄についても、父王は立派な武人と認めていた。

それでも身分の問題は立ちはだかる。

とくに重臣たちはずいぶんごねたが、最終的にこの婚姻は許可された。実のところは、許可するしかないように、櫻嵐や紀希が画策したわけだ。それでも、曹鉄に櫻嵐の持つ財を相続する権利は認められなかった。だが曹鉄はまったく気にしていないようだ。娘である翠嵐が引き継げるのだから問題ないと、晴れやかに答えていた。

「我が夫は、私を呼び捨てにできるまで一年以上かかったのですよ」

「はは、曹鉄らしい」

「翠嵐を身籠もった頃、ようやく……。本当に、あの子は我らの宝です」

「私にとっても、宝玉のごとき姫です。おふたりの教えが素晴らしかったのでしょう」

櫻嵐は、娘に三つの世界を与えた。

絢爛だが緊張に満ちている王宮。市が立ち、庶民が肩を寄せ合って暮らす町。そして王宮の北を護り、聳《そび》える山——。ほんの小さな頃から、この三つの世界を行き来して育ったのが翠嵐なのだ。

「王の娘として生まれようと、時に残酷な運命が牙を剝くことを私は知っております」

まさしく自身がそういう境遇であった櫻嵐は語った。

「そして私も曹鉄も、あの子より先に死にまする。あの子がずっと、なにがあっても生きていけるよう、強くなって欲しいと願い、幼き頃から多くのものを見せ、経験させてきました。けれど最近……それでよかったのかと考えることもあり……」

「なにゆえです？　翠嵐はああもよい子に育っているのに」

「はい。健康で賢く、よい子です」

ですが、と櫻嵐は続ける。

「母親が言うのもなんですが、よい子すぎるような……あの子はまず我が儘を言わぬのです。幼い頃から貧しい民を見てきたことも影響しているのでしょう。我が儘どころか、なにかつらいことがあったとしても、親である私たちに言いませぬ。なんとなく元気がないのはわかるのですが、なにかあったのかと尋ねても、無理に笑ってなんでもないと答えるばかりで……」

その姿を見ると、時に不安になると櫻嵐は語った。

「大人びているを通り越し、大人びていることを、大人に悟られぬようにしているかのようにも思え……」

ややこしいが、姉の言いたいことはわかった。子供にはあって当然の我が儘や身勝手さが少なすぎて気掛かりなのだろう。親ならではの心配である。

「もっとも、いまだに木登りだけはやめませんが。あのお転婆め」

口調を一転させ、櫻嵐が言った。重たい気分をいつまでも纏わせないのが、この人の強いところだ。

「はて。つい十年ほど前に、もはや嫁いでよい年頃ながら、木の上どころか屋根に上っていた姫君を存じ上げていますが」

「それはまた、とんでもない者がいたものですな」

櫻嵐が平然と返すので、藍晶は声を立てて笑ってしまった。この姉といると、気分が解れるので助かる。だが、あまり楽しくない話もしなくてはならない。

「時に姉上。我が妃についてですが……どう思われまする？」

具体的になにをどう、と聞く必要はない。

この姉は藍晶の懸念をすでによく理解しているからだ。

「まあ、父親の言いなりです」

ずばりと、端的な返答がある。

「そうですか……子を宿しても、変わらぬということか……」

「生まれてくるのが王子であれば、中錫石殿の権勢はますますでしょう。王子の祖父たる者として、今まで以上に口を出してくるのは間違いありませぬ。現状、王様に与する臣下は七割、錫石派は三割。ですが、王子誕生となれば六対四……いや……五分五分もあり得まする」

五分五分か、と藍晶は内心で溜息を零す。

「王妃様が王様を一番に尊重され、父上たる錫石殿と距離を置かれればだいぶ違うのでしょうが……」

「親子の絆には勝てぬということですな」

「あれは親子の絆というより、父親を恐れているのやも。錫石は、家ではかなりの暴君と噂を聞いております」

「だとしたら、王妃は気の毒ですが……それでも、父親に逆らえぬことには変わりないでしょう」

「いずれにしてもですね、王様。もっと頻繁に百花宮を訪ねられるべきです」

「そうしたいとは思うのですが……」

「思っているだけではいけませぬ。ただでさえ、輝安王妃は神経の細やかな御方なのですから」

「確かに王妃は気を塞ぎがちな性質。それゆえ、父上と対立のある余が顔を見せては、かえって気が休まらぬのではと……」

「それはそれ！　これはこれ！」

櫻嵐が身振りつきで勢いよく言った。

「父親とは相容れぬ関係であろうと、夫婦であり、なにより王様は生まれてくる子の父君なのですよ？　妊婦はなにかと不安なのです。別の命を己の腹に宿し、育み、命がけで産むのですから。おまけに身体は不調だらけ、手足は浮腫《むく》み、吐き気は止まらず、やたらと怠く、ク……お通じも悪くなり！」

「は、はあ」

どうやら自分の時の苦労を色々と思い出しているようだ。そういえば、この方は安産だったが悪阻《つわり》は酷かった。滅多に弱音を吐かぬこの姉が、青い顔で「曹鉄が生めばよいのだ……」と呻くように言っていたのを思い出す。

「自分と夫の子なのに、しんどい思いは自分だけです！　当たり前と言われればそれまでですが、当たり前でも釈然とせぬことはあります！　せめて夫の労いがなければ！　短い滞在でもいいのです。お茶を一杯飲みながら、優しい言葉のひとつふたつ、それだけでぜんぜん違うのです。もっとまめに通ってこられないと！」

やや離れた位置から、赤鳥が軽い咳払いをした。すると櫻嵐は我に返り「これは失礼いたしました」と頭を下げる。

「つい興奮し、王様に説教など……」

「あ、いや、いいのです、姉上。王となったこの身に箴言《しんげん》をくださる方は貴重。もっと百花宮に通うようにいたします」

「それがよろしいかと。私もこうしてたまには見舞いまするが……。あまり王妃様には好かれておりませぬのでなあ」

その通りなので、藍晶は苦笑するしかない。もちろん言葉にはしないが、王妃が櫻嵐を苦手としているのはわかっていた。気質的に違い過ぎるのだろう。

「遠ざけられているのは、姉上だけではございませぬよ」

物静かで大人しく控えめな女性《にょしょう》――輿入れの前からそう聞いていたし、それは間違っていなかった。しかし控えめにも限度があろう。実家から連れてきた女官以外は側に置かず、必要最低限のことしか話さず、庭園の花を植え替える時ですら「なんの花が好きか」と聞いても「王様のよろしいように……」と目を伏せて言うだけである。花だけではない。食事、香、飾り櫛《ファガク》、すべてにおいて自分の意志というものが感じられないのだ。笑顔も少なく、話題はそれ以上に少なく、一緒にいて楽しい相手とは言いがたい。ゆえに、藍晶の足もつい遠のく。

「……我が妃は、余にも心を開いてはくれませぬ。友といえる者もいないようですし、ひとりでいるのが好きなのでしょう」

「ですが、翠嵐のことは可愛がってくれまする」

「ああ、そうでした。本当にあの子は……」

不思議な子だ。

なかなか他者を寄せつけない王妃ですら、翠嵐には柔らかな表情を見せる。もっとも翠嵐は、誰に対してでも愛想がよいわけではない。幼い翠嵐に媚び諂《へつら》い、あわよくば櫻嵐に取り入ろうと考える者は少なくないが、そういう相手には毅然と接する。かと思うと、庭園の隅で悲しげに俯いており、どうしたのかと問えば、孵化を楽しみにしていた蝶の蛹が、寄生虫にやられて死んだのだと嘆く。

そんな時は歳より幼く感じることもある。

十二歳……子供というよりは少女であり、さらには大人の女へと変容していく時期であろう。女児は男児より身体も心も育つのが早い。王族や貴族の娘ならば、結婚話も持ち上がる頃である。

「成長が楽しみです」

藍晶は心からそう思って言ったのだが、櫻嵐は小さな声で「もっとゆっくりでよいのに」と呟いた。母となったその横顔は少し寂しげで、だが我が子への愛に満ち、ますます美しかった。

3

王宮でどれほど美味しい料理を食べようと、ここの汁飯《クッパ》には敵わない。

満ち足りた気持ちでスッカラを置きながら、翠嵐はそう思った。もう器の中には一滴の汁、一本のもやしすら残っていない。

「おまえは本当にここの汁飯が好きだな」

微笑みながら言う父に「うん、大好き」と返す。

「いつも熱々を出してくれるし、汁の塩気もちょうどいいし、入ってるもやしも必ず新鮮だもの。料理人が誇りを持って仕事をしてるんだと思う」

そう語ると、ちょうど後ろを通りかかっていたおかみさんが「坊や、嬉しいことを言ってくれるじゃないか」と頭を撫でてくれた。この店にはよく通っているのですっかり顔なじみだ。ただし、翠嵐は男の子だと思われている。町に出る時には、動きやすい少年の格好をしているからだ。また、話し口調も宮中とは使い分けている。幼い頃からの習慣はすっかり身についており、混乱することもない。

「坊やの言う通りだ。もやしは傷みやすいからね。必ず新鮮なものを使うことにしてる。

それに、汁の塩気は日によってちょっとだけ変えるのさ」

「暑い日は少し塩を増やしてるよね？　汗をかくと濃い味のほうが美味しいから」

「こりゃ驚いた、なんて利口な子なんだろうね！　しかもいい目をしてるし、背も高い。ちっとばかり線が細いが、うちの飯をたんと食って肉をつけりゃ、武官候補生として宮中に上がるのも夢じゃないかもしれないよ？」

　おかみさんにそう言われ、翠嵐の父は「いやいや、それは困る」と快活に笑った。

「宮中になど上がったら、滅多に家にも帰れないじゃないか」

「なんだい、父親が息子の出世を邪魔するのかい」

「俺は可愛い倅をまだ手元に置いておきたいんだ」

「おやおや、困った親父様だねえ」

　アッハッハと豪快に笑いながら忙しいおかみさんは別の卓を片づけに行った。褒めてもらえた翠嵐だが、あくまで男の子として、だ。背が高いのも男の子としては長所になるし、そばかすがどうこうも言われない。もう慣れっこだから気にしないことにしているが、やはり複雑な気持ちになる。

「本当になあ……」

　父は懐から銭を出し、大きな掌の上でちょうどの勘定を数えながら、少し沈んだ声を出した。

「どうしたの、父さん」

「お前が年頃になって……まあ、武官にはならんはずだが、いつかは俺たちのもとを去るのかと思うと……今から悲しくてたまらん」

去る、とは嫁に出ることを示しているのだろう。確かに、王族や貴族の婚姻は比較的早く、十四、五という場合もある。

「大丈夫だよ。この器量じゃ、なかなか相手が見つからないと思うし」

「なにを言ってるんだスイ。おまえほどの器量よしはいない」

いつものごとく、親の欲目で父が言うのを、翠嵐は笑って聞き流した。器量がよいというのは、小柄で、雪のように白い肌はふっくらとし、潤んだ瞳ではにかむように微笑む……そんな少女のことを指すのだ。少年の格好がこうも似合ってしまう翠嵐とは真逆なのに。

竜仁の町、賑わう市の外れである。

翠嵐は庶民の子——ちょっと羽振りのいい商人の子、くらいが身につけるパジチョゴリに毛織物のチョッキという姿だ。もちろん父も同じように、町に馴染む姿である。身分の高い者が服だけを変えたところで、普通ならばその仕草や言葉遣いからすぐにばれてしまうだろう。しかし父はずっと庶民として暮らしてきた人だ。宮中にいる時より、雑然とした街の中にいる時のほうが自然な感じすらする。

翠嵐は時折、こうして父や母と一緒に町を歩き、食事をし、買い物をする。どんなものがどれくらいの値段で売られているのか、そしてその値段はどんな時に変わるのか、そういった世事を知るのはとても大切なことだと両親は話す。

賑やかな表通りだけではなく、時には裏道にも入る。怪しげな酒場や、賭場の居並ぶ一角などだ。父はあまりいい顔をしないのだが、母は「なにがどう危険なのか知らなければ、身は守れぬ」と言っていた。おかげで町の地理にずいぶん詳しくなった。

「父さん、今日はなにを買って行くの？」

「母さんが油を欲しがっていたな」

「髪に塗る香油？」

「いや、剣の手入れに使うものだ」

「母さんらしいね」

翠嵐が笑い、父も笑った。飯屋を出て、商店の並ぶ大きな通りを歩く。今日はずいぶんな人出だ。心配性の父は「手を繋いだほうがいい」と言ったが、さすがに断った。もうそんな歳ではないし、しかも男の子の格好なのだ。

ふと、道の端を走って行く幼い子が視界に入る。

貧しい身なりをした、十に満たないくらいの子だ。必死に走りながら、後ろを振り返る仕草が気になった。その子がどの路地に入っていくのか確認しようと、少しだけその場を離れた。すると今度は、別の子供がふたり、やはり走って同じ路地に入っていく。

こっちだぞ、捕まえろ、思い知らせてやらねえと……物騒な言葉に眉を寄せつつ、翠嵐はもとの場所に戻った。

「父さん、なんだか様子が……」

そう言いかけ、気づく。

父がいない。ついさっきまでここにいたのに。あたりを見回してみたが、ごみごみした人垣の中に父の姿はなかった。恐らく、翠嵐がいなくなったと勘違いし、捜しに行ってしまったのだろう。いや、確かにいなくなったのだが、ほんの僅かの間であり……。

「……うーん」

はぐれてしまったものは仕方ない。

翠嵐はこのあたりの道に詳しいので、迷子になることはない。父もそれはわかっているはずだ。また、こんなふうに町でひとりになってしまった時、どうしたらいいのかもちゃんと教わっていた。道がわかるからと言って、ひとりで帰ろうとするのはだめだ。翠嵐は身分が高すぎて、城門の番をする武官は顔を見てもわからない。しかも庶民の、さらには少年の格好なのだ。追い返されるに決まっている。

——警邏庁《けいらちょう》の副事官を訪ねるのだ。おまえを保護してくれる。

母はそう言っていた。警邏庁は犯罪人を捕まえたり、町で騒ぎが起きれば武官を派遣したりする役所である。ここからならば歩いても行ける距離だ。すぐに向かったほうがいいとは思うのだけれど……。

翠嵐は駆けだした。どうしても気になるのだ。あの逃げていた子供の切羽詰まった、泣きそうな顔……どうなったか確認するため、子供たちが消えた路地に入る。

賑やかな表通りから一本外れれば、昼でも陽の当たらない、狭苦しく入り組んだ路地だ。このへんは商家などで使われている隷民たちの暮らす場でもある。どんなボロ屋でも家があればましで、路上で生きる人々も少なくはない。過酷な冬には、そんな人たちの何割かが命を落とし、体力のない老人や幼い子がしばしば犠牲になる。

それがこの国の現実なのだ。

「やめて、やめてくれよォ」

弱々しい悲鳴が聞こえた。

「このやろう、俺たちの縄張りで勝手しやがった！」

「チビだからって容赦しねえぞッ、あのへんは俺らが仕切ってんだ！　誰が稼いでいいって言った！　オラ、もらったもんを出せ！」

やせっぽちの男の子を、二、三歳は年嵩の少年ふたりが追い詰める。袋小路になっているので逃げ場はない。少年のひとりが、男の子から何かを無理矢理奪った。小銭袋のようだった。

「か、返してくれよ、それはおいらが荷運びを手伝ってもらったんだ！」

「だから言ってるだろ。あのへんで荷運びや使いっぱしりをしていいのは、俺らだけなんだよ！　縄張りを荒らしてんじゃねえ！」

責め立てている少年たちも、一目で貧しいのが分かる身なりだ。おそらく家のない子供たちだろう。最近また竜仁に浮浪児が増えてきたことは、翠嵐も耳にしていた。

「なあ、返してくれよぉ」

「うるせえ！」

ボロボロの草履をはいた足が、男の子の腹を蹴った。かわいそうに男の子は身を縮めて呻く。涙を流しながらそれでも顔を上げ「銭を返せよぉ」と繰り返す。体格が全然違う上に、相手はふたりだというのに諦めない。

「こいつ……もっと痛い目を見ないとわかんねえらしいぜ」

「おい、こいつ以前、川近くの倉にいなかったか？」

「ああ、ハヌル団とかいう連中かよ。あちこち、俺たちのシマを荒らしやがって……。よし、こいつは見せしめだな。俺が前にいた農場じゃ、盗みをした子供は指を折られてたんだぜ？」

恐ろしい言葉を耳にした時、翠嵐は決心した。その決心と同時に周囲をすばやく確認する。何があって何が使えるか。自分に有利な状況を作れる工夫はないか。

「よし、どの指にする？」

路地奥に積まれた古い樽がある。

長い間放置されているようだから、中は空だろう。

「や、やめてくれよ……」

「折りやすいのは小指だぜ。右だな」

「薬指も折っちまえば？」

そして奥に長棹……竹だろうか。

少年のひとりが男の子を無理やり立たせた。小柄なその子は逃げようとするが、恐ろしさのあまり、足が竦んでしまっているようだ。もうひとりに右腕を掴まれて「やめて、助けて」と震え声で懇願する。

翠嵐は物陰から出て、路地の中央に立った。そして、

「わーッ！」

腹から思い切り声を出し、叫ぶ。相手の注意をこちらに向けるためだ。

少年たちが振り返る。翠嵐は走った。彼らの真正面に向かって、一直線に思い切り走った。見ず知らずの奴がまっしぐらに突っ込んで来るのだから、少年たちは当然面食らう。怯みながら「なっ、なんだ」と男の子から目を離した。

翠嵐はそれを待っていた。身構えた少年たちの直前で、いきなり九十度の方向転換をする。狭い路地なので、すぐに壁が迫り、翠嵐はそこをタンッと蹴る。そのまま身体をひらりと回転させ、着地と同時に男の子の手をつかみ、積まれた樽の裏に走りこんだ。

「おいっ、な……、う、うわあ……っ」

翠嵐が一番下の樽を蹴飛ばすと、崩れた樽はゴロンゴロンと雪崩のように、少年たちに向かって転がっていく。けれど、厳しい貧しさと日々闘っている少年たちは、それくらいでは逃げなかった。何度か樽にぶつかりはしたが、中身が空の樽は軽いので、押し潰されることもない。

「ちくしょう、なんなんだあいつ！」

むしろ闘争心に火をつけてしまったかもしれない。翠嵐はいくつか残った樽の陰で男の子に「ここにいて」と言い、単身で少年たちの前に出た。手にはしっかりと長竿を持っている。移動の途中、摑み取るのを忘れなかったのだ。

自分たちの前に立ちはだかる翠嵐を――背丈よりずっと長い竹竿を持ち、仁王立ちで顔をキリリと引き締めているその姿を見て、少年ふたりはしばし呆気にとられていたが、やがて、

「……なんだよ、おまえ。どこの坊ちゃんだ？」

と笑いだした。もうひとりも、「そんな長い棹なんか、どうしようってんだ？」とにやにやしている。それを聞いた翠嵐は内心で（よし）と思っていた。そこそこ身なりがいいせいか、相手はこちらを舐めてかかっている。

竹竿を構えた。びよん、と撓るのを見て少年たちはまた笑う。確かに長すぎて扱いづらい。もう少しだけ短かったら理想的だった。けれど短すぎるよりはずっといいのだ。得物が長ければ、相手と距離が取れる。翠嵐のように腕力が十分ではない者にとって、この距離はとても大事だった。あとは――。

「ははッ、その無駄に長い竿で、俺たちを倒してみ……」

「せいッ」

掛け声とともに、崩れた樽の小山に駆け上がる。

もちろん樽の山は不安定なので、その上に立っていられるのはほんの僅かな間だ。けれどその瞬間を利用し、棹で一人の少年の足を打つことができた。

「ぎゃッ！」

長くしなる竿は、翠嵐がそれほど力を入れなくても、強い衝撃を生む。少年は短く叫ぶと足を押さえながら転がり回った。骨が折れるほどではないが、かなり痛いはずだ。

もう一人が顔色を変え、立ち位置を変える。こちらは頭が回るようだ。路地の壁際に寄ったのは、竿が壁に当たってしまえば攻撃にならないと察したからだ。

とはいえ、それは翠嵐の予想の範疇だった。棒状の得物の使い方は、振り回すだけではないのだ。

「はッ、せい、やッ！」

「う、うわっ、やめろよ……っ」

竹竿の先で少年を狙う。大きな痛手は与えたくないので、胴体は狙わない。腕や足が目標になるとどうしても外れやすい。少年も必死で逃げるので、竹竿の先は何度も壁を打つことになり、その衝撃が翠嵐の腕にビリビリ伝わった。

「いい加減にしやがれっ！」

少年が懐から何かを取り出す。小さいが刃物だ。それを翠嵐に向けて投げつけた。驚くほどの正確さで刃物が飛んでくる。もしかしたら旅芸人の一座にでもいたことがあるのだろうか。錆の浮いた刃が翠嵐の顔に迫ってきた。

翠嵐が恐怖のために目を閉じていれば……酷いことになっていただろう。けれど翠嵐は目を閉じなかった。刃物の動きを追い続け、最小限の動き……つまり、首をわずかに傾けるだけでそれを避ける。耳の外側に痛みが走り、少し切れたのがわかる。それでも相手から目を逸らすことはなかった。翠嵐の気迫に、少年がたじろぐのがわかる。

「仲間を連れて、ここから去れ」

棹を構えたまま、翠嵐は言った。

「お、おまえの言うことなんか……」

「よく見ろ。石壁をだいぶ引っ掻いたから、竿の先がささくれてボロボロだ」

翠嵐は激昂することなく、だがはっきりと大きな声で言った。

「これが当たると痛いぞ。傷口はギザギザで化膿しやすい。知ってるか？　人は怪我そのもので死ぬことはそうない。化膿して、その毒が全身に回って死んでいく」

「そ、そんな脅し……」

「脅しじゃない。傷は大きくないのに、熱が下がらず死んだ人を見たことがないのか」

「…………」

少年は黙り込み、やがて倒れている仲間を抱え上げた。足が痺れていて、まだうまく動けないようだ。翠嵐の長い棹は、たった一歩踏み込めばふたり一度に攻撃できる。構えたままで止まり、視線は決してふたりから離さない。ふいに、ひとりが上方向を見た。そして舌打ちし「行こう」ともうひとりに言う。

少年たちは悪態を残し、路地から去って行った。二人の姿が完全に見えなくなるのを確認してから、翠嵐は樽の後ろに隠れていた男の子のもとに駆け寄る。

「大丈夫？」

「だ、大丈夫……あんた、すごいね……」

そんなことないよと答えるべきか、まあねと答えるべきか……翠嵐がちょっと迷っているうちに思いがけない方向から、

「ホント、すげえなおまえ！」

と大きな声が降ってきた。

路地の突き当たり、高い石壁の上に誰かが立っている。逆光の位置なのでよく見えない。翠嵐は身構えたが、男の子が「兄貴だ！」と嬉しそうな声を出した。太陽を背負った痩せた少年は、壁の上からひらりと下りてくる。普通ならば飛び降りようと思わない高さなのに、膝を柔らかく使って難なく着地した。

「いやいやいや、すげえ！　思わず見とれちまって、助けに入り損ねたじゃねえか！　なんなんだおまえ、竹竿の精かなんかかよ？　器用すぎるだろ。しかも、嘘みたいに身軽じゃん！」

「きみも、身軽だね」

翠嵐が言うと、少年はニカッと歯を見せて笑い「まあな」と返した。

そして、しがみついてきた男の子をギュッと抱き返す。

「ソヌ、大丈夫か？　ここらで仕事しちゃだめだって言ったろ。縄張りにうるさい連中もいるんだ」

「ごめん、ごめんよ兄貴。けどおいら、ちょっとでも稼ぎたくて……」

「おまえはまだ小さいんだから、気にしなくていいんだよ。ひとりにしてごめんな」

「ううん、いいんだよ。兄貴、あそこに行ってたんでしょ？　あの、文字を教えてくれるっていうとこ……」

ソヌの問いに、少年は気まずい顔で「いや……ちょっと、様子をな……」と口籠もった。そして話をそらすように、翠嵐に視線を向け自己紹介を始める。

「俺はハヌル。ハヌル団の頭なんだぜ。で、こいつはソヌ。ほんとの兄弟じゃねえけど、助け合って生きてんだ。ほかにも何人かいて、みんな親なしの宿なしだ」

「僕はスイ。たまたま、この子が追いかけられてるのを見て……あっ、ソヌ、ここ擦りむいてるじゃないか」

ソヌの肘に傷ができていた。翠嵐は自分のチョゴリの袖口から手を入れ、内衣の袖を破く。それをさらに裂いて長くし、ソヌの肘に巻いてやる。

「なるべく早く、きれいな水で洗うんだよ。瘡蓋《かさぶた》になったら、無理に剥がしたりしないでそっとしておくこと」

「うん。ありがとう、スイ兄ちゃん」

兄ちゃんと言われたことが嬉しくて、翠嵐は微笑む。その様子を見ていたハヌルが「おまえ、変なヤツだな」と言った。

「着てるものからすると、結構いいとこの子だろ。そこそこ儲かってる商家の坊ってとこじゃねえの。そういうところの子供はさ、俺たちみたいな浮浪児には近寄ろうともしねえ。まして、助けたりなんか絶対しねえよ」

「そうかな……」

「そうだよ。助ける理由なんかねえじゃん。ふつうは見て見ぬふりだよ」

「助ける理由……」

改めて考えると、翠嵐にもその理由はわからなかった。とにかく小さなソヌが、一方的な暴力に晒されているのを見ていられなかった。というか、見ていたくなかったのだ。自分がつらかったのだ。

「……ご飯が……」

小さな声で言いかけ、やはり恥ずかしくなってやめた。だがハヌルは一歩翠嵐に近づいて顔を覗き込むようにし「ご飯？」と聞き返す。仕方なく翠嵐は続けた。

「ご飯が美味しくなくなる」

「はあ？」

「見て見ぬふりをしてそのまま家に帰ったとするだろ。でも、見ちゃったことはなかったことにならないし、あの子はどうなったかってずっと気になっちゃうだろ。きっと、ご飯の時にも思い出す。…………あのさ、僕、ご飯好きなんだよ！」

「な、なんだよ突然……」

「ご飯大好きなのに、美味しく食べたいのに、その時にソヌの泣いてた顔思い出したらさ、きっとご飯の味なんかなくなるだろ。それはすごく困る」

「お、おお……？」

ハヌルは首を傾げ、「なんだかよくわからんが」としげしげと翠嵐を見る。

「つまりおまえは食いしん坊なんだな」

「うん」

翠嵐が真剣な顔で頷くと、ハヌルはプッと噴き出した。その隣でソヌまでがくすくすと笑っている。自分は何かおかしなことを言ってしまっただろうか。

「おまえやっぱり変だ。変だけど、面白いな」

「……そうかな」

「俺の弟分にしてやってもいいぜ。……いや待て、おまえ何歳だよ。結構でかいもんな……もしかして俺より上かな……」

「十二歳」

「なんだ、同い年か。じゃ、友達だな」

その言葉に、翠嵐は「と、友達？」とハヌルにズイッと近づいた。

「うわ、そんなに近寄るなよ。綺麗な服が汚れちまうぞ」

「さっき暴れたから、とっくに泥だらけだよ。ハヌル、ほんとに僕と友達になってくれるのか？」

「いやいや冗談だよ。ならねーよ」

「…………ならないの……？」

たちまちしょげてしまった翠嵐に、ハヌルは「だっておまえ、わかってんだろ」と言葉を続ける。

「俺は隷民で浮浪児なんだぞ？　ハヌル団はよ、そりゃたまには役に立つけど、ちょいちょいかっぱらいなんかもしてんだぞ？　おまえはあれだろ、良民だろ？　身分が違うのに、友達になれるわけないだろ」

「…………ハヌルは、いやなんだね……」

「イヤとか言ってねーし！」

ハヌルは慌てたように「だいたい、もう会うこともねえっていうか、会えないだろうしよ！」と早口になる。確かに、ふだんは宮中に暮らす翠嵐がハヌルと会うのは簡単ではない。せっかく初めての友達ができそうだというのに……翠嵐には、歳の近い友人がいないのだ。遊び相手が欲しいといえば、両親は誰かを紹介してくれるだろうが……宮中では、誰であれ王の姪である翠嵐に気を遣う。おまえは食いしん坊なんだな、などと言ってくれる友人ができるはずがない。

「さっき、文字処の話をしてたよね」

翠嵐はハヌルの袖を摑んで言った。

「ハヌルが文字処に通ってるなら、また会えると思う。僕、文字処の天青師範のことは知ってるんだ」

「お、おう……」

「天青……あいつかよ……」

ハヌルが少し口を曲げて、嫌そうな顔をした。

「嫌いなの？」

「嫌いだよ。あいつ、しつっこい。だいたい、あの文字処は、元々俺らのヤサだったんだ。それを勝手にさあ……」

「え、追い出された？」

「そうじゃないよ」

答えたのはソヌだった。

「最初はそうかと思ったんだけど、ちがったの。文字処の近くの納屋を使わせてくれてるんだ！　屋根の穴を塞いで、新しい筵《むしろ》もあって、たまに食い物も置いてある！」

屈託ない笑顔でそう教えてくれる。

「けどよ、よそにやられた兄弟もいたじゃねえか」

「でも、天青師範は言ってたよ。信頼できる主のところに行ったたって」

「わかったもんじゃねえよ」

「燕篤師範も話してたよ。役所に捕まって、うんと遠くの厳しい土地に送られるよりずっといいって。おいらたちも文字を覚えれば、いい主のところに行けるかもって……。それに、兄貴は今でも少し文字が読めるじゃないか。もっと勉強したら、きっと大きな商家で使ってもらえたり……」

「文字なんか、役に立つもんかよ！」

鋭く叫んだハヌルに、ソヌがびくりと身を竦める。

「……悪い、ソヌ。怒ってねえから、大丈夫だ。……とにかく、読み書きで腹が膨れないのは確かだろ。けどな、ほら、今日は肉が食えるぞ？」

ハヌルが手にしていた袋の中身を見せる。絞められた鶏が一羽入っていた。

「言っとくけど、今日のは盗んだやつじゃないぜ。迷い鶏だ。さあ、もう行こう。みんな待ってる。……スイ、達者でな」

「……文字処で会えるよね」

「…………」

「僕はいつでも行けるわけじゃないけど……そうだ、雨が降ったら、その翌日は文字処に行くようにする。ハヌル、友達になってくれるんだろ？」

食い下がる翠嵐に、ハヌルは複雑な表情を見せた。困ったような、嬉しいような、迷うような……そしてしばらく考えた後に「文字処は、だめだ」とぼそりと言う。翠嵐は落胆し、肩を落として俯く。

「……文字処じゃなくて、その裏手の藪に入ってくと、古い祠があって……ボロいけど庇もあっから……そこに……」

翠嵐はがばりと顔を上げる。

「藪の中の祠だね！　わかった！」

「い、言っとくけど、絶対に会えるとは……」

「うん、大丈夫だ！　僕、待ってるよ」

「いや、俺がいなかったらすぐ帰れよ……。おまえ、すばしこいけど、やせっぽちなんだからよ、あんま危ないことはすんなよな……」

「うん！」

嬉しくて勢いよく頷いた時、鼻の下に違和感を得た。あれ、と触れると手にべったりと血がつく。頭や顔をぶつけた覚えはないので、今更になって興奮の鼻血が出たのだろう。時々あることなので、さほど気にせず鼻の下を擦っていると、ハヌルが「うわっ、おまっ」と声を出して慌て、自分の袖を翠嵐の顔に押し当ててきた。

「ふがっ。らいじょうぶらよ……？」

「いいから座れっ。じっとしとけ！」

そう言われて。翠嵐は大人しく従った。どれだけ洗っていないのだろう、色々なにおいが染みついた袖を顔にくっつけたまま、それでも翠嵐は笑ってしまい、ハヌルに「ほんと変なやつ」とまた言われてしまったのだった。

＊＊＊

昨夜も、あまり眠れなかった。

輝安王妃は溜息をつこうとして、やめた。吸い込んだ息を少しずつ逃がし、控えている女官に気づかれないようにする。昨夜、ずっと輝安の腰を摩っていた女官はうつらうつらしている。起こしては気の毒だ。

お腹の子が大きくなるにつれ、腰が重く、怠く、そして痛んだ。

おかげで眠りの浅い日が多く、食欲も落ち、医師から滋養のためにと与えられた薬湯は口に合わず、無理に飲めば吐き気がする。

――国母となるのですぞ、しっかりなさいませ。

様子を見に来た父に何度そう言われたことだろうか。王妃となった瞬間から、輝安の身分は父より上になった。したがって父も恭しい言葉遣いをするが、その圧力は以前と何ら変わらない。

――輝安、そなたは王妃となるのだ。

突然そう言われたのは、三年前のことだ。

新しい王の下で父、申錫石が着実にその地位を固めていることは、屋敷の奥に引きこもっている輝安の耳にも届いていた。各地方で治水を任され、その手腕は確かだというのに、なかなか権力の座に近寄れなかった父だが、とうとう運が巡ってきたのだ。政のことはわからないし興味もない輝安だったが、父の機嫌がいいならばなにより……その程度に思っていたのに、突然の縁談に動転した。

——父上、無理です。私はそのような教育を受けておりません。

——明日から各分野の師が来る。必要なことをすべて覚えるのだ。

——そんな……崔《さい》家との縁談はどうするのです。

輝安には婚約者がいたのだ。一度会ったきりの相手だったし、特別な情があったわけではない。それでも未来の夫となる人なのだからと、定期的に文は出すようにしていた。相手も筆まめで、篤実な人柄のわかる文章には好印象があった。

——その話はもう終わった。なにしろ妃候補に入ったのだからな、相手も納得していたというものだ。

ふふ、ようやくここまで漕ぎ着けたぞ。長い間、僻地で靴を汚していた甲斐があった。よいか輝安、この父が必ず妃にしてやる。

王妃になどなりたくない、そう言葉にできたらどれほどよかっただろう。けれど輝安はただ黙して震えるしかなかった。あまりの重責が恐ろしく、かといって父に逆らうのはもっと恐ろしい。

父は焦っているのだとわかった。

重臣として御前の合議に出られるようになり、派閥を固め……そうこうしているうちに、もはや髪はかなり白い。長年の夢だった大きな権力の座を、少しでも早く摑み、長く愉しみたいのだ。そのためならば、あらゆるものを利用する父なのである。

――なんだその顔は。そんな陰気臭い顔で王の前に出ては疎まれるではないか。

――す、すみませぬ……。

――まったくおまえの陰気臭さは母親そっくりだな。華のない見てくれや、気の利いた言葉ひとつ言えぬところも、なにからなにまで似ている。だがまあ、安心せよ。藍晶王は派手な女人を好まぬ。ご自分が十分美しいからなのか、妻の容姿にも無頓着なご様子。そなたのように、道端の雑草、せいぜい白詰草程度の女が、むしろよいらしい。ははははは、風変わりな王で助かることよ！

言いたいことを言うと、父は回廊を軋ませ、去って行った。

そばで聞いていた幼い頃から支えてくれている侍女が「あんまりなお言葉です」と涙ぐんでいたが、輝安はもはやなにも感じていなかった。

白詰草……なるほど、自分の見てくれは確かにその程度である。醜くて抜きたくなる草でもないが、咲いていても誰も気にせず、人に踏まれてばかり――まだ若い王は大層美しいと評判だった。もしやその引き立て役として、冴えない女をお望みなのだろうか。

そんなことまで考えもした。

その次の日から、あまりに急で無理やりな王妃教育が始まった。

礼儀作法については、それほど苦労せずに覚えられた。幼い頃から「こうしろ」と命じられたとおりに動くことには慣れている。慣れるしかなかった。そうしなければ、母が叩かれるからだ。母を守るために、輝安は必死で父の言いつけを守ってきた。父は外では穏やかで鷹揚に振る舞えるらしいが、家の中では癇癪持ちの暴君で、輝安と母は父の顔色を常に気にして暮らしてきた。そのせいか、母は病気がちな人だ。

困ったのは学問だった。父は「女子供に学問は必要ない」「女子供は出歩くものではない」と、母や輝安が外出することを嫌ったし、書を読むことも嫌った。それでも貴族の子女として最低限の教養はなくてはならない。文字の読み書きと、婦女子の務めについて訓じた僅かな書物、それだけが許された。だから輝安は、実のところ麗虎国史についてすら、ろくに知らなかったのだ。歴史を教えに来た老師は、内心でさぞ呆れていたことだろう。短い期間で輝安は必死に学んだ。付け焼刃ではあったが、なんとか学問も形にした。婚礼の準備をしながら、事情が急に変わって、別の誰かが王妃になりますようにとそう祈ってきたが、神には届かなかったようだ。父は盤石の準備で、輝安を輿入れさせた。

夫となった藍晶王は噂に違わぬ美しい方で――いや、もっと正直に語れば、あれほど美しい男性を輝安は見たことがなかった。もともと、屋敷の外にも出ない世間知らずで、若い男性にほとんど会ったことがなかったほどなのに、自分の夫が輝くばかりの美貌なのである。

それだけではない。王は人格者だった。

輝安に優しく思いやり深い言葉をかけ、王妃として尊重して扱ってくれた。

とても信じられなかった。

こんな夢物語があるものかと、疑心暗鬼が続いた。

きっと、天女のごとき寵姫がいて、その女が王をお慰めしているのだ――そんなことを考えもしたが、女人の影など一切なかった。王は自分の時間のすべてを政務に捧げていたのだ。父がそこかしこに放っている間者からの報告なのだから、間違いはない。

輝安は動揺した。

怖くなった、と言ってもいい。

この人の傍らに、自分などがいていいのか。

藍晶王の誠実さとその人徳が明らかになるにつれ己の矮小さに身の竦む思いだった。美しくもない。教養もない。自分の夫を信じる器量すらない。しかも、輝安が王妃となって以来、父はあからさまに宮中での態度を変えた。出世など望まぬ、自分はただ天災に苦しむ民のため、治水に身を捧げるのだ――そういった素振りはもう必要なくなったからだ。娘が妃になったということは、王にとっての義父であり、ないがしろにすることはできない。堂々と外戚派閥を作りだし、王と対立する姿勢を隠さなくなった。

そんな男の娘を、王が愛するはずがない。

それどころか顔も見たくないに違いない。

以前はそれでも、週に一度は百花宮でお休みになった。おそらく夫としての義務と考えたのだろう。輝安が懐妊してからも、昼間は時々顔を見せにきた。しかし、父の振舞いがあからさまになるにつれて、王の訪れは減った。それでもなお、義務を果たそうと夕餉を共にしてくれることもあった。

だが悪阻の重かったある日……輝安はその席で、大変な粗相をしてしまったのだ。思い出すと、今でも死にそうに情けない。その後は食事を共にすることもなくなった。

どうしようもない孤独が輝安を襲った。

おかしい。ひとりで過ごすのは慣れていたはずなのに。

母は臥せがちで、実家の頃から、話相手は乳母でもあった側仕えだけ。彼女は今でも輝安のそばにいてくれる。だから状況は変わっていないはずなのだ。いや、お腹に子供がいるのだから、ひとりではないと言えるかもしれない。

その子供ですら、輝安の悩みの種に感じてしまう。生まれる前から、母にそんなふうに思われる我が子が憐れで、ほとほと自分がいやになる。

こんな状況で健やかに眠れるはずがない。

それでも……翠嵐と庭を歩いた日は、いつもよりよく眠れるようだった。

もう何度か、一緒に庭を歩いている。あの子は面白い。賢くて、心根が優しい。風変わりなところは母君に似たのだろう。あの美しく闊達な人は、見ているだけで気圧されてしまう。目上の男性相手であろうと、いつも堂々として、言いたいことを言うのだ。

いくら王族とはいえ、女人がそんなふうに振る舞うなど、輝安には考えられないことだった。あまりに自分と違い過ぎて、正直、櫻嵐は苦手な輝安だが……まだ十二歳の翠嵐にならば気を許せる。

ある時、翠嵐は池の端で突然走り出した。

蛙を見つけたのだと言う。

素手で捕まえようとしたので、輝安づきの女官が「ひぎゃあ！」と叫び、その素っ頓狂な声に輝安は久しぶりに声を出して笑った。結局蛙は逃げてしまい、翠嵐は残念そうに戻ってきた。蛙が好きなのだと話す。どんなところが好きなのかと問うと、

──世界をふたつ、経験するからです。

と答えた。意味がよくわからず首をかしげると、

──オタマジャクシの頃は水の中で暮らしています。そして大きくなると、地上に出るのです。だからカエルは両方の世界を知っているのです。それは、なんと言いますか……ええと……。

うまく言葉にできず、困る顔は子供らしく可愛い。けれどものの見方は、どこか大人びていると言うか……いや、大人ですら持たぬ視点のある子なのだ。ふたつの世界……けれど輝安の世界は、どこにいても常に狭く、息苦しい。

──ええと、たくさん知ることができると、胸がどきどきするのです。それを私は楽しく感じるようでございます。

翠嵐はそんなふうにまとめた。

――なるほど。そなたは本当に賢い。書もたくさん読んでいるそうだな？

――恐れ入ります。はい、書は好きです。私は……器量がよくありませんので、せめて賢く……。

翠嵐はそう言いかけ、ほんのつかのま表情を曇らせた。

けれどすぐに顔を上げて「失礼いたしました。お忘れください」と微笑んだ。

ああ、この子は自分の容姿に自信がないのだ……輝安はすぐに察し、慰めの言葉をいくつか思いつきはしたが、口にはしなかった。今言ったところで、気を遣われていると思うだけだろう。この聡明な子は、相手の気持ちをよく読む。子供としては、すぎるほどに読んでしまうのだ。

それでも、いつか伝えられたらと思う。

そばかすは、きっとだんだん薄くなる。もうじき頬も丸くなり、女の子らしくなってくる。だから心配しなくていいと、伝えてやりたい。

そんなことをつらつらと考えていると、足音が近づいてきた。

誰か来たようで、うとうとしていた側仕えの女官もハッと目を覚ました。そそくさと立ち上がり、外回廊に確認に行く。

「弟君がおいでてございます」

戻ってきた女官が、頭を低くして告げた。

「石墨《せきぼく》が？」

「はい」

「……また泣いているのですか？」

「さようにございます」

輝安が通すように告げると、ほどなく目を真っ赤にした少年が現れた。

薄水色の衣は神官書生の徴《しるし》だ。石墨は十二歳、つまり翠嵐と同い年だが、彼女に比べれば幼く見える。小柄だということもあるし、さらには……。

「……っ、お、王妃様には……ご機嫌、麗し……ッ、ひくっ……」

「ああ、涙をお拭きなさい石墨。泣きながらでは挨拶もままならぬでしょうに」

このように、とても泣き虫なのである。

女官から手巾を渡された石墨はなんとか涙を収め、改めて輝安に挨拶をした。この少年は確かに輝安の弟なのだが、異母弟であり、一緒に暮らしたことはない。それどころか王妃になってから、初めて会ったのだ。

「また叱られたのですか？」

「……はい。父上は、私がお嫌いなのです」

視線を落とし、石墨は答えた。輝安は内心（そうであろうな）と思いながらも、「血を分けた息子を嫌う父などおりませぬ」と答えるしかない。好き嫌いでいえば、父は輝安のことにしても、少しも好ましく思ってはいまい。

そもそも、あの父の判断基準は好き嫌いではなく、価値があるかないかなのである。最近の父がそれなりの気遣いを見せているのは、正妃となった娘に価値があるからだ。その点で考えるのならば……。

「父上は、この石墨を役立たずとお思いです」

そう、そのとおりなのである。悲しいことに、石墨自身もわかっているらしい。

「田舎町で一番賢かったとはいえ……その程度の井の中の蛙が、宮中神学院で通用するはずもないのです。このあいだの試でも、また最下位を取ってしまいました。それが父上の知るところとなり……さきほど、呼び出されて……し、叱責を……うっ……」

「泣いてはいけませぬ。泣けばますます父上に疎まれます」

「……っ、は、はい……」

小さな肩に目一杯の力を入れて、石墨は耐えていた。正直なところ、その存在すら知らなかった弟なので、輝安としても肉親の情があるわけではない。それでもこの子が気の毒なことには変わりはなかった。あの父が、まだ子供と言ってもいい石墨に、どんな厳しい言葉をぶつけたのか——自分の幼い頃を思えば想像はつく。いや、男の子とあれば輝安よりもっとひどく罵られたかもしれない。

「よいですか、石墨。努力するしかないのです。頑張ってよい成績をお取りなさい。さすれば父上も、お褒めの言葉をくださいます」

「……そうでしょうか……」

いいや、これは嘘だ。

どんなに頑張ったところで、褒めてはくれないだろう。ただ叱責が減るというだけである。王妃となり、めでたく懐妊した娘にすら「王子を生まねば、なんの意味もございませぬ」と言い放ったほどだ。それでも輝安は「きっと褒めてくれます」と、なんとか微笑みを作って見せた。

「努力は……しているのです。眠る時間を削って学び、宮中神学院の入試に挑みました。入学してからも、毎日必死でやっているのですが……田舎者の私は要領が悪い上、神学院の上級生に知人ひとりいるわけでもなく……」

「上級生に知人がいると、なにか違うのですか」

「……試で、どんな問題が出るか教えてもらえるのです」

「なるほど……同じ初級書生の中に、助けてくれる者は？」

おりません、とか細い声が答えた。その理由は予想がついたので、問いはしない。

石墨の母親は良民なのだ。つまり身分が低い。

父が治水工事で赴いた地方で、宿屋の娘に気まぐれに手をつけた。恐らくそれが初めてではなかっただろう。工事が終わると父は都に戻り、その娘が子をなしたことも知らなかった。身分は高くないものの、宿屋は繁盛し、裕福だった。その娘と両親は、父のない石墨を大事に育て、学処にも通わせたのだ。父が石墨のことを知ったのは、つい数年前らしい。聡明な男児と聞き、母や祖父母から奪うように、都に呼び寄せたのである。

申家には跡取り息子がいないためだ。

「友は、まだできぬのですか」

「身分が低い上、劣等生では……私のことなど誰も相手にしてくれません……」

これも愚問だった。友がいるのであれば、姉とは言え、さして互いのことを知っているわけではない輝安のもとに涙ながらに駆け込んで来たりはしないだろう。

実の母の身分は低くとも、体裁としては『王妃の弟』である。それでも友ができぬということは……相当、ほかの子たちから下に見られているのだ。同時に王妃として、自分も舐められているのだと輝安は痛感した。神官書生たちは生まれながらの裕福な貴族の子が多く、宮中の空気を敏感に感じ取る。

ぽつ、と水滴が床に落ちる音がする。

「は……母に……会いとうございます」

石墨は小さな涙の池を作りながら、胸を絞るような声で言った。実家でさみしく暮らしているであろう、身体の弱い母を思い出し、輝安まで悲しい心持ちになる。それをなんとか取り繕い「言うてはなりませぬ」とやや厳しい声を出した。

「そなたはもう十二歳、しかも男の子です。母を恋しがって泣いたりすることは、父上が最も嫌うこと」

「……っ……はい、申し訳ございませぬ……」

ああ、いやだ、と輝安は思った。

こんなふうに弟を諭す自分が嫌だ。子供が母を恋しがるのは当然ではないか。輝安も幼い頃は、母が病に臥せるたび不安になって泣いた。そんな輝安を見た父が、こういったのを覚えている。

――なんとも無駄な歎きよ。どれほど泣いても病が治るわけではなかろうに。まことに女は愚かで困る。あれも身体が弱すぎるのだ。まったく、男児も産めず、薬代ばかりかかる役立たずを娶ったものだ。

その時、胸に湧き上がった感情を……あの強い感情を、輝安は今でもうまく言葉にできない。とにかく涙が止まるほどの衝撃を受けた。そして、おそらくこの父とは死ぬまでわかりあえることはないだろうと思った。それなのに、娘として従わなければならぬこの身が恨めしかった。親への孝はなにより大切とわかってはいるが……それでも輝安は、父が好きではない。そんな父にずっと傅いてきた憐れな母のことも、大事には思っているが、理解はできない。輝安は親不孝者なのだ。そんな自分が、果たしてよい親、よい母になれるのだろうか。お腹にいるこの子を、幸せにできるのだろうか。考えれば考えるほど、無理に思えてくるのだ。

「……王妃様？」

石墨の心配げな声がした。いつのまにか俯き、沈鬱な顔で考え込んでいたらしい。輝安は顔を上げたものの、どういう表情をしていいのかわからなかったので、いつものように喜怒哀楽すべてを封じ込めることにした。

この顔が一番楽だと気がついたのはいつのことだろう。

「石墨。そなたには友が必要なようだ」

「……王妃様、誰かに私の友になるよう命じるおつもりでしたら、おやめください。たとえそれに従う者がいても、それは本当の友ではありません」

「では書生以外の友を……」

「青竹斎《せいちくさい》で暮らす私には、よそで同じ年頃のものと知り合う機会がなく……」

青竹斎というのは、神官書生たちが寝食を共にする寮である。やはり宮中にあり、書生たちは休暇を除き、宮中から出ることはほとんどない。

ふいに、ひとりの少女の顔が脳裏に浮かんだ。

翠嵐――あの子ならば年も同じで、優しい心を持っている。石墨のよい話し相手になってくれるのではないか。とはいえ、翠嵐は女子だ。神官書生たちは、原則、女人と個人的な会話を持ってはならない……そんな律も聞いたことがある。だがそれが厳しく言われるのはある程度の年齢を過ぎてからで、まだ年若い少年たちは、同年代の見習い女官らと交流を持つこともあるようだ。

しかし、翠嵐は女官見習いどころか、この国の正統な王女の息女である。

半分は良民の血が流れる石墨と交友を持ってほしいなど……言い出してよいものか。櫻嵐王女はそういったことに頓着なさそうだが、周囲の目というものもある。あらゆる噂に尾鰭がつくのが宮中という場所なのだ。

「いつもご心配ばかりおかけして、申しわけございません……」

黙ったまま考えを巡らせていた輝安を、不機嫌と捉えたのか、石墨はますます小さくなって詫びた。可哀想なこの子に近寄り、肩でも抱いてやれば良いのかもしれないが……いいや、母親でもない輝安にそんなことをされても、石墨も迷惑であろう。

「私はそなたの姉です。遠慮することはない」

表情のないまま、そう言うのが精一杯だった。

だが石墨は俯いたままだ。王妃の弟であることは間違いないのだから、もっと堂々としていればいいものを……そう思いかけて、急に気づく。

同じだ。この子と私は同じなのだ。王妃として堂々と振る舞えばよいのに、自信のかけらもないためにそれが出来ない自分と……。

「ひとつ、考えがあります」

「王妃様？」

「うまくいくかどうかはわからぬが……しばらく待ちなさい。その間は勉学に励み、しっかりと食べるのです」

育ち盛りだというのに、また痩せたように見える石墨にそう告げる。哀れな弟はさらに頭を低くし「かしこまりました」とくぐもった声を出したのだった。

4

老師範に呼び出された時は、ああ、もうおしまいだと思った。試の結果はひどいもので、ことに麗虎国史の出来は惨憺たるものだった。これでは神学院を追い出されても仕方ない。けれど、このつらい日々が終わるならばそれもよいかもしれない……一瞬そう思いかけた石墨だったが、父の顔を思い出して再び気持ちが深く沈んだ。

父は怒るに違いない。石墨を役立たずの息子と叱責するだろう。こんな息子はいらぬと追い返されたら……そうしたら、母に会える。だが、母は喜んではくれないかもしれない。母のもとを去る時、何度も言われた。しっかり勉強して偉くなるのですよと。おまえは才覚があるのだから、頑張ればきっと大丈夫だと。いま帰れば、そう言ってくれた母の気持ちを裏切ることになってしまう。

がっくりと首を落とし、中石墨は老師範のもとへ赴いた。すると、

「すまなかった」

いきなり、謝罪の言葉を聞いて耳を疑った。

「文字処の件で忙しかったとはいえ、私の目が行き届いていなかった。中石墨、おまえが孤立していることに気づけず、すまぬことをした。どうか許してほしい」

「え……あ、あの……そんな…………」

聞き間違いではなく、老師範は本当に謝っているのだ。驚きすぎて、石墨はろくな返事もできずにいた。

瑛鶏冠老師範――位の高いこの御方と、直接会話するのは初めてである。緊張すると同時に、宮中でも際だっての美貌と囁かれる顔にみとれてしまい、頭の中は大混乱だ。

「特定の者が嫌がらせをしているというわけではないのだな？」

「は、はい。違います」

さすがに王妃の弟に、あからさまないじめをする者はいないのだ。

「初級神官をまとめている師範には、私からよく頼んでおく。……とはいえ、友というものは、作ろうとしてできるものではないし……」

「あ、あの」

混乱のあまり、老師範の言葉を遮るという無礼を働いてしまった。けれど老師範は気にする様子もなく「なんだ」と聞く。

「ぼ、僕……いえ、私は、神学院を追い出されるのでしょうか」

「……なんの話をしている？」

「だって成績が……」

老師範は「ああ、それか」と軽く眉を寄せた。不機嫌になったというよりも、なにかを思い出しているような様子だった。

「麗虎国史は最下位だったようだな」

「……も、申しわけ……」

「そう縮こまらなくてよい。あれは出題範囲が広すぎるゆえ、初めのうちはこんなものだろう。……天青はもっとひどかったぞ」

「え……天青師範が……？」

天青師範は、この老師範と並ぶほど、王からの信頼が厚いとされている方だ。現在は初級書生の担当ではないが、山歩き訓練の時に引率してくれた。すらりと背が高く、快活で楽しい師範だった。

「そうだ。文字もまるで蚯蚓《みみず》の行進だった。おまえは歴史は苦手なようだが、文字は綺麗だし、詩作も素晴らしいと聞いている」

褒められて、石墨は自分の足が少し浮いたような感じがした。それくらい嬉しかったのだが、同時に驚いてしまい、やはりなにも言えず口をパクパクさせる。

「詩作はあくまで教養の一環であり、成績では重視されぬからな」

だが、と美しい老師範は続けた。

「神官とは神の言葉を人に届けるのが仕事だ。人の心に届く言葉を紡ぐことは、神官としても大切であるし、たとえ神官にならずとも大きく役立つと私は思っている」

「老師範様…………」

　ほとんど涙目となっている石墨に「もちろん成績は上げねばならぬ」と釘をさすことも忘れない。

「地道に励みなさい。そのためには健康な身体も必要だ。同級の書生から話を聞いたが、おまえは食が細いそうだな」

「……はい……その、どれも大変おいしく、ありがたいことだとは思うのですが……なぜかあまり食べられないのです……」

　実は、無理に食べ、あとで戻してしまったことも数度ある。どうしてそうなってしまうのか、自分でもわからないのだ。

「心が健やかでないと、そういう症状が現れると医師が申していた。おまえには友と気晴らしが必要だ。今日は休みだし、町で市でも見物してくるとよい」

　その言葉と共に、外出許可の木札を手渡される。

「ですが、私は田舎者なので、竜仁の町をよく知りません……」

「心配いらぬ。同行者がいる」

　意外な言葉が返ってきた。

「南東の門でその者が待っている。半刻後に行きなさい」

　それだけ言うと、忙しい老師範はその場を立ち去っていった。水仙さながらの後ろ姿に見とれながらも、石墨は困惑する。事情がさっぱりわからない。

だが、行きなさいと言われた以上、行くしかなかった。同行者というのは、書生の誰かだろうか。だとしたら気の重いことだ。

――申石墨って、王妃様の弟なんだろう？

同級書生の立ち話を、たまたま耳にしたのは、入学後すぐだった。

――そう。でも母親が違うんだよ。石墨を産んだ母親は良民だっていうじゃないか。

――えぇ。僕、身分の低い者と口をききたくないんだけど……。

――でも父上は、飛ぶ鳥を落とす勢いの申錫石様だぞ。無視したらまずいかも。

――でも石墨の半分は良民で、しかも田舎者だよ。

――面倒くさいよね。まあ挨拶だけはちゃんとして、あとは無視すればいいんじゃないか？　目を合わさないようにしてさ。

そして本当に、誰も石墨と目を合わさなくなった。

今回の件に老師範が気づいてくれたとはいえ、状況がよくなるとは思えない。ひとりでも……たったひとりでも、友と呼べる相手がいたら、心持ちはずいぶん違うのだろう。けれどその場合、石墨を友としたその者も、同じように無視されてしまうのかもしれない。そんな申し訳ないことになるくらいならば、ひとりのほうがましだ。

「あっ。きみが申石墨？」

南東門で待っていたのは、見たことのない少年だった。

背が高く、頬に薄いそばかすがある。

地味な色合いだが、身体に合った清潔なパジチョゴリに、少しだけ刺繍の施されたチョッキをつけている。あまり上手とはいえない刺繍は、蝶だろうか。

「僕はスイ。今日はよろしく」

「あ、はい……スイ殿、よろしくお願いします」

スイは少なくとも神官書生ではない。宮中に出入りできる、これくらいの年頃の少年といえば……あとは下働きの隷民くらいだが、そういう身なりでもないのだ。

「呼び捨てでいいよ。僕たちは同い年なんだって。気楽にいこう」

「は……う、うん」

スイの笑顔はとても感じがいい。女の子たちは、きっとこういう少年が好きだろうなと想像できる。並んで歩き出し、門を出てしばらく歩くと、

「あ、ちょうどいいのがあった」

と、スイは道の端を見た。石墨も見たが、取り立てて変わったものはない。日の当たりにくい場所に、乾ききっていない水たまりがあるだけだ。

「来て、石墨」

「え？」

チョゴリの袖を軽く引かれ、訳のわからないままついていく。

「え……あっ、ちょ、ちょっと……！」

スイはなぜか、水たまりの中に入っていった。

水分はだいぶ蒸発し、もはや泥状になっている。そんなところでべちゃべちゃと派手に足踏みを始めるのだから、たまったものではない。跳ね返りの泥で、ふたりのパジは瞬く間に汚れた。もちろん鞋もだ。

「な、なにをするんだよっ」

「うん、これくらいでいいかな。それと……」

スイは水たまりを出ると、ひょいと屈んで乾いた土を触り、その手をチョゴリで拭く。もちろんチョゴリは埃っぽく汚れ、さらにその手で石墨に迫ってきた。

「や、やめてよ、汚れちゃうよ！」

「汚してるんだよ。ほら、逃げないの！」

あっというまに追いついたスイに、パタパタとあちこちを触られ、貴族の子息として与えられた上等な服は台無しだ。また父に叱られてしまうかもと、想像しただけで顔から血の気が引く思いである。

「ごめん、ごめん。でも石墨の服、上等だし綺麗すぎるんだ。そのチョッキも刺繍が目立ちすぎるから裏表に着直してくれる？　市にはいろんな人がいるからね。金持ちの子供だと思われないほうがいいんだよ」

「そ、そうなの……？」

「買い物すると値をふっかけられるし、スリにも狙われる。一番怖いのは拐《かどわ》かしかな。王様が厳しく取り締まったから、最近はずいぶん減ったみたいだけど」

「拐かし……」

「子供を攫って、親に金を要求するんだよ」

万にひとつ、石墨がそんな目に遭ったところで、父は金など出さない気がする。だとしても攫われるのはご免だったので、「うん、わかった……」と石墨は頷いた。どうやら、このスイという少年は頼りになるようだ。さすがは老師範様の紹介である。ふたりで小汚くなったところで、市に向かって歩きながら、石墨は聞いてみた。

「あの……スイは老師範様とどういう知り合いなの？」

「小さな頃から知ってるし、お世話になってるよ。……実は、このあいだちょっと失敗をしちゃって……失敗というか、うん……早く帰らなきゃいけないのに、そうしなかった。そしたら、父さんも母さんもすごく怒ってね……」

「ご両親、怖い？」

石墨の問いに、スイは「ふだんはそんなことないよ」と答える。

「でも一度怒らせると、きっちり罰を食らうんだ。それで、その罰を与える役割が老師範様で、ではなにか仕事をさせようって仰って。でも、こんなのぜんぜん仕事じゃないよ。楽しいだけで」

「……楽しい？」

「うん、石墨と市に行けるんだから、楽しいさ！」

嘘の感じられない笑顔で言われ、石墨は泣きそうになるほど嬉しかった。

故郷を離れて以来、同じ年頃の子にこんな風に接してもらえるのは久しぶりだ。

「どうしたの、目が赤いよ？」

スイに心配され「ちょっと砂埃が入っただけ」とごまかした。

市の通りは、目移りする賑やかさだった。ふたりで色々な店を見て回れば心も浮き立つ。スイはこの辺りをよく知っていて、とくに食べ物の店には詳しかった。

教えてもらった餅菓子の店で、買い物をしようとして思いとどまる。

「どうしたの？ここの餅菓子は本当に美味しいから、お土産にいいよ。書生寮でも美味しいお菓子が出るんだろうけど、負けないと思うな」

「うん……でも、僕、お土産をあげる友達がいないんだ……」

「じゃあちょうどいい」

「え」

戸惑いながらスイを見ると「お土産をあげたら、友達になれるかもよ」とにっこり笑う。けれど石墨は、そう楽天的に考えることはできなかった。

「餅菓子ぐらいで……友達にはなってくれないと思う……。僕は嫌われてるんだ。母親の身分が低くて……」

「でも、石墨は王妃様の弟でしょ？」

「うん。でも母は地方の良民でさ」

「中には、身分を気にしない子もいるかもよ？」

それはどうだろう。スイは宮中のことをあまり知らないのかもしれない。なのに鶏冠老師範と知り合いなのは不思議だが、老師範はよく町にも出かけられるそうだから、その時に知り合ったのかもしれない。

「僕は……気が弱いし、すぐ泣くし、成績も悪い。友達はきっと……」

できない、そう言いかけて石墨は言葉を止めた。以前はちゃんと、友はいたのだ。田舎だったこともあるかもしれないが、良民の子も常民の子も、時には隷民の子も一緒になって遊んだ。石墨はやっぱりすぐベソをかく子で、よくからかわれたけれど、仲間はずれにはされなかった。

「お腹が空いたな！」

しゅんとした石墨の隣で、スイは唐突に言う。

「行こう、こっちにおすすめの飯屋があるんだよ」

石墨を引っ張るようにして、スイはどんどん歩いていく。市の混雑を縫うように、巧みにすり抜けていくのだ。

「こっちこっち」

「スイ、子供だけで飯屋に入るのはよくないんじゃ……」

「大丈夫、父さんや母さんとよく一緒に行くところだから！」

スイが入ったのは、庶民的な飯屋だった。卓のほとんどは露天の中庭で、大勢の人が賑やかに食事をしている。

「こんにちは！」

スィが声を上げると、すぐに店のおかみさんが気づき、のしのしと大きな身体を揺すってやってくる。

「おや、坊、よくきたね。今日は子供だけかい？」

「うん。友達にここらを案内してるんだ」

「あんたの案内なら間違いないね。選んだ飯屋も最高だ」

「あははっ、だよね？　汁飯をふたつください！」

「はいよ」

おかみさんが去ってから、スィはハッと気がついたように、ものすごく深刻な顔で
「ごめん、ほかのもの食べたかった？」と聞く。

「えっ？　ううん、大丈夫だよ……」

「よかった。一番のおすすめが汁飯だからつい……。だけど人が食べたい物ってそれぞれだもんね。次はちゃんと先に聞くから」

「……次って……あるのかな」

「え、また来ようよ。今日だけじゃ市も案内しきれないし。ここの葱焼き《パジョン》も絶対に食べてほしいんだよね！」

屈託なく言うスィに、石墨は「うん」とだけ返した。それ以上なにか言うと、また泣きそうだったからだ。

さっきスイが、店のおかみさんに「友達を案内してる」と言った時も、とても嬉しかった。スイは熱心に、この店の汁飯がどう最高なのかを語る。男なのに、なんだか可愛い顔をしているなあと、石墨は思った。薄いそばかすも愛嬌があるし、なにより、瞳がきらきらしているのが印象的だ。

「老師範に頼めば、また外出許可をくれると思うんだ」

「……老師範は素晴らしい御方だよね。僕なんかに謝ってくれたんだ」

「謝って？」

「うん。僕が……その、ほかの書生たちとうまくいってないこと、気がつかなくて悪かったって。そんなの老師範のせいじゃないのに」

「老師範は、いつも困ってる人や弱い人のことを見てる。そういうところ、僕はとても尊敬しているんだ」

「うん。僕も」

　石墨は心から同意し、スイと目を合わせてやっと笑うことができた。

「石墨、文字処のことは知ってる？」

「知ってるよ。どんな身分の子でも読み書きを教えてもらえるんだよね。僕の住んでた村にも、似た手習所はあったけど……常民の子がちらほら来てたくらいで、隷民の子まではいなかったなあ。隷民の子は仕事があるから、時間を作るのが難しいもの」

　スイは目を輝かせて「それなんだけどね」と少し前のめりになった。

「隷民の主に許可をもらえるように、天青師範が頼みに行ったりしてるんだって。宮廷神官がわざわざくるわけだから、そりゃダメだって言いにくいよね。ふふ」

「天青師範、そこまでなさってるんだ……」

「最近は、家のない子も来てるんだよ」

「えっ、浮浪児のこと？　大丈夫なの……？」

親を亡くし、住処をなくした彼らは子供とはいえ無法者だ。盗みを働いたり、ケンカ沙汰を起こしたりして、時には牢に繋がれる子供もいると聞いている。

「中には問題を起こす子もいるけど……もともとは、飢饉で故郷を捨ててきた子や、ひどい扱いをする主から逃げてきた子供たちだから」

「そっか。隷民に殴る蹴るをする主はいるっていうもんね。……うちはさ、故郷ではわりと大きな宿屋で、隷民の下働きも何人かいたけど、じいちゃんは決してそんなことしなかったよ。食事も僕らと同じものだった」

それを「甘やかしている」と嗤う近所の者もいた。けれど祖父は言っていた。家族のように扱わなければ、家族のように働いてはくれないと。

「すごい。石墨のお祖父様は徳のある御方なんだねえ」

スイに感心されるのは心地よく、同時に恥ずかしさも湧き起こる。なぜなら、父である錫石の隷民の扱いといったら……神学院に入学するまでのあいだ、石墨は錫石の屋敷で過ごしていたのだが、見ていて心が痛くなったものだ。

「鶏冠老師範と天青師範の夢はね、この国全ての子供が読み書きできるようになることなんだって」

「それはまた……途方もない夢だね……」

「石墨は無理だと思う？」

「難しいんじゃないかなあ……」

「だよね。今はまだ良民だって半分ぐらいしか読み書きできないみたいだし。でも老師範と天青師範は信じてるよ。いつか必ずそうなるって、叔父上もお考えだし」

「叔父上？」

石墨が語尾を上げると、スイは刹那表情を固めて口を噤んだ。それから強引に笑みを作って「えっと、うん……僕の、尊敬する御方でね……」と言葉を尻つぼみにする。誰なのかはっきり言えないようだ。追及する気はないものの、スイは不思議な子だ。宮中神学院をとりまとめ、次期大神官ともされている鶏冠老師範や、その養子であり右腕とされている天青師範の考えをこんなに深く理解しているなんて……いったい、どこの家の子なのだろう。普通に考えれば名のある貴族なのだろうが、そんな家がこういう飯屋の常連であるはずがないし……。

「おまちどおさま！　熱いから気をつけるんだよ！」

あれこれ考えていた石墨だが、運ばれてきた汁飯を見て思考を止める。

「わぁ……」

「美味しそうだろ！」

まるで自分が作ったかのようにスィが自慢げに言った。

素朴な器にたっぷりと、熱々の汁飯が入っている。具材は豆もやしと葱だけで、書生寮で出る料理よりずっと素朴だった。

「うちの極上出汁は少し薄めでね。物足りなかったら、ここにあるアミの塩辛を足しておくれ。葱焼きはおまけだよ。ふたりとも、大きくおなり！」

おかみさんはそう言って笑い、盆を小脇に戻って行く。葱焼きもこんがりと美味しそうだった。だがまずは汁飯だ。石墨はスッカラを取り、ゆっくりと汁を口に運んだ。

「どう？」

スィが目を大きくして味の感想を聞くけれど、石墨はなにも答えないまま、もう一口汁をすすった。それからとても新鮮な豆もやしを、さらに出汁を含んだご飯を……どれも熱々で、口の天井をちょっと火傷しそうだったけれど、止まらずに食べる。

「石墨？　美味しい？」

心配そうに覗き込んでくるスィを見て、一度スッカラを下ろす。その質問に答えようとしたけれど、先に涙が溢れてしまった。スィはびっくりしてさらに目を見開く。

「えっ……す、好きな味じゃなかった……？」

「違う。違うんだ。とても美味しい……本当に……」

「じゃ、どうして泣いてるの？」

「母さんの味に似てる」

泣きながら、でも笑って、石墨はまたスッカラを上げた。

「母さんも、もやし入りの汁飯をよく作ってくれたんだ……僕もたまにヒゲ取りを手伝った。もやしは身体にいいから、たくさん食べなさいって……いつもこんなふうに熱々で、母さん自慢の大根漬けと食べると、すごく美味しくて……」

涙が零れて汁に入ったら、絶妙な味加減が変わってしまうかもしれない。慌てて石墨は涙を拭う。あとは夢中で食べた。気取った学友たちの目を気にする必要もない。汁を跳ね飛ばしながら、がつがつと食べた。葱焼きもとても美味しく、葱の欠片も残さずに完食してしまう。もちろん汁飯は、一滴の汁も残ってなかった。

「わあ、僕も食いしん坊だけど、石墨も負けてないなあ」

「……あれ、そういえば今日は全部食べられた……書生寮ではいつも残してしまって、心苦しくなるのに……」

「そうなの？　でもちょっとわかる。ああいうところのご飯は、豪勢だけど」

この場で『王宮』という言葉を使わないようにしながら、スイは「残念ながら熱々じゃないんだよね」と続けた。言われて石墨も気がつく。厨房から運んでくるのだから仕方ないことだけれど、どうしてもある程度冷めてしまうのだ。もちろんそれだけが、食欲不振の理由ではない。離れた場所からヒソヒソと噂されながら、ひとりで食べる食事が美味しいはずはないのだ。

「スイ、ありがとう。ここに連れてきてくれて」

「僕も嬉しいよ。石墨が気に入ってくれて」

「汁飯をたっぷり食べたら、元気が出た気がするよ。……僕は劣等生だけど、頑張って勉強する。偉くなったら、きっと母さんに孝行できるし」

「石墨は詩が上手だって、老師範がおっしゃってたよ」

「祖父ちゃんが好きだったから……。ほら、宿屋って旅の人がたくさん来るだろう？　芸人の一座が泊まることなんかもあるんだよね。一座には、必ず詩の書ける人がいるんだ。踊りや歌で使うから。小さい頃は、そういう人からも教わったり……」

話している途中で、しまった、と思った。旅芸人たちは身分の低い流氓《りゅうぼう》だ。流れ者なので税を納めることもなく、隷民より卑しいという人すらいる。そういう人から詩を教わるなど、眉を寄せられても仕方ないのだけれど……。

「すごいなあ……いいなあ……僕も、旅芸人の人たちからいろんな話を聞いてみたい。きっと、珍しいことをたくさん知っているんだろうね」

スイは本気で羨ましそうな声を出していた。石墨は安堵して「うん、たくさん面白い話を聞けたよ」と答える。

満腹になったふたりは、店を出ると再び市を見物した。

石墨が筆を見たいというと、「いい店がある」と大通りから少し外れた小道を案内してくれた。屋台や小商いが多く、かなりごみごみしている。

石墨だけだったら、きっと避けた道だっただろう。こんな場所ですら、研ぎ屋の親父が「スィ、おとっつぁんは元気か」などと話しかけてくるのだから驚きだ。

教えてもらった筆屋は、手頃な値段なのに品質はなかなか良く、石墨はよい買い物ができた。筆を選んでる途中で、スィが「ちょっと厠《かわや》を借りてくる」と店を離れた。こういった場所では、共同の厠が一定間隔であるそうだ。店の中で待ってて、と言われたのだが、買い物もすんで手持ち無沙汰だったので、通りに出てみた。街の雰囲気にも慣れ、石墨も周囲をよく観察する余裕が出てきた。向かいは小間物屋、その隣は竹細工の店だろうか。職人が竹を細く裂く様子が面白い。

とんとん、と誰かが肩を叩いた。

振り返ると、石墨より年上の……十六、七の少年が穏やかな笑みで立っている。薄茶色の不思議な瞳をしていた。黒い独特な衣は、寺の僧が着るものに似ている。だが少年は剃髪していないし、袈裟もかけてはいない。誰かのお下がりなのだろうか。

「な、なにか？」

石墨が聞くと、少年は自分の口を指さした後に首を横に振る。気の毒に、口がきけないようだ。さらに身振りで（今、筆を買ったよね？）と聞いてきた。石墨が頷くと、今度は両手の指を四角く動かし、紙を表す身振りをした。

「え……紙？　紙を売ってるお店に行かないかってこと？」

少年は耳は聞こえるようだ。にこやかに頷いて、さらに紙漉きの動作をする。

「そこで漉いてる紙を売っているの……？　でも僕、紙はべつに……」

　少年が懐から折りたたんだ紙片を取り出した、どうやらそれが見本らしい。石墨が触ってみると、薄さも適当で、なかなかの出来だ。もちろん宮中に出入りする商人のものとは比べられないが、書生が練習するためならば十分だろう。

　くいくい、と少年が袖を引っ張る。石墨は困ってしまった。一緒に行ってやりたい気もするけれど、スイを待っていなければならない。

「あの、今は友達を待ってるんだ。その子が戻ったら一緒に……」

　けれど少年は石墨の言葉など聞こえなかったかのように、さらに袖を引っ張る。思ったよりも強い力で引かれ、気の弱い石墨はつい足を動かしてしまった。ちょっとだけ覗いて、気に入ったら数枚買い、すぐ戻れば大丈夫だろう……そんなふうに自分に言い聞かせ、少年に引かれてさらに細い脇道に入っていく。両側には石壁が迫っていて、昼だというのに薄暗い道だ。もう人の姿もほとんどない。

「ねえ、こんなところに紙屋なんかあるの……？」

　そう聞いたが、先を歩く少年はなにも答えない。ただこちらを振り返り、にこりと笑った。後ろ暗さなどかけらもない笑顔に、少し安心する。もしここで少年が振り返らなかったら、石墨はなんとか腕を振り払って逃げようとしただろう。けれど、少年の笑みがそれを妨げた。こんなに綺麗な笑みを見せる彼が、悪い考えを持つはずがないと石墨は思ってしまった。

少年は石墨の袖をしっかり握ったまま、早足で進む。

どんどん奥へ行き、こんなところに角があったのかというところで曲がり、さらに道幅は細くなっていく。少し水のにおいがした。川が近いのならば、スイと別れた道からかなり離れてしまったことになる。いくらなんでもこれはおかしい……石墨がそう思った時、少年はふいに止まった。しっかりと掴んでいた石墨の袖から手を離し、再びくるりと振り返る。

（ごめんね）

少年の唇がそう動いた次の瞬間、石墨は後ろから誰かに羽交い締めにされた。暴れる間もなく、頭に袋が被される。目に強い刺激を感じ、ぼろぼろと涙が零れた。叫ぼうとすると、今度は喉がひどく痛む。恐怖はたちまち全身に行き渡り、自分の身体なのに自分で動かせない。

「歩け」

命じる声がして、石墨はただ押される方向にぎくしゃくと進むしかなかった。

＊＊＊

厠から戻りながら、翠嵐は事の経緯を思い出していた。

石墨は、スイが老師範の伝手《つて》で自分に同行しているのだと思っているが、本当はもっと込みいった事情なのだ。

三日ほど前に遡る。

申石墨という初級神官書生について聞いた。

ずっと母と暮らしていたのだが、昨年、父である申錫石に引き取られたそうである。

父は高位貴族であり、王妃は腹違いの姉となるわけだが、その一方で生母は地方の良民なので身分は低い。そのためなのか友人もできず、宮中神学院で心細い思いをしているそうだ。懸念した輝安王妃様が母の宮を訪れ、「翠嵐を、石墨の話相手にしてはくれまいか」と相談してきたという。

母は「まあ、用心棒ってことだな」と言い、鶏冠老師範は「違います。町の案内です」と静かに否定した。さらに父が「王妃様の弟御か……」とやや難しい顔で腕を組む。

——身重の王妃様が、しかも私を苦手とする王妃様が、わざわざ訪ねていらしたのだ。なんとかしてさしあげたいではないか。とはいえ、相手は錫石の息子だからな……これまた微妙な話になる。つまり、

——申錫石様は、王様と対立される立場の御方だからですね。

翠嵐が言うと、母は「聡い子め」とにやりと笑った。

——そう、ぶっちゃけ政敵だな。一方この母は無論、兄王を全力でお支えする立場だ。

正直、これが父である錫石からの頼みならば断っただろう。あのジジィの仮面《タル》顔は嫌いだしな。

母の言葉を、鶏冠が「櫻嵐様」と渋い顔で諫めた。だが確かに、仮面顔という表現はぴったりだと翠嵐は内心で感心した。宮中で何度か見たことがある申錫石は、王族と話す時は臣下として申し分のない態度で接する。そして相手が去ると、パッとその仮面を外し、時には小馬鹿にしたような顔にすらなるのだ。もちろん、錫石はそんなふうに観察している少女が物陰にいたことなど気づいていない。

——とはいえ、息子はまた別だ。すでに錫石にあれこれ吹き込まれ、悪い方向に染まっているならば考えものだが、鶏冠の話ではさにあらずらしい。

——はい。石墨は猛勉強の末、神学院に入学しましたが、成績は振るわず、母が良民であることからほかの書生たちに無視され、最近はすっかり食欲も落ちているとのことです。また、父親をとても恐れている様子です。

可哀想になあ、と言ったのは父だ。翠嵐も同じように思った。食欲がなくなるほどに落ち込んでいるなんて……宮中は石墨にとって、それほどつらい場所なのだ。

——私や天青も、入学当初は馴染めずにつらい思いもしましたが……それぞれ、助けてくれる者がいました。

——ああ、そうだな。天青にはそなたと曹鉄がいた。そしてそなたが書生だった頃には……。

母がふいに言葉を止める。

老師範にも書生だった頃があるのは当然として……その頃の瑛鶏冠を助けてくれた人とは、誰なのだろう？　けれど誰も続きを語ろうとはしなかったし、翠嵐もなんとなく問うことをためらってしまった。

——遅まきながら、石墨を助けてやりたいと思います。ですが、私や天青が表立つのはよくないでしょう。そこで翠嵐様にお願いしたいのです。

——どうだ、翠嵐。母上と老師範の役に立てば、先だっての件は許してやろう。

父がいくらかもったいぶって言った。

町ではぐれ、ハヌルたちと知り合った日のことを言っているのだ。あの日、翠嵐はずいぶん帰るのが……もとい、警邏庁に行くのが遅くなってしまったのだ。ようやく到着すると、門の前で吾偵雀《ごていじゃく》副事官が待っていてくれた。先に父から警邏庁に使いが出されていたらしい。副事官は両親と懇意であり、すぐに翠嵐を保護してくれたが、ずいぶんびっくりしていたようだ。翠嵐が少年の格好だったのはともかく、鼻血でチョゴリが汚れていたからだろう。怪我がないと知った時には「寿命が縮みましたよ……」とぼやいていたので、申しわけなかったなと翠嵐も反省している。もちろん、帰宅後は両親からみっちり叱られた。

——もちろん、お引き受けいたします。

翠嵐は答えた。

――ですが、その……。

――わかっている。翠嵐ではなく、スイとして同行しなさい。

母も同じことを考えていたようだ。王女の娘としてではなく、庶民の少年として石墨に町を案内するほうがいい。妙な噂も立たず、翠嵐も気楽だし、なによりパジのほうが動きやすい。

――王妃様には、翠嵐ではなく、私の信頼できる者の子息を紹介するとお伝えしよう。翠嵐、お前は竜仁の町をよく知っているが、だからといって気を緩めてはならぬ。まして王妃様の弟が一緒なのだ。よくよく注意するように。

――かしこまりました、母上。

翠嵐は頭を下げてそう答えた。父が「鼻血を出すような真似もいかんぞ」と言うので、もうしません、と答えてちょっと笑う。

かくして、スイは石墨に会い、市見物を楽しんでいたわけだが……。

「石墨？」

筆屋に戻っても、石墨の姿がない。店主は、もうとっくに出ていったよと教えてくれた。翠嵐は通りに出て、道の端に積んであった木箱にタタッと登った。大人の背丈より高い位置から周囲をよく見る。やはりいない。

皮膚がざわざわして、なんだかとても嫌な感じがした。

こういった予感は侮れない。

翠嵐は山の中で、この予感に従い、何度か危険を避けたことがある。天青師範に話したら「その感覚は大事にしろ」と教えられた。この世界には言葉や理屈以外で成り立っている『なにか』があるそうだ。

「……いますよね？　出てきてください」

人混みの中に戻り翠嵐は言った。これは石墨に向けての言葉ではない。

「……おります」

すぐ後ろで返事があった。けれど翠嵐は振り返らない。彼女たちの存在は幼い頃から感じていた。本当に小さな頃には、その気配は精霊かなにかだろうかと思っていたが、次第に人なのだとわかってきた。そして七つの時、両親から正式にその説明をされた。

彼女たちは『影』と呼ばれ、主《あるじ》は母、指揮しているのは紀希だ。いわば秘匿の私兵であり、宮中では女官や下働きに紛れ、こうしてスイが町に出るときには、影の誰かが必ず見守ってくれている。ただし、山にはついてこない。山で翠嵐と同じように動けるのは天青師範くらいだろう。

「石墨の姿がありません」

翠嵐は静かにそう言った。

「申し訳ございません。今日の影は私のみゆえ」

つまり、影は翠嵐を優先したのだ。厠は路地の外れにあり用心が必要な場所のひとつである。翠嵐につき、石墨を見失ったとしても仕方ない。

「石墨を捜さないと」

「私が捜します。スイ様は先にお戻りくださいませ」

「そういうわけにはいきません」

焦りのせいで、やや声が尖ってしまった。このあたりを案内しようと決めたのは翠嵐だ。ごみごみしているものの、治安はそこまで悪くないし、顔なじみも多い。かといって油断はせず、決して離れないようにしていたけれど……さすがに厠についてきてくれとは言いにくかった。しかも今は女であることを隠しているのだから尚更だ。石墨は無事だろうか。衣服を汚してはみたものの、ちょっと会話をすれば、彼が裕福な家の子なのはわかる。

悔やんでも仕方ない、とにかく行動を起こさなければ。

「今ならまだ遠くにいってないはずです。一緒に手分けして捜して下さい」

「私はスイ様から離れるわけには……」

「石墨は王妃様の弟です。万一なにかあったら、母上が責められます」

「しかし」

「頼むから！」

翠嵐は強い調子で言い、初めて振り返った。影と目が合い、予想より若いことに少し驚く。十七、八の彼女は庶民の娘の姿をしていたが、その眼光は鋭い。つかのま思案したようだが、「わかりました」と答えてくれた。

「ですがスイ様、情報を集めるだけにしてください。なにかわかっても、おひとりで動いてはなりません。必ず、一度ここに戻ってきてください」

「うん。四半刻したら、またここで」

影は頷き、その場から南に向かって歩き去った。翠嵐はまず、周囲の店の店主や店番に、石墨の容姿を説明し、見かけなかったかと聞いて回る。残念ながら、ほとんどの人が首を傾げるだけだ。たったひとりだけ「あのお兄ちゃんかなあ」と首をかしげた者がいた。小間物屋の前で遊んでいた女の子である。

「見た？　水色のチョッキを裏表に着ていたお兄ちゃんだよ」

「たぶんそうだと思うんだけど……。もう少し年上のお兄ちゃんといたよ」

「ひとりじゃなかったの……？」

「うん。そっちのお兄ちゃんは背が高くて、黒い上衣を着てた。そんでね、そっちのお兄ちゃんは口がきけないみたいで、こう、身振りでなにか話してたみたい」

黒い衣服で口がきけない？　それはまさか……。

「大きいお兄ちゃんは、目の色が薄くてきれいだった」

間違いない。ダンビだ。

翠嵐が山で出会った、榛色の目をした人。町に用事があると言っていたから、このへんにいたとしてもおかしくない。けれど、なぜ石墨に……。

「ふたりがどっちに行ったかわかる？」

「鼠道《ねずみみち》に入っていった」

　女の子の答えに、翠嵐は眉を寄せた。鼠道とは、非常に幅が狭くて入り組んだ裏路地のことだ。壁や塀、あるいは家の建て壊しが繰り返されたことによって路地が複雑化し、とても迷いやすい。ゴミ溜ができたり、罪人の隠れ場所になったりもするので、地元の人間でも入りたがらない。

「鼠道には行かないほうがいいと思うよ」

「……うん、そうだね。でも友達を捜さなきゃいけない。お願いがある。さっき僕が話してた、藍色のチマの人が戻ってきたら、鼠道に行ったって伝えてくれる？」

「それはいいけど……」

「ありがとう」

　気をつけてね、という女の子の言葉を背に、翠嵐は鼠道に向かった。大きな通りと繋がっている道はさほどでもなかったが、突き当たりを曲がった途端、ぐっと狭くなる。もう一度曲がると、両側は崩れかけた壁になった。大きな鼠が我が物顔で走りまわり、翠嵐を怖がる様子すらない。

　そして次は分かれ道だ。石墨たちはどっちに行ったのだろうか。焦る気持ちを深呼吸で落ち着かせ、周りをよく観察した。左の道を少し進んだところに何か落ちているのが見える。拾い上げると、まだ穂先の硬い新品の筆だった。ついさっき石墨が買ったものかもしれない。ということは、石墨はこの先に……。

いいや。

翠嵐は顔を上げ、気を集中させた。顎を上げ、太陽を探した。方角から考えると、やはり左の道の先はさっきまでいた大通りに戻る方角だ。つまりぐるっと一周しただけになってしまう。だから左ではない。右に行かなければいけない。筆が落ちていたのは、偽の情報を与えるためだろう。翠嵐は右の道を進んだ。しばらく行くと、水のにおいを感じた。どうやら道は川のほうに繋がっているらしい。やがて水音も聞こえてきて、翠嵐はとうとうポッカリと拓けた川辺に出る。

すぐそこに掘っ立て小屋があった。

以前、この川辺で小魚でも捕っていた者がいたのだろう。最近は川が汚れてしまったらしく、魚はあまり捕れなくなったそうだ。そのため、こんなふうに放置されている小屋がいくつかある。翠嵐はそっと小屋に近寄って様子をうかがった。

中から、会話が聞こえてきた。

「くっそ、うまくできねーよ！」

「癇癪を起こしちゃだめだ。ほら、僕の手本をちゃんと見て」

「見てるだろうが。だいたい同じに書けてんだろ」

「だいたいじゃだめなんだってば。ほら、ここ、点がひとつ足りないよ」

あまりによく知っている声に驚いた。ひとりは間違いなく石墨だ。そして……。

「ひとつくらいなくても、わかるだろうがよ～？」

この声は、ハヌルだ。間違いない。

初めて会ったあの日以来、翠嵐は何度かハヌルと会っていた。すっかり意気投合し、一緒に釣りをしたり、食べられる木の実や野草を探しに行ったり、弟分たちと追いかけっこで遊んだり……。

「点がひとつ足りなかったら、それはもう間違いだよ」

石墨が言った。ちっとも怖がっている様子はない。さらに、

「……僕なんかを拐かしたのも間違いだと思う。父上はお金なんか出さないよ」

そんなふうに気落ちした口調が聞こえた。

「はあ？　おまえんちは金持ちだろうが」

「そうだけど……僕は父上に好かれてない。口がきけないふりまでして、拐かす意味あったのかなあ」

「ふりじゃねえよ。ダンビ兄貴はほんとに喋れないんだ。なあ？」

ダンビ、と言った。やっぱりダンビもここにいるのだ。

「そうなんだ……けど、どのみちお金は取れないし、文字ならまた教えてあげられるからさ、今日は帰してよ。僕のせいで、友達に迷惑がかかっちゃうかも……。僕とはぐれたって、すごく叱られて、もしかしたら、なにか罰があるかも……そ、そうなったらどうしよう！　スイはなにも悪くないのに……！」

翠嵐はちょっとばかり驚いた。石墨がこんなにもスイを心配してくれているとは……。

正直に言えば、あの中錫石の息子と聞き、多少気構えていたのだ。けれど石墨は、数時間前に知り合ったばかりの友を心配する、優しい心を持っていた。

「スイ？　スイって言ったか？　それって、まさかあのスイじゃ……」

ドンッと翠嵐は扉を叩いた。声が止まり、小屋の中が緊張するのがわかる。

「そのスイだよ」

声を張った。少し待ったが返事はない。

「ハヌル。そのスイなんだ。ここ、開けて。僕が蹴破っちゃう前に！」

ドンドンッと強めに扉を叩く。蹴破るというのは言葉の勢いではない。川からの湿った風にさらされて朽ちかけた小屋の扉くらい、翠嵐でも蹴破れる。

けれどその必要はなかった。

「ス、スイ……？」

扉は内側から開いてハヌルが顔を見せる。

今までずっとハヌルと会う時は笑顔だったが、今日ばかりはそうはいかない。ハヌルを押し込むようにして自分も小屋の中に入った。ハヌルのほかには、やはり既に顔馴染みとなっているヨンスとヨンホもいて、翠嵐を見て目を見開いている。さらに、ダンビが壁に寄りかかって立っていた。翠嵐と目があうと、驚いたように眉を上げる。

「スイ！」

頬に擦り傷を作った石墨が、目を丸くした。

大きな怪我はないようで、縛られているわけでもなく、おんぼろ座卓の前で筆を手にしていた。

「なにしてるのスイ、だめだよ、きみまで来たら……！」

「なにしてるのって、こっちが聞きたいよ！」

「ええと、僕は……その、この子に文字を……」

この子と言いながら、ハヌルを見た。さらに、翠嵐に視線を戻し「スイはこの子たちを知ってるの？」と不思議そうに聞く。

「し、知ってるっていうか、友達だけど……。どういうこと？　なんで石墨がここでハヌルに字を教えてんの？　拐かされたのかと思って、すんごい心配したのに……！」

「ん、僕、拐かされたんだよ」

石墨はいたって真面目に答えた。手首にうっすら縄の痕があるから、最初は縛られていたらしい。

「拐かされたけど……危害を加える気はないんだって。食べていくために、仕方なくしただけなんだよ。それに、ハヌルは勉強熱心で……」

「お、おいっ、うるせえぞ、余計なこと言わなくていいっ」

「待って、わかんないよっ。ちゃんと説明して！」

スイがずんずん詰め寄ると、ハヌルは「わかった、わかったって」と両手を挙げて降参の意を示す。

「だから……まあ、だいたいそいつの言うとおりだよ……。拐かしたけど、傷つけたりはしねえよ。そいつの頬の傷は、勝手にこけた時についたんだ」

「ハヌル。傷つけなきゃ、拐かしていいわけじゃないだろ」

スイが厳しく問い詰めると、ハヌルは「金がいるんだよ」と口を尖らせる。

「……ソヌが、具合悪くてよ」

「え」

スイがかつて助けたあの子だ。

「いや、命がどうこうっていうんじゃねーけど。なんか、目が見にくいって言うんだ。右が腫れちまってて……ほっとくと、よくない気がする。けど薬は高い」

「……天青師範に相談すれば」

「だめだ」

ハヌルははっきりと拒絶した。

「そりゃ、あいつは悪い奴じゃねえよ。きっと薬を都合してくれるだろ。けど、これからもずっとそうすんのか？　ハヌル団の誰かが怪我したり病気したり、そのたびにあいつに言うのか？　そんなたかるような真似……できねえよ。俺は頭なんだから、俺がなんとかしねえと」

「……でも……」

翠嵐は、どう返せばいいのかわからなくなってしまった。

ハヌルの主張は、ただの意地っ張りではないのだ。確かに、永遠に天青師範に頼るわけにはいかない。ハヌルのような子供たちはほかにもたくさんいて、天青師範は一箇所の文字処にいつまでもいるわけでもない。

自分の力で生き抜く。たとえ、悪いことをしても。

それがハヌルたちの現実なのだ。

「そんなわけで、金に困ってたらさ、うまい話が転がり込んできたんだよ。それがこの拐かしで、子供を攫うけど、傷つけるのはナシだって聞いた。それにな、ある意味、これは正義の拐かしなんだぜ。悪い奴を懲らしめてやるんだ。な？」

ヨンスとヨンホが同意を求められ、ふたりはすごい勢いで首を縦に振る。

「スイ、そうなんだよ」

「ハヌル兄貴は間違ってないぜ？」

少し離れた位置にいるダンビは、静かに状況を見守っているだけだ。

「……正義の拐かし？」

怪訝に聞いた翠嵐に、ヨンホは「つまりな、問題はそいつの親父なんだ」と答える。

「石墨の父親？　中錫石様？」

「名前とかよくわかんねえよ。とにかくそいつの親父だ。羽振りのいい商人だけど、儲かってるのは裏で悪いことをしてるからなんだよ。隷民の子供らを攫って、売り飛ばしてるんだぜ？」

「え？」

ふたつの声が重なる。

翠嵐と同時に、石墨もそう発したからだ。

「地方の農場や、炭坑や、可愛い女の子なら籠蝶々《かごちょうちょう》にされちまうらしい。たとえ誰かが訴えたところで、そいつはすごく金を持ってるから、役人達に賄賂を渡して絶対捕まらないって言うんだ。そんなひどい話ってないだろ！」

「……スイ、ハヌルはいったいなんの話をしてるの……？」

石墨が戸惑うのも無理はない。翠嵐にだってさっぱりだ。そもそも、中錫石は文官であって、商人などではない。

「そんな奴を懲らしめてやるには、自分の子供が拐かされたらどういう気持ちになるのか、教えてやればいいと思ったわけさ。……まあ、俺が思ったっていうか……そうだろう？　って聞かれて、その通りだなって思ったから、この仕事を引き受けたわけ」

仕事を引き受けた……つまり、誰かがハヌルに依頼したわけだ。

「そんな奴の息子だから、きっと威張りくさった野郎かと思ってたら……こっちが拍子抜けするくらいの弱虫でさあ。自分は非力だから、どうか殴らないでくれって、最初から半べそだし。腕っ節も気も弱くて、なんか取り得はねえのかよって聞いたら、詩が作れるっていうからよ……」

ハヌルの声が、後半だんだん小さくなっていく。

翠嵐が首を傾げながらヨンスとヨンホを見ると、「ハヌル兄貴は、詩を書きたいんだ」「詩を書いて、天青師範をびっくりさせたいんだぜ」と教えてくれる。もちろんすぐハヌルに怒鳴られたが。

「あの……ハヌル、なんか変だよ。僕の父上は……」

「石墨」

翠嵐は小さく首を横に振って石墨の言葉を止めた。本当のことを言うのはたやすいが、今この時点で、石墨の父親が王宮で絶大な権力を持つ文官であり、さらには王妃の父親であることを明かすのが得策かはまだわからない。

とにかく、石墨が無事なのはなによりだ。その点は安堵したものの、新しく不穏な予感を得て、翠嵐はハヌルに聞く。

「ハヌル、拐かしを誰から持ちかけられた？」

「あー……まあ、スイにだから話すけど……宮中の偉い人なんだ。すごく偉い人だから名前は言えねえんだってさ。まあ宮中ってのは、そういうとこなんだよ。その偉い人の手下が俺たちのところに来たわけ」

「大人の言うことなんて普段は信じないのに、どうして今回はその話に乗ったの？」

「ま、確かにうまい話には裏があるもんだ。だから仲間とよーく話しあって決めたんだぜ。ダンビ兄貴も色々教えてくれて……あっ、お前まだダンビ兄貴を知らないよな。最近、俺たちの仲間になったんだ」

ダンビが軽く右手を上げて翠嵐に微笑んだ。それからハヌルのほうを向き、なにか身振りで合図を送っている。

「え、お前たち知り合いなの？」

「……以前、山で一度会ったんだよ。ハヌル、手話を覚えたの？」

「簡単なのだけな。これ便利なんだよ、声を出さなくても合図が送れるだろ？　ダンビ兄貴は口はきけないけど、すごく頭が回るんだ。今まで寺で暮らしてたんだって。穏やかで優しいから、チビたちも懐いてる。俺より年上だけど、ハヌル団の頭はあくまで俺だからって顔を立ててくれるし、ほんと、いい兄貴だぜ！」

ダンビがゆっくりと歩き、翠嵐に近づいた。足はもう、すっかりいいらしい。緑がかった薄茶の瞳がこちらをしばらく見つめ、その唇が（内緒なんだね？）と控えめに動く。翠嵐が少女であることは内緒なんだね、という問いかけだ。翠嵐はコクリと頷いた。そこから先は、木の板に水筆でダンビが綴った。

――スィの友だちを連れ去ったりしてごめん。

「ダンビ兄さんは、お寺に帰らなくていいの？」

初めて会った日から、もうひと月ほどがすぎている。いくらなんでも用事はすんでいるのではないか。

――それが、どうやら俺は厄介払いされたらしい。

苦笑いと共にそんな返事がある。

「ひどいんだぜ、ダンビ兄貴が言われたとおりに使いをしたら、そこの主人に『お前はもう寺に帰ってはならない』って言われたんだってさ」

「え、なんで？」

「そんなこと兄貴にだってわかんねえよ。坊さんにならないなら、これ以上置いておけないってことじゃねえの？　都で仕事でも探して一人で生きていけ、とかさ」

——俺はこの町に知人がいるわけじゃないから、途方に暮れてしまっていたんだ。路銀はとうに尽きてたし……。そんな時ハヌルたちと知り合った。

「腹を減らして座り込んでたんだよ。だから助けてやったってわけ」

ハヌルが自慢げに言い、ダンビと肩を組んだ。ふたりはすっかり親友らしい。

——ハヌルは恩人だ。だから今回も協力することにしたんだ。

なんだろう、なにか違和感があった。

ダンビはハヌル団に入るにはやや年嵩すぎるからだろうか。十六歳、寺育ちで文字も書ける。喋ることはできないが、体格は劣っているわけでもなく、力仕事もできそうなのに……。

「とにかく」

まとわりつく違和感を追い出し、翠嵐は言った。今はまず、石墨をきちんと家なり書生寮なりに、帰すのが先決だ。ハヌルの受けたうまい話は、明らかに怪しい。

「石墨と僕はすぐ戻ったほうがいい。大事になる前に」

翠嵐が言うと、ハヌルは小さく舌打ちをした。

「遅いって。そいつんちには、もう投げ文が入ってる手はずで、こいつの親父が金を出してくれれば、それで全部すむんだぜ？　大事な一人息子なんだから、警邏庁には知らせないだろ。金の受け取りだって、この話を持ってきた奴らからいい方法を聞いてんだ。場所を指定してそこに金を置かせれば、直接会わなくてもすむからな」

翠嵐は首を横に振った。真剣な眼差しでハヌルを見て「変だ」とはっきり言う。

「そのやり方が本当に安全なら、なんでその連中が自分でやらないの？」

「そりゃ、この町のことは、俺たちのほうが詳しいからさ。それに子供を攫うなら、子供のほうが警戒されなくて、都合がいい」

それでもおかしい。そもそも石墨は商人の子などではないのだから、その連中は最初から嘘をついているのだ。

「しかも、万が一役人に捕まったりした時はこれを見せればいいって」

ハヌルが懐から出したものを見て、翠嵐は「え」と目を見開いた。ハヌルの手からそれを奪うようにして、凝視する。ジャラリと重みのあるそれは……。

「おいおい、気をつけてくれよ。すげえ値打ちもんなんだから。警邏庁の役人にこれを渡せば、逃がしてくれるって教わったんだ」

ハヌルは自信満々だ。これがなにか、知らないからである。

「いっそのこと、これを売っぱらえばいいのかなとも、チラッと考えたけどな。まあ、そんな真似したらハヌル団の名がすたるからよ」

「……これがなにか……知ってるの？」

聞く声が震えてしまう。

「なにって、宝玉だろ。ヒスイってやつかな」

そう、翡翠。翡翠の連珠だ。

「役人が黙るってんだから、きっと偉い人が持つもんなんじゃねえの」

「ハヌル……これは、神官が持つものだよ」

「神官？　町でたまに見かけるけど、そんなの下げてねえぞ」

「衣の内側につけるものだから、見えない。しかも翡翠は宮廷神官にしか持てない玉であ……な、なんでこんな……」

おかしい。翡翠の連珠は宮廷神官が祈りを捧げる時に使われ、同時に身分の証ともなる貴重なものだ。浮浪児どころか、大店の商人の手に渡ることすらあってはならないものなのである。

「罠だ」

翠嵐は言った。連珠を取り返しながら、ハヌルは笑って「なんだって？」と聞き返す。

翠嵐は立ち上がりながら、早口で繰り返す。

「罠だ……絶対におかしい！　説明してる時間はない、みんなすぐにここから逃げて。石墨、僕たちも早く帰らないと」

「なに言ってんだよスイ、おいっ、石墨、立つな！　金を受け取るまでは……」

「ハヌル！」

翠嵐は怒鳴った。腹の底から「いいから、逃げるんだよ！」と叫んだ。皆が圧倒されてビクリと竦むほどの声だったが、ダンビだけは不思議そうな顔で翠嵐を見る。

その直後、入り口の木戸がいきなり蹴破られた。

近くにいたヨンスとヨンホがビックリしてひっくり返る。外から「スイ様、お逃げください！」という声が聞こえる。影だ。

「な、な、なに……」

「早く、みんな出て！」

本当は、全員が逃げるのを見届けたかった。けれど、影がいきなり扉を破るほど事態は逼迫しているのだ。

翠嵐は必ず石墨を連れて帰らなければならない。石墨が無事であることが、ハヌルたちを守ることにもなる。石墨の腕を掴んで小屋を出ると、走り出した。一度振り返ると、大勢の大人たちが駆け寄ってくるのが見える。その出で立ちから警邏武官だとわかる。

「はやくっ」

込み入った鼠道まで戻れれば、なんとか逃げおおせることができるかもしれない。けれど石墨は焦りからなのか、足がうまく動かないらしい。いたぞ、捕まえろ――警邏武官たちの声が迫る。

「あっ」

もう少しで鼠道というところで、石墨が転んだ。翠嵐はすぐに助けに戻ろうとしたが、それを阻む者がいた。ダンビだ。

(行って)

ダンビの唇がそう動く。

(スイだけでも、逃げるんだ)

だめだ、石墨を置いて行くわけにはいかない――そう思った翠嵐だったが、逆側から影に強く腕を引かれてしまう。

「ま、待って、石墨が……」

「諦めてください。石墨様は保護されるだけですが、貴方様が見つかったら大事になります！」

「でも、でも……っ」

揉めているあいだにも、警邏武官たちはすぐそこまで来ている。武官たちを率いる警邏役人と目が合い、その人がひどく驚いた顔になった。このあいだも世話になった吾偵雀副事官だ。

「おまえたち、あちらを追いかけるのだ！」

部下たちをわざと散らし、身振りで(早くお逃げ下さい！)と示す。

業を煮やした影は、翠嵐を抱えるようにして走り出した。

次第に喧噪が遠くなる。影の言うように、石墨は保護されるのだろう。だがハヌルは？　ヨンスとヨンホは？　ダンビは？

そして、あの翡翠の連珠。

悪い予感がこの身体中に満ちて、毛穴から噴き出しそうだった。

翠嵐は自分の足で走り始める。

早く母に会わなければ。そして事の次第を話さなければ。

不安に突き動かされるように、鼠道を走った。

5

「なんともはや、信じられませぬ。あの浮浪児は翡翠の連珠を持っていたのです」

なんともはや、信じられぬのはこちらのほうだ。翡翠の連珠が、まさかこんな使われ方をするとは——呆れてものも言えない鶏冠だったが、いずれにしても口を開くにはまだ早い。まずはこの腹黒い男の弁舌を、すべて聞こうではないか。

「この申錫石、耳を疑いましたとも。どうしても信じられず、警邏庁まで足を運び、我が目で確かめました。恐れながら王様、それは間違いなく翡翠の連珠でございました。……ええ、そうです、宮廷神官しか持てぬはずの連珠です」

驚きに声を震わせる演出も忘れない、相も変わらぬ役者ぶりだ。この場に並ぶ臣下たちの半分は（錫石様がなにか画策なさったな）と思い、残りの半分は（宮廷神官が関わっているというのか）と本気に捉えたことだろう。

「……錫石よ。今一度確認させてくれ」

合議の間、玉座から藍晶王が言い、錫石は「ははっ」と頭を低くした。

「そなたの子息である申石墨が拐かされ、金を求める投げ文があったのだな？」

「左様にございます。まこと、心の臓が止まりかけました」

「だがそなたは、息子に気づかれぬよう、護衛をつけていた。故に息子が閉じ込められた場所を知り、すぐ警邏庁に報せ、その川沿いの小屋に警邏武官たちが駆けつけたところ……犯人は、浮浪児たちだったと？」

「仰せの通りにございます。子供が子供を拐かすとは。まこと世も末……ひどい暴力を受けた我が息子は自宅で臥せっており、神学院にも行けぬ憐れな有様」

「拐かしを企んだ浮浪児の頭……ハヌル、だったか。その者が連珠を持っていたと？宮廷神官の証たる翡翠の連珠を？」

「はい。……考えたくもないことでございますが、此度の件に、宮廷神官のどなたかが関わっていたとしか……」

つまりこの拐かしは、宮廷神官が仕組んだのだ、と錫石は言いたいわけだ。

宮廷神官のいったい誰が？　もちろん鶏冠である。

錫石は、鶏冠を犯人に仕立て上げたいのだ。

宮廷神官はその任命式において翡翠の連珠を渡される。連珠は儀式に使うこともあるが、それほど多くはなく、むしろ身分を示す意味合いが強い。と同時に、翡翠の連珠には神の力が宿るとされ、迂闊に見せてはならないし、見せろというのも不敬にあたる。つまり、宮廷神官は連珠を必ずつけているはずだが、本当につけているかどうかを問われることはないのだ。通常、ならば。

失敗したな――と鶏冠は内心で省みた。

連珠を手放したことは失敗だった。まさか錫石の手に渡り、ここで利用されるとは思ってもみなかった。

「王様、情けないことでございますが、私は恐ろしゅうございます……この老いぼれの身は、すでに麗虎国に捧げております。たとえ、私を邪魔に思うどなたかから命を狙われたとしても、臆することはございませぬ。しかし……息子に手を出されるのは……それだけは耐えられぬのです……」

「余ももうすぐ父となる身。義父殿の気持ちは理解する」

藍晶王は同情の言葉を発したが、その声はあくまで冷静だった。言うまでもなく、王も鶏冠も、この拐かしが狂言であることはすでにわかっている。櫻嵐王女の息女、翠嵐がその場に居合わせたからだ。なんとか逃げ切ってくれたが、翠嵐まであの場で捕らえられていたら、話はより混乱したことだろう。

「だが錫石、ハヌルという少年は、自分たちは騙されたのだと主張しているそうではないか。石墨は悪徳商人の息子であり、拐かしはその父親を懲らしめるためでもある、そう聞いて仕事を引き受けたそうだ。確かに石墨を連れ去りはしたが、暴力など一切振るってはいないと」

「ああ、心優しき王様、卑しき身分の、しかも子供の言葉になど惑わされてはなりませぬ。事実、石墨は傷だらけで戻り、そのせいで高熱を出しております」

「ふむ。石墨に話を聞きたいものだな」

「私もまた、息子自身の口から語らせたいものの……しかし、とても人に会える状態ではないのです」

この父親は、息子が事実を喋らぬように軟禁しているのだ。奸計に我が子まで利用するとあらば、もはや真っ当な良心など期待できるはずもない。

「……早く回復することを祈る。ハヌルは翡翠の連珠についても、それが宮廷神官の証だとは知らなかったそうだが」

「恐ろしい手段で、口止めされているのでしょう……。王様、連珠の持ち主をどうかお調べくださいませ。それだけが手掛かりなのでございます」

「それならば、もう頼んである。大神官、いかがであった？」

ハイとハエのあいだくらいの音で返事をしたのは庚民世だ。王より一段だけ低い、大神官の席に、いつもと変わらぬぼんやりした顔つきで座している。やや猫背のちんまりしたこの大神官は、先代の胆礬大神官のような風格こそないが「歩く書物殿」「神官服の文殊」と囁かれるほどの知識と教養の持ち主だ。温厚で素朴な人柄は大神官という地位を得てからも変わることなく、ただその性格の良さゆえに、策略と謀略の蠢く宮中では懊悩し、右往左往することも多い。

「ご報告いたすまする。此度の件を踏まえ、わたくすは宮廷神官全員の念珠を調べました。ですがただひとり、念珠を持っていなかった者がおります……瑛老師範です」

居並ぶ重臣たちがざわめき、錫石は「なんと」と大きな声を上げた。

「神官の証たる翡翠の連珠がない？　おお、そんなことがあろうとは……。しかも、次の大神官にと王様がお望みの瑛鶏冠様が！」

「老師範よ、誠なのか」

錫石の驚く様は芝居だが、王の困惑顔はそうではない。王と鶏冠の関係はとても密であり、互いを信頼しているものの……さすがに、この連珠の件は伝えていなかったのだ。

鶏冠は頭を低くし「誠にございます」と告げた。

「宮廷神官の身を証す大切な連珠ですが……このところ見当たらず」

「つまり、紛失したというのか？」

「はい。瑛鶏冠、いかなる処罰も受ける覚悟にございます」

鶏冠が言うのに続けて、大神官が「とはいえ、とくに罰則はないのでございまする」と王に告げた。そう、罰則はない。未だかつて、宮廷神官の証たる連珠の翡翠を紛失する者などいなかったのだろう。

すかさず錫石が「すぐに罰則を制定すべきかと」と王に進言する。

「紛失の罰については、のちほど考えようぞ。しかし老師範、いつも身につけているはずのものが、なぜなくなる？」

「恐れながら、いつどのように紛失したのかは定かでございません。沐浴の折など、外す機会もございますので……」

「これはこれは。万事抜かりなき老師範とは思えぬお言葉」

鶏冠を追い詰める錫石の声は、実に生き生きとしていた。

「大神官候補たる御方にこのような嫌疑をかけるのは誠に辛いこと……それでも誰かが問わねばならぬでしょう。失くしたのではなく、自ら手放されたのでは？ 老師範、貴方様は普段から下々の者と交流がおありですな。此度の首謀者であるハヌルという少年は、文字処に通っていたそうではないですか」

ざわめきがさらに大きくなった。もちろん錫石の派閥の者たちはわざと聞こえるように「なんと文字処に」「では犯人と老師範は顔見知りか」などと演出で盛り上げる。

「なんでも、ハヌルに熱心に文字を教えていたのは、かの天青師範だとか」

「……天青は全ての子供に熱心に教えております」

「そうでございましょうか。ハヌルは牢で、天青師範を呼んでほしいと連日叫んでいるとか。天青師範をとても信頼している様子ですなあ」

鶏冠はゆっくりと顔を上げ、錫石を見据えた。

「ハヌルが言ったのですか？ 天青から私の連珠を渡され、あなた様のご子息を拐かして閉じ込めろと命じられたと？」

「いいえ、いいえ。そうは申していないようです……今は、まだ」

拷問すればすぐに口を割るだろうよ、と言わんばかりの顔つきだった。そのとおりだ。人は身体を痛めつけられれば、していないことでもしたと言う。

させて、どうする。神官として喜怒哀楽を抑えた表情を保ちながら、鶏冠は内心で焦っていた。ハヌルを……やっと学ぶ喜びを知り始めたばかりのあの子を、拷問にかけるわけにはいかない。

ならば、どうやって切り抜けるのか。せめて時間を稼げないのか。

「老師範が連珠を紛失したことは確かなようだが、それが必ずしも、ハヌルという少年が持っていたものと同一とは限らぬのではないか」

鶏冠を救おうとする藍晶王の言葉に「おお、それはもちろんでございます」と錫石は答えた。そして控えていた役人に、件の連珠を持って来させる。艶やかな絹の上に載せられた翡翠たちは、控えめな光沢を湛えていた。

「こちらが浮浪児の持っていた連珠にございます。どうぞ飾り結び《メドゥプ》をご覧くださいませ。王様はご存じでしょうか。ここの結び方には様々な種類があり、連珠の所有者を表しているそうでございます」

王は連珠を受け取ると、その手の上でじっくりと眺めた。

「飾り結び、か。大神官よ、さようなのか？」

「はあ、さようにございます」

「して、その結びは瑛鶏冠のものであると？」

「はあ。それぞれの神官の飾り結びの図は、書物に記録されておりますので、間違いございませぬ」

「はてさて、なにゆえ老師範の連珠が、あのような隷民の子供の手に渡ったやら……。ご安心ください王様、この錫石が必ずや事の真相を明らかにいたしましょう」

自信ありげな口調に王は「うむ」と短く答えた。鶏冠のほうを見ることはなかったが王の背後に立つ赤烏は視線をちらりとこちらに向けた。

このままでは、鶏冠は重大な罪に問われることになる。

文字処を利用して隷民の浮浪児を手懐け、貴重な翡翠を与える代わりに、申錫石の一人息子を攫わせた——という罪だ。それだけでも死罪、あるいはよくて島流し、しかも天青も道連れになるだろう。ハヌルは尋問で命を落とすか、耐えたとしても結局は死罪だ。まったくもって絶望的な展開である。この際、自分の身はどうでもいい。鶏冠が死罪になろうと、せめて天青やハヌルが助かる方法は……。

「王様！」

その声とともに、いきなり合議の間の扉が開いた。

「そして王様に忠誠を捧げる臣下の皆様！　合議の間に闖入するご無礼、何卒お許しください！」

戸惑う武官たちを退け、堂々たる歩みで入ってきたのは天青だった。ふだんは滅多に袖を通すことのない、師範神官の正式な衣を纏っている。光沢のある白地に黒の縁取り、そして鶴の刺繍が神官服の決まりだが……天青にだけは、鶴と戯れる白虎も刺繍されているのが特徴だ。

なんという、明るさか。

鶏冠は思わず目を細めた。天青が眩しい――というより、天青と一緒に入ってきた光が眩しいのだ。ちょうど、この方角に陽の差す頃合いなのである。偶々なのか、それすら計算に入れての登場なのか……ほかの重臣らも、光の中を進む天青に気圧されている様子である。

「こ、これはいったい……。瑛天青師範、貴殿の位ではこの合議の場に出ることは許されていないはずでは」

一番に異を唱えたのはもちろん錫石である。だが天青は「いかにも！」と溌剌と答えたかと思うと、次には王の前に跪き「ゆえに、特別にお許しを賜りたく」と言葉だけは体裁が整ってはいるが、ほとんど子供の我が儘のような勢いで言った。この様子に呆れ果てる者もいれば、笑いを噛み殺している者もいる。

「無論、許す」

笑いを堪えているうちのひとりである王が言うと、錫石が頰を引き攣らせるのがわかった。確かに天青は、宮廷神官としての位はまだ高くない。だが慧眼児としてならば、王が座するすべての合議にいる権利を持つのだ。とはいえ、天青はその権利を振りかざしたことは一度もなく、こんなふうに合議に割って入るのは初めてのことだった。

「王様と臣下の皆様に感謝いたします。実は、我が師の連珠について問題になっていると知り、急ぎ駆けつけた次第です」

「老師範は翡翠の連珠を紛失したそうだが」

王の言葉に天青は「とんでもございません」と驚く素振りで答えた。

「師の連珠ならば、ここにございます」

「なんと？」

王はいささか驚いた様子だったが、鶏冠はいささかどころではない。さすがにピクリと眉が動くほどに驚いていた。連珠がある？ そんな馬鹿な。あれは確かに……。

「はい。ご覧に入れまする」

天青は玉座へと、恭しく両手を差し出した。

そこには確かに、絹地に載せられた連珠があった。王はまず、錫石から渡された連珠を赤鳥に預け、それから天青の連珠を手に取る。

「うむ。確かに翡翠の連珠のようだ……。飾り結びは……さきほどの連珠と同じだな。つまり鶏冠の……」

「お待ちください、王様」

もちろん錫石が黙っているはずはなく、自分も玉座にズイと寄る。

「それは恐らく偽物にございましょう。おお、そこ、その飾り結びを今一度ご覧くださいませ。使っている絹紐があまりに美しく鮮やかな色合いです。まるでほんの最近、作ったばかりのように……！」

「さすがは申錫石様。仰せのとおり、それは新品にございます」

錫石の言葉を、天青はあっさりと認めてしまった。

いったいなにを考えているのか……鶏冠は神官服の中で汗を掻いていたが、顔だけは涼しいままを保つ。こうなったら天青を信じ、ことの行方を見守るしかない。

「つい昨日、腕のよい職人によって仕上げられたばかりなのです。美しい出来映えでございましょう？」

「これはどうしたことやら……天青師範よ、自ら偽物と申すのか」

「申錫石様。私は偽とは申しておりません。それは飾り紐こそ新品ですが、正真正銘、我が師の連珠にございます。実はしばらく前、私が連珠の手入れをしておりましたら、繋ぎ紐が切れてしまい、翡翠がバラバラと……もともと、紐は定期的に替えるべきものなのですが、我が師ときたら、そういうところはどうにも杜撰なのです」

「な……」

師を杜撰とは何事だ、と口を開き掛けたものの、鶏冠は堪えてまた口を閉じる。

「ご自分の身を飾る物に興味がないのでしょうなあ。ですから、紐がすっかり傷んでおりました。私が悪いわけではないのですが、こういう現場が見つかれば、だいたい私のせいにされるのが常。おまえが粗雑に扱ったからだ、などとお叱りを頂戴しますので、私は……つい……」

天青は語った。

ばらけた翡翠を隠したと。

そしてそれを職人のところに持っていき、繋ぎ直してもらったのだと。

「しかし、連珠がなくなれば老師範も気づくであろう？」

王が重ねて尋ねると、天青は眉を八の字にして「実のところ」とやや恥じ入るような顔になる。

「我が師は、普段から連珠をつけていないことも多いのです……重くて邪魔だと……」

ここで嘘と本当が入り交じった。

連珠の紐が切れた云々は天青の作り話である。だが、鶏冠が連珠を普段はつけないというのは、本当なのだ。実際に重くて邪魔で、鎖骨に当たって痛いこともある。そもそも、宮廷神官の顔など、宮中の者はほとんど知っているのだし、いつもつけている必要はないわけで……ほら、大神官ももじもじと下を向いている。おそらくあの御方もいま、連珠をつけていないのだ。

「見え透いた作り話ですな」

錫石が頰を歪めて嗤った。すると天青はややむきになり「作り話ではございませぬ」と錫石を見た。

「ほら、このように、飾り結びも正しく老師範の形にて……」

「いやはや、老師範を助けようという、健気な弟子の思いからでしょうが……不正は許されませぬぞ」

錫石は諭すような声を、合議の間に響かせた。

「だいたいそのような連珠はどうにでもなりましょう。さきほど大神官が仰せでした。すべての神官の飾り結びは、書物に記録されているのです。それをこっそり書き写し、翡翠は新たに用意し、作らせればよいだけではありませぬか」

「おお」

天青が目を見開いて、感心したような声を出す。少年の頃から大きな目は、凜々しくなった今も変わらず生き生きと輝いている。

「そうですな。確かにどうにでもなりますな！」

「左様です。どうにでも……」

突然錫石が言葉を止め、苦い顔になった。

どうやら気づいたようである。どうにでもなる、偽の連珠など誰にでも作れる……天青に対してのその言葉は、そのまま己にもあてはまることに。

「とはいえ錫石様、翡翠の玉はとても貴重で高価なものにございます。そうそう偽物は作れないはず……。ああ、しかし、翡翠には二種類あるそうですね」

「二種類？」

聞いたのは藍晶王だ。錫石は押し黙り、視線が落ち着かなくなる。

「左様にございます、王様。職人が教えてくれたのです。軟翡翠と硬翡翠がございまして、神官の連珠、あるいは宮中にて使われる飾り玉などはすべて硬翡翠にございます。こちらは産出も少なく、貴重な品。ですが軟翡翠はそれほどの値はつきませぬ。王様、私の持参しました連珠をお戻し願えますでしょうか」

天青は王から、翡翠を再び手に戻し、説明を続けた。

「両者の違いは名の通り、硬さでございます。硬翡翠ならば、この通り……」

ガッ！

いきなり、そばにあった石の柱に翡翠の連珠を打ちつける。

突然の行いに、居並ぶ臣下たちがビクリと驚いた。だが天青は涼しい顔のまま、連珠を確認して「うん」と頷き、そのまま数歩出て、連珠を王に再び差し出す。

「ご覧下さい、王様。このように、翡翠は割れることなく」

「……うむ、確かに割れていない」

王は確認し、大神官も呼び寄せた。小柄な大神官は「はあ、はあ、少々傷が入ったのみですなあ」と覗き込みながらしきりに頷く。

「ですが、軟翡翠ならば容易に割れましょう。つまり、割れるかどうかで真偽が判断できるのです。……さて、今赤烏殿がお持ちの連珠……ハヌルが持っていたとされるほうは、いかがでございましょうか？」

その瞬間、錫石の顔つきが僅かに変わった。こめかみの小さなひきつりに、気づかない者も多かっただろう。けれど英明な王は見逃さなかった。

「赤烏」

腹心の側近の名を呼ぶと、「その連珠を試せ」と命じた。

赤烏は「は」と短く返事をし、大股で天青の位置へと向かう。天青が場を空け、赤烏はさきほど連珠を打ち付けたのと同じ柱の前に立った。天青も背が高くなったが、赤烏はもとよりの大男だ。天青より頭ひとつ大きく、今も鍛錬を怠らない鋼の身体で王を護り続けている。

その赤烏の腕が上がった。

宮廷神官の証であり、貴重な翡翠の連珠を手のひらにかけたまま——柱にぶつける。いわば、柱を平手打ちにする形だ。

その衝撃音に、ひっ、と大臣の誰かが声を上げる。やはり腕力は天青の比ではない。何粒もの翡翠がたちまち砕け、バラバラと破片が散った。繋ぎ紐は切れず、数粒を失った憐れな連珠の残りが、分厚い手のひらからぶら下がっている。

静まりかえる中、天青が「あれっ」と声を上げ、

「おかしいですねえ、簡単に割れてしまった！」

場違いなほど明るくそう言ったのだった。

＊＊＊

櫻嵐は母のことをあまり覚えていない。美しく優しい人だったし、大切にしてくれたとも思うのだが、具体的になにをしてくれたとか、なにを話してくれただとか、そういう記憶はあまりない。側室としては最も高い位を得て、王の寵愛も受けた母だが——結局は濡れ衣を着せられて不幸な亡くなり方をした。おかげで櫻嵐も王宮を追われ、山奥で苦難の生活を強いられた。

「乳母のお小言ならば、よく覚えているのだがな」

「実際、乳母といる時間のほうが長いのですから、無理もございません」

懐かしげに言うのは、その乳母の娘である紀希だ。生まれた時から櫻嵐とは姉妹のように育ち、今も最も身近で支えてくれている。山に追われていた頃、紀希とともに泣きながら乳母の亡骸を埋めたことを、櫻嵐は一生忘れないだろう。

静かな夜である。

申石墨の拐かし事件から、三日が経った。

夫である曹鉄は武官としての職務があり、朝まで戻らない。櫻嵐たちが住まうのは宮中の一角、藍晶王が特別に作らせた宮だ。王族が鍛冶屋の息子に嫁ぐだけでも宮中は騒然としたのだが、さらに婚家へ入らず、そのまま宮中に住むというのも異例である。櫻嵐は正直この息苦しい宮中から出たかったのだが、弟である王に「近くに居てほしい」と頭を下げられては、どうにも断れなかった。夫の曹鉄はといえば「うん、どっちでもいいぞ」とおおらかこの上ない返事だった。

「思えば櫻嵐様は、宮中においでの頃から、油菓子《ユグァ》を片手に走り回って我が母を困らせておいででした。翠嵐様が似なくてなによりでございます」

「あの子だってチビの頃は宮中を走り回っていたではないか。蛙を振り回して」

「ふふ、懐かしい、そんなこともございましたね……。今でも蛙はお好きなようですし、山に入れば駆ける速さは目を瞠りますが……それでも宮中では礼儀正しく、楚々とした姫様ぶり。実に使い分けができておいでです」

「そう、そこなのだ」

櫻嵐は座布団の上で身を乗り出し、紀希を手招きした。隣の部屋で塞ぎ込んでいる娘に声が届かないように、という配慮である。

「私は母として……翠嵐の育て方を間違えただろうか……」

「……なぜそうお思いに？」

「あの子は今、とても苦しんでいる。友が牢に入れられ、つらい目に遭っているからだ」

「ハヌルという少年ですね。天青師範の教え子でもあったという……」

櫻嵐は頷き、同時に溜息を零す。

すべては、中錫石の仕込み芝居なのだ。

偽物の翡翠連珠を渡し、自分の息子を誘拐させ、役所に報せを入れ、居場所も報せ、まんまとハヌルたちを捕らえ、翡翠連珠を持っていたことから、鶏冠を真犯人に仕立て上げる――そういう予定だった。

それを阻んだのは天青だ。

「天青は知っていたのだな。鶏冠が、自分の連珠を売ってしまったことを」

「はい。おそらく、文字処を作るための資金にしたのでございましょう」

「そうだ。文字処を作ってよいという王の許可は出たが、予算の管轄は錫石の息のかかった文官だからな。なかなか融通しなかった。……だからと言って、神官の証を売っぱらうというのは……鶏冠は時に、私以上に突拍子もないことをする」

「本当に、驚かされます」

まったくだ、と櫻嵐は茶碗を手にした。紀希の淹れてくれる花茶の香りはいつも、櫻嵐の心を慰める。

「そういう鶏冠を……師を、天青は全力で護ろうとしている。だから常に注意深く準備しているのだろう。翡翠の連珠もそうだ。鶏冠が連珠を持っていないことを探り当てた錫石もなかなかのものだが、同じく偽物を用意していた天青が一枚上手だったな」

要するに、両方ともが偽物だったわけである。

だが天青のほうが一枚上手で、その偽物は本物に近かった。吝嗇《けち》な錫石は偽連珠を軟翡翠で作ったが、天青は硬翡翠を使ったのだ。高価な硬翡翠を調達するのは、さぞ大変だったことだろう。

「錫石は王の前で恥をかかされたわけだ。とはいえ、晴れたのは鶏冠の疑いだけ……ハヌルたち浮浪児が、石墨を拐かした罪は揺るがぬ」

ハヌルたち数人の浮浪児は、今も暗く寒い牢に繫がれたままだ。一番年上のハヌルには笞打《むちう》ちの刑が決まったと聞く。罪を犯したのであれば、子供であっても過酷な罰が与えられるのだ。その痛みがどれほどのものか……翠嵐は考えずにはいられないのだろう。すっかり塞ぎ込み、自分の房《へや》に閉じ籠もったままである。

「友の辛苦を我がことのように思うのは、優しき心からのもの。なのになぜ、育て方をお間違えになったなどと思われるのです？」

「……私は、翠嵐に異なる世界を与えた」

王女の娘として、絹のチマを纏う宮中の世界。

スイという少年として、木綿のパジを穿き、民と親しく交わる世界。

「それは本当に正しかったのだろうか。現に、翠嵐は苦しんでいる。ハヌルたちと知り合うことがなければ、避けられた苦しみだったはず……」

珍しく弱音を吐く櫻嵐を、紀希は静かに見つめていた。続く言葉を待っている。すべて吐き出してしまえばいいと、言われている気がした。

「あの子が六つの時、突然熱を出したのは覚えているか？」

「覚えております。風邪とも思えぬのに、丸二日熱が下がらず、その後も食欲が戻らずに瘦せてしまい、みんなで心配いたしましたね」

「うん。……あれは、初めて隷民街に連れて行ったしばらくあとのことだった。直後ではなかったので、今まではあまり気にしていなかったのだが……」

最近になって思う。あの時の発熱は、やはり隷民街に連れて行き、最も虐げられている民たちを見せたことが原因なのではないか。

「隷民街を見た夜、あの子は私に聞いた。夕餉の席でな」

──母上、わたしのこの食事を、あの子供たちに持って行ってよいですか？

無垢な瞳で問われ、櫻嵐は答えた。貧しい子供たちは大勢いて、翠嵐が自分の食事をすべて差し出したとしても根本的な解決にはならないのだと……その現実を、なるべく簡単な言葉で説明した。

翠嵐は頷き、「そうなのですか」と再び食事を始めたものの、釈然としていない様子だった。その後は鶏冠を通じ、麗虎国の身分制についての講義を受けた。藍晶王が貧しい民のために新しい政策を考えておられることも、平易に説明された。

──私の知らなかったことがたくさんあるのですね。

わずか六歳にして、翠嵐は母にそう語った。

「我が子の聡明さに感心し、親馬鹿な私はそこで油断した。けれどあの子が隷民街で受けた衝撃は……私の予想よりずっと大きかったのだろう。絹の布団で眠り、所狭しと並ぶ料理を食べながら、あの子は考え続けたはずだ。兄弟たちと一緒に茣蓙《ござ》にくるまって寒さをしのぎ、腐りかけた芋を分け合う子供たちのことを」

なぜなのだろう？

なにが違うのだろう？

生まれが違うというのならば、その生まれはどうやったら決まるのだろう、誰が決めているのだろう？　誰かが決めているのならば、なぜそのように決めたのだろう。この子は菓子が食べ放題、でもこの子は綺麗な水が飲めずに死ぬと、どうしてそんなふうに決めたのだろうか？

「……そんなことをずっと考えて、考えすぎて……熱が出たのだと思う」

紀希は静かな目のまま、なにも言葉にはしなかった。もしかしたら櫻嵐より先に、あるいは翠嵐が熱を出していた時に、すでに気づいていたのかもしれない。

「たとえそうだとしても、あなた様の育てかたが違っていたとは思いませぬ」

しばらく続いた静寂を破り、紀希は言った。

「そうだろうか。私は不必要に、あの子を二つの世界に引き裂いてしまったのではないだろうか。いらぬ苦しみを増やしたのではないだろうか。普通の姫として育っていれば、もっと日々を穏やかに……」

「まあまあ、何をおっしゃいますか」

紀希が笑い飛ばし、櫻嵐はぎくりとした。紀希がこんな風に笑う時は、だいたい怒っているのだ。

「普通の姫とはなんですか？　櫻嵐様のお言葉とも思えませぬ。大事なご息女を、美しいだけで世間知らずの、脆弱な女に育てたいと？」

「いや……」

「目上の者と男の命令に諾々と従い、自分で考えることを諦め、そのうち諦めたことすら忘れ、仕方ない仕方ないと唱えながら、老いていく人生を送らせたい？」

「…………だめだ。それはだめだ」

それでは生きていると言えない。

自分の考えで動かなければ、自分の人生にならない。

「ならば、普通の姫などとおっしゃいますな」

「……うん」

「そもそもご自分がちっとも普通ではないのに、娘を普通に育てようなど無理なこと」

「……まあ、我が腹心も、ちっとも普通ではないしな……」

そう返すと、紀希は少し微妙な顔になり「普通以上に、よき配下にございますよ、私は」と自画自賛した。櫻嵐はやっと笑うことができる。

「思えば我が夫も、権力争いに巻き込まれて玉座寸前までいき、挙げ句に自分の脚に剣を突き立てるような男であった……ちっとも普通ではないし、私はそこに惹かれたのであった。やれやれ、子のこととなるとつい気弱になっていかん」

「それは母としての慈愛ゆえと存じます。……翠嵐様のためにも、ハヌルという子に重い罰がくだらぬとよいのですが……」

紀希がそう言いかけた時、回廊から「新しいお茶をお持ちしました」という声が聞こえた。櫻嵐は入室を許す。

ひとりの女官がしずしずと入るが、茶など持っていない。この宮の女官の半分は、特別に訓練を受けた『影』と呼ばれる女たちであり、櫻嵐に忠誠を誓った者たちだ。「新しいお茶」は「緊急の報告」を表す隠語であり、女官は紀希の耳元でなにか囁く。紀希の顔つきがたちまち険しくなった。

「櫻嵐様、染石《せんせき》の場に天青様がおられると」

「なんだと？」

染石の場とは、比較的軽い罪を犯した者を罰する場だ。

軽いと言っても、死罪や流刑に比べればの話であり、そこで行われるのは笞打ちである。つまり竹の笞で罪人を打つ刑だ。罪状で回数は変わるが、途中で意識を失う者も多く、身体の弱っている者ならば息絶えることすらある。染石の場と呼ばれるのは、罪人の流した血で敷石が赤黒く染まり、洗い流しても消えなくなっているからだ。

「どうやら、ハヌルという子の笞打ち刑で、揉めている様子にございます」

「私も参ろう。紀希、翠嵐を頼む。まだなにも知らせるな」

「かしこまりました。……そなた、お供をせよ」

影の中でも信頼の厚い者を伴い、櫻嵐は宮を出た。バサバサとチマの嵩が邪魔で仕方ない。裾をからげて、庶民のおかみさんのごとく急ぐ。

染石の場には、すでに人垣ができていた。刑罰を宣言する役人は途方に暮れた顔をし、実際に笞を振るう下級役人は控えたまま戸惑い、縛られ跪くハヌルの背は剝き出しで、可哀想に血が滲み変色している。もう笞を何度か受けているのだ。

そのハヌルを護るように立っているのが天青である。

近くには眉根を寄せた鶏冠の姿もあった。耳の早い貴族たちや、大臣たちも集まっている。もちろん申錫石は天青の前に立ちはだかり、不服も露わな顔をしている。

「おどきくださいい、天青師範。笞打ち役人が困っているではありませぬか」

錫石が口を開く。官位でいえば、天青よりも錫石のほうがずっと上だ。しかし神職には敬意を払うものとされていることもあって、礼をわきまえた言葉を使っている。

さらに言えば、天青は神官であると同時に……。

「いくら貴公が慧眼児であろうと、律を乱すことは許されませぬぞ」

そう、慧眼児という特別な存在なのである。

天青が慧眼の力を使わなくなってから、十年ほどになるだろうか。藍晶王は即位と同時に『我が政は、慧眼に無闇に頼ることはせぬ』と表明し、よほどの緊急事態が起きぬ限り慧眼児を用いないとした。みだりに奇跡の力に頼れば、むしろ政は安定しないという英断からだ。したがって、かつての奇跡を目にしていない若い世代は、慧眼児をただの伝説だと思っている者すらいる。

「律を乱しておられるのは、錫石様かと存じますが」

宮中らしく慇懃な口調で笑みを浮かべ、だが決して引かない……そんな態度も今やすっかり堂に入っている天青が言った。

「十四に満たぬ者の笞刑は、数を半分とする。藍晶王が即位された年にできた律をご存じないのでしょうか」

「はて。その子は十四と聞いておりますが」

「ハヌルは十二です。もう笞は終わりなはず」

「なんとも下々にお優しいのは、お師匠譲りでございましょうか」

芝居じみた溜息交じりに言い、錫石はちらりと鶏冠を見た。鶏冠はただ静かに黙している。この場を天青に任せているのだと櫻嵐にはわかった。

「年を偽り、笞を少しでも逃れようという嘘に決まっております」

「この事件より早く、文字処で聞いたのです。偽りではありません」

「困りましたなあ……天青師範、そもそもの話をいたしましょう。こういった浮浪児たちには身元を証すものはなにもないのです。ならば歳などわかりようもない。さらに申せば、我が子を拐かされ傷つけられたこの身としては、笞刑くらいでは足りぬほど。それでも律に基づき、決まったことならばと涙を呑んでいるのです。被害者である私がここまで譲歩しているのに、あなた様はまだこの罪深き小僧を庇うおつもりですか」

「ええ、錫石様、そもそもの話をいたします」

天青が一歩も引かぬ口調で言う。

「身元を証すものがないのならば、ハヌルが十四だという証もございません。さらに申せば、ハヌルはずっと『騙されたのだ』と主張しております。その点についてはぜひ、ご子息のお話を聞きたいところ……ですが、ずっとお屋敷で臥せっているとか。ありがたくも王様が医師を使わしたというのに、顔すら見られなかったと」

錫石も嫌みな男だが、天青もなかなか負けていない。師である鶏冠は、揺るがぬ義と弱き者によせる心を持つが、交渉事を面倒がる節があり、多弁でもない。この弟子はまるでそれを補うように成長している。

……というか、こういう天青の、肝の据わった微笑みは誰かに似ている。

それが誰なのかすぐに思い出し、櫻嵐は複雑な気持ちになった。なるほど、あの男も確かに天青の師であったのだ。

「それは……ええ、息子はすっかり弱っておりましてな」

錫石はつかのま怯んだが、すぐに「それほど酷い目にあったのです」と開き直った。翠嵐から詳しい話を聞いている櫻嵐としては呆れるばかりだ。

「子供を酷く打つのは感心せぬな」

一番後ろに立っていた櫻嵐が声を発した。せっかくチマも穿いていることだし、たまには王族らしく偉そうに言ってみる。今まで櫻嵐に気づいていなかった者たちが慌てて頭を垂れ、道を空ける。

「これは、王姉様」

錫石がわざとらしいほど、腰を曲げて頭を下げた。

「よいところへおいでくださいました。王姉様と師範は懇意な間柄と聞いております。

どうぞこの若き神官をお止めください」

「我が子を拐かされたそなたには同情する。だが、飲食に満ち足りて絹の布団で眠る子息は、ほどなく回復されよう。痩せ衰えたその少年をこれ以上打って、子息の回復が早まるとでも言うのか？」

櫻嵐の言葉に、錫石は薄ら笑いで「母となられた御方の、お優しき心」と気味の悪いことを言った。誓って言えるが、櫻嵐はべつに母になってなくとも、同じことを思い、口にしただろう。

「王姉様、そして天青師範の下々への哀れみ、誠に徳高きことと存じます。……ですが、偏りすぎはいささか問題かと。隷民であれ、貴族であれ、罪を犯したら償うべきなのです。身分が低いからといって、貴族の子を拐かして許されるものではありませぬ。それに、天青師範、なにより貴公は宮廷神官というご身分。ならば宮廷に仕える我ら貴族をもっと支えてくれなければ困ります。貴族よりも隷民を重んじるというのは、いささか道理に反するのでは。そうは思いませぬか、みなさま」

錫石は情感たっぷりに述べ、周囲にそう呼びかけた。当然ながら周りにいるのはみな貴族なので、深く頷き同意を示している。能弁というよりは、人を惑わすのに長けているだけだ。話がすり替えられていることに気づく者がいないのが、ほとほと情けない櫻嵐である。

だが、ここでこれ以上強く出ることは難しかった。

高位の貴族たちには、現在の政に不満を持つ者が多い。藍晶王の政は民の暮らしを重んじることで、国の収穫や商いを安定させ、国力を高めるというものだ。その分、貴族の蔵からは財が減ることになる。財を持っていない者が、財を求める声はさほど大きくない。長いあいだ持たなかった者は、諦めを知っているからだ。だが、財を持っていた者がそれを奪われる時、人はたいてい金切り声を上げて拒絶反応を示す。それを下手に刺激すれば、王の政に影響してしまう。

「……どうしても笞をと仰せですか」

天青は静かに尋ねた。

静かだが、圧のある問いに錫石はたじろがず「左様。律の通り、あと十二の笞を」と返す。

ハヌルがその数字を聞き、ぶるぶると震え出したのがわかった。

笞の痛みを知っている櫻嵐は心が潰れそうになった。山に追われる前、臑に七回の笞を入れられたのだ。当時の櫻嵐にしてみれば、笞打ち役人に臑を晒すだけでも屈辱だったが、打たれ始めた途端、屈辱感など吹き飛んだ。それくらいの痛みだった。今思えば、あの笞打ち役人はかなり加減していたのだと思う。幼い姫の臑など、本気で打てばすぐに骨が折れたはずだ。

「ではその十二回、代わりにこの身が受けましょう」

天青の言葉に、見物人たちはざわめいた。

鍚石は顔を歪めたし、そして鶏冠は……櫻嵐しかわからない程度のかすかな溜息をついた。おそらく頭の中に、「いったいなにを考えているのだ」という呆れ、そして「我が弟子ならば言いそうなことだ」という納得、それら二つが同時に浮かんだのではないか。まさしく櫻嵐も同じ思いである。だが鶏冠は口を挟むことはしない。最後まで、天青を見守るつもりでいるらしい。

「てっ……天青師範……っ」

初めてハヌルが声を発した。悲鳴を上げすぎたのか、ひどく擦れた声で「だめだ、そんなの」と必死に訴える。だが、役人が再びその身体を地に押さえつけ、声を上げられなくしてしまう。

「いい加減、無理難題はおやめください」

鍚石がいくらかの怒気を含んだ声を出す。

「笞打ち役人が困惑しているではありませぬか。王命でもない限り、宮廷神官を打てるはずもなく、まして貴公は慧眼児であらせられる」

確かに、笞打ち専門の下級役人は大きな身体を竦ませ、落ち着きをなくしている。そう若くはないので、慧眼児の奇跡について知っているのだろう。慧眼児を打ったりすれば、神罰が下ると思っているのかもしれない。

「今の私は、ただの師範神官であり、文字処の責任者です。ならば教え子であるハヌルの笞を半分負ってもよいはず」

「恐れ知らずな御方には困ったものだ。それとも、特別な力を授かった貴公は咎の痛みも感じぬのでしょうか？　私は長く田舎におりましたゆえ、慧眼児の奇跡については話に聞いただけですが……天青師範が慧眼児だというより、御身の中に慧眼児が棲んでいるのだとか。その力を借りることによって、双眸は時に蒼く変化すると」

天青はなにも答えず、だが否定もしない。

「そしてその内なる慧眼児は、貴公を常に護っているのだと」

かつて、櫻嵐は天青自身から聞いたことがある。自分の中には慧眼児が棲んでいて、時には助言をくれるのだと。まだ力の制御がままならなかった少年の頃は、天青自身に負担がかからぬように配慮してくれてもいたと。

だが、藍晶王の御代となってからは、天青は慧眼児についてほとんど語らなくなった。翠嵐がまだ小さな頃は、こっそりと蒼き目を見せてくれたりもしたのだが……もう何年もそんなことはない。神獣ハクもすでに宮中にはいない。さらに天青の師である鶏冠も、慧眼児の名を口にすることはなくなった。

いつからだったろうか、宮中に噂が生じたのは。

瑛天青はもはや――慧眼児ではないのでは、と。

「先ほども申しました。私はただの師範神官です」

「さようでございますか。そこまで仰るのであれば……」

錫石の奥まった瞳に、不吉な光が生まれる。

「心を引き裂かれるようですが……よろしいでしょう。瑛天青師範、どうぞその少年に代わって笞をお受けください」

錫石はもったいをつけて意見を翻し、承諾した。

「ですが、まずは老師範様のご許可が必要でしょう。さらに、慧眼児を打った者が罰せられることのなきよう……恐れながら王姉様に保証をいただきたく」

なんと、ここにいる櫻嵐まで使おうというのか。あとから王の不快を買うことがないようにという策だろう。厚かましい頼みなど断りたかったが、天青を見ると「お願いいたします」と頭を下げる。

「……老師範、近う」

櫻嵐は鶏冠を呼び寄せ、これまた珍しく持っていた扇を開くと口元を隠して囁いた。

「させてはならぬ。あやつは天青を試すつもりだぞ」

天青が今も慧眼児であるのかを——見極めようというのだ。

かつての慧眼児は、成長したことで力を失ったのではないか。藍晶王はすでに慧眼児を失っているが、それを悟られたくないのではないか。もちろん鶏冠老師範も隠しているのではないか……。

そんなふうに囁かれる噂を、錫石は確かめたいのだ。

鶏冠は顔色ひとつ変えず「そのようでございますな」と静かに返す。

「笞の痛みは凄絶だ。いくら天青でも平静ではいられまい」

「されど、本人が言い出したことです。ハヌルがこれ以上打たれるほうが、不肖の弟子にはつらいのでしょう」

「そうだろうが、もっと大きな問題があるだろう。もし天青が……」

もう慧眼児ではないのだとしたら。

噂は真実であり、笞打たれても、天青を護る慧眼児が現れなかったら。

櫻嵐自身は、どちらだろうと構わない。だから噂を知っても、天青にその真偽を問うこともしなかった。天青がどこの誰だろうと、一生の友だということは揺るがない。鶏冠にとっても同じように天青との絆は変わらないだろう。

けれど申錫石にとっては違う。

王が慧眼児を失うのは大きな痛手だ。つまりそれは、事実上の政敵である錫石にとっては大きな利となる。

藍晶王にとって、いよいよの時の切り札となり得る慧眼児の存在は今も大きい。『存在するが頼らない』のと、『存在しないので頼れない』では雲泥の違いだ。その切り札がすでに喪失していることを、錫石は確信したいのだ。鶏冠もそんなことには気づいているはずなのに……。

「天青のしたいようにさせてやろうと存じます」

などと答える。放っておけというのか。大事な弟子を、弟のような存在を……いいや、養子縁組をした今は、息子ですらある天青が笞で打たれるのを、ただ見ていろと？

それは、天青の双眸が輝くことを確信しているからなのか？　噂を払拭するためにも、慧眼児であることを周囲に示そうという意図なのか？

「王姉様……なにとぞ」

鶏冠が視線を合わせてきた。その目の中にある強い意志を見れば、櫻嵐はもう引くしかない。あいわかった、と返し、もとの位置に戻る。そして、

「瑛鶏冠は許可するそうである。そして私は王姉として、これより天青を打つ者が罰せられぬことを保証する」

そう皆に告げた。ざわめきが消え、貴族たちが固唾を呑むのがわかる。しかし、笞打ち役人はといえば、大きな身体を震わせて「む、無理でございます」と笞を放りだし、地に伏して「ご容赦を、ご容赦を」と繰り返す始末だ。

「おお、これは困ったことだ」

ちょうどいい、と櫻嵐はこれを口実に使おうと思いついた。

「しかしこの者が恐れをなすも当然であろう。慧眼児を打ったとあれば、あとからどんな天罰が下るやも知れぬからな。仕方あるまい、打つ者がいないのであれば……」

そう言いかけたところで、

「王姉様、ご安心ください」

と、錫石がすぎるほどの慇懃さで頭を低くした。

「恐れをなす笞打ち役人の代わりに、我が配下がその責を負いましょうぞ。……これ、

ヨウはいるか」

「……………ここに」

人垣の後ろからのっそりと出てきたその男を見た時——櫻嵐は背筋が寒くなった。

頬に大きな傷のある、上背のある男だ。つり上がった目に覇気はなく、感情も窺えない。だがあの肩と腕の筋肉はどうだ。指の節も恐ろしく太い。中錫石は配下と言っていたが、恐らくは私的な護衛であろう。狐《ヨウ》という名が、本名かどうかも怪しい。ヨウは笞を渡され、しばらく不思議そうにそれを眺めた。竹の重さ、撓り具合、裂け目のささくれ、そんなものを調べているようだった。

そして振る。素振りを、ひとつだ。

鋭く空気を裂いたその音に、貴族たちは怯えた声を上げる。

ヨウは微かに笑った。悪くない、と言いたげな顔だった。

これはまずい。幾たびもの危機を乗り越えてきた櫻嵐の勘が叫ぶ。この男に天青を打たせてはいけない。咄嗟に鶏冠を見る。血の気が引いた顔色になっていた。だがもう遅い。鶏冠は許可を、櫻嵐は保証を与えてしまった。あの狡猾な男に。

笞の数は、十二。

天青は耐えきれるのだろうか——。

6

翠嵐は泣いていた。

叫ぶように泣いていた。

あまり大きな声で泣くので、喉の粘膜がびりびりする。涙は強い風に乗って飛び散る。ろくに拭わないので、鼻水すら飛んだ。きっとひどい顔になっている。一瞬でもそんなどうでもいいことを気にした自分に嫌気がさして、また泣いた。声を惜しまず泣いた。吠えるように泣いた。獣のように泣いた。いいや、獣は泣いたりしない。獣は強いから泣かないし、翠嵐は弱いから泣くのだ。

山で、ひとりで、翠嵐は泣いた。

宮中では一滴の涙も零していない。

泣けなかった、が正しいかもしれない。つらいのはハヌルだ。牢に入れられ、笞打たれたハヌルだ。そしてハヌルの笞の半分を引き受けた天青師範だ。翠嵐が泣くなど、許されないと思った。

昨日、父に連れられて天青師範を見舞った。

ちょうど、老師範が背中の膏薬を貼り替えているところだった。その傷のひどさに、翠嵐は言葉を失い、父は「あーあー、ひどいもんだ」と顔をしかめた。

――ごめんな、翠嵐。寝たままで。

それでも天青師範は笑いながらそう言った。布団の上に俯せて、呼吸が苦しくならないように工夫された枕を抱いている。

――いやー、久しぶりに痛かったな。悲鳴をあげなかった俺はたいしたもんだと思うんだ。そうでしょう、お師匠様。

わざと明るく言っていたが、喋るだけでものすごく痛むはずである。その証拠に顔色が青ざめていた。鶏冠老師範は弟子を一瞥すると、なにも返事をしないままで薬箱を手にして立ち去ってしまった。

――おい、あれはかなり怒ってるぞ。

父が天青師範に言い、肩を竦めた。

――うん。ろくに口を利いてくれないもん。

天青師範は、父に対しては時々、子供のような口調になるのだ。本当に心を許しあっているのだなとわかる。

――だけど……怒ってるけど、許してくれてる。ハヌルがあのまま打たれたら、まともに歩けなくなってたかもしれない。それに……。

――おまえがしなければ、鶏冠が代わりに笞を受けると言い出しただろうな。

――そういうこと。

――まったく、おまえらは。

父は苦笑し、天青師範の布団をかけ直してやった。

――翠嵐がな、おまえに礼を言いたいと。友の代わりに笞を受けてくれたからな。

父の言葉に誘われ、翠嵐は深く頭を下げた。

――天青師範……ありがとうございます。心から御礼申し上げます。

――そっか、ハヌルは俺の教え子だけど、翠嵐の友だちでもあるんだな。まったく、いつのまにそんなに仲良くなってたんだ。ずるいぞ。

冗談交じりに言ってくれた天青師範だったが、翠嵐はとても笑みを作れなかった。なんとか涙だけは堪え、「でも」と声を震わせた。

――もう……友とは呼んでくれないと思います。私はあの場から逃げて……ハヌルたちだけが捕まって……。

――それは仕方ない。自分を責めちゃだめだ、翠嵐。

――ですが……。

――ハヌルたちが拐かし事件に嵌められたことと、きみとはなんの関係もない。むしろ偶然にも翠嵐があの場にいたからこそ、状況がすぐ把握できて助かったんだ。おかげで、老師範は牢に繋がれずにすんだし、ハヌルの罪も軽いものになった。

軽いといっても、過酷な笞打ちだ。

そして天青師範が引き受けた半分は、通常の笞打ち役人とは別の者が請け負ったと聞いている。その場で見ていた母のチマには飛び散った血痕のしみがあり……翠嵐はその凄惨さを思い、顔から血が引いた。

——蒼眼は現れなかったと……聞きました……。

翠嵐の言葉に、天青師範は苦笑いを零す。

——でも私は……知っています。ずっと覚えています。天青師範の、あの綺麗な蒼い目のことを……ずっと……。

何歳の頃だったのだろう。覚えていないくらい幼い頃だ。その時、自分がひどく泣いていたことは覚えている。なにが悲しかったのかは記憶にないが、とにかく泣き止まなかった翠嵐を、天青は抱きかかえてくれた。そして蒼く輝く双眼を顕わにした。

翠嵐は泣き止み、息をのんだ。

——あの美しさは一生忘れません。師範はその瞳に空をお持ちです。身体の内に天空をお持ちです。それが私たちに見えようと見えまいと、そんなことは関係ないのです。貴方様は今なお、類い希な神官であり、私の導き手だと信じております。だからどうか……教えてください。私はどうしたらいいのでしょうか。どうしたら、ハヌルに許してもらえるのでしょうか……？

縋るような気持ちで口にした翠嵐に、天青師範はゆるく首を横に振った。

——それは、俺にはわからない。

優しい声で、「ハヌルに聞かないとな」と続けたのだ。翠嵐は俯き、ああ、やっぱりと思っていた。そうなのだ。そうすべきだろうと、わかってはいた。

けれど、勇気が出なかった。友に詰られるのが怖かったのだ。

——私は……最初から嘘をついていました。

身分を偽っていた。友達になりたかったからだ。けれど今になって思う。友達に嘘をついていいのか。それは友達といえるのか。身分だけじゃない。パジをはいて少年のふりもしていた。名前だって誤魔化していた。

スイは、嘘で塗り固めた存在だと気がついてしまった。

——そうじゃないよ、翠嵐。

天青師範が、父の手を借りて身体を半分起こし、言った。

——スイは翠嵐で、翠嵐はスイだ。両方とも本物のきみだ。

さらに微笑んで、

——俺は両方とも大好きだぞ。

とつけ加えてくれる。その言葉は翠嵐の胸に響き、とても嬉しかったけれど……それでも、ハヌルの言葉ではないのだ。

ハヌルに事実を告げなければならない。

まずそれがなければ、許すも許さないもない。

だから翠嵐は決心した。牢のハヌルに会いにいくことを。

罪人に会うことは禁じられているが、牢番に賄賂を渡せばなんとでもなる。差し入れの粥を携えて、夕暮れに紛れて向かった。

髪を結い、絹のチマをはいた翠嵐を見て、ハヌルは呆然としていた。

蠟燭の乏しい明かりでも、ハヌルのひどく腫れた顔はわかった。背中はもっと酷い有様なのだろう。母の手配で、きちんと手当してあることだけが救いだった。さすがに王の姪なのだとまでは明言せず、宮中で暮らしているのだと話した。すなわちそれは、王族ということになる。

いったいどれくらい、ハヌルの言葉を待っていただろうか。視線を下げ、身体を固くし、ひどく寒い牢屋で、翠嵐は友の言葉を待った。

──楽しかったか？

やがてハヌルは、擦れた声でそう言った。

──男のかっこして、庶民のかっこして、浮浪児と遊んで楽しかったか？

怒り、驚き、呆れ……そんなものは通り越し、ほとんど無感動に近い声に、翠嵐は顔を上げられなかった。違う、という言葉が喉まできたが、押し戻す。なにも違わない。ハヌルから見たら、そういうことになる。貴族どころか、王族である翠嵐の気まぐれな遊びにつきあわされ、挙げ句に無実の罪を着せられたと思っている。石墨の件と翠嵐は関係ないのだが、そんな説明は無意味に思えた。翠嵐が、ハヌルを騙していたことは事実なのだ。

──俺たちはおまえの玩具じゃない。

冷たく静かな憎しみが瞳に生まれ、翠嵐を睨みつけていた。

けれどその強い瞳はすぐに力を失い、今度は深く俯くと、

──俺は……俺は、馬鹿だ……俺のせいで、天青師範まで……。

ハヌルはそう嘆くと、それきり口を噤んだ。

謝罪したくて、牢まで来た。

けれど、どんな言葉で謝ればいい？　謝ってどうなる？

ただ自分の気持ちを、少しでも楽にしたいだけなのではないか？

翠嵐が伏して詫びたところで、ハヌルの処遇が変わることはない。北の炭坑に、罪隷民として送られることになったそうだ。罪隷民が送られる地では、過酷な労働が待っている。大人ですら悲鳴を上げるような場所だ。

結局謝罪の言葉を口にできないまま、翠嵐はその場を去った。逃げるように。

それでもまだ、涙は出なかった。

胸が痛くて、苦しくて、一睡もできない夜を過ごし、夜明けと同時に宮を出た。

北嶽に抜ける道は、ごく僅かの者しか知らない秘密の道だ。まだ弱い朝日の中、翠嵐は駆けた。山に逃げるために。

美しいチマを穿いたまま、絹張り鞋のままで駆けてきた。夜半に雨が降ったのだろう、山道はぬかるんでいた。鞋は泥だらけ、繊細なチマの裾は灌木の枝先で破かれ、汚れ、

風が吹いて結った髪も乱れた。走りにくい鞋のせいで転び、チョゴリもやはり泥色になった。翠嵐の顔にも泥がついた。

走って、走って――。

切り立った崖の上まで走り続け、いっそここから飛んでしまおうかと思い、父と母の顔を思い浮かべればそんなことができるはずもなく――止まった。

そしてやっと、泣き始めたのだ。

日がだいぶ昇り、周囲が明るくなってきた。翠嵐の泣き声を、風が巻き上げて天へ運んでいく。けれどそれは神には届かない。届いたところで神は無視なさるだろう。恵まれすぎた愚かな小娘の歎きなど。

誰かが肩に触れた。

涙を拭うこともなく振り返ると、ダンビが立っていた。とても落ち着いて、静かな、少し微笑んだような顔で翠嵐を見ている。

翠嵐は驚きはしなかった。ダンビが捕まっていないことは知っていたし、警邏武官から隠れているなら、この山にいるような気がしていたからだ。

――そんなに泣くと喉が潰れる。

ダンビが身振りでそう告げる。けれど翠嵐は嗚咽を止めることができない。ダンビは翠嵐の手を引いて、崖から離れる。小川のほとりまで移動すると、自分の袖を濡らして、翠嵐の顔についた泥と涙を拭ってくれた。

その頃にはようやく翠嵐の呼吸が整いだし、嗚咽混じりではあったけれど、「ありがとう」とだけ言うことができた。

乾いた岩の上に、ふたりで腰掛けた。

小川に朝の光が当たって、きらきらと舞っていた。翠嵐はそれを眺めながら、流れつづける涙はそのままに、ただぼんやり座っていた。ダンビはなにも喋らない。口がきけないのだから当たり前なのだが、喋らないだけではなく、気遣いゆえに翠嵐を放っておいてくれた。隣に座ってはいるが、翠嵐を見ないし、触れないし、心配する素振りもとくに見せない。

どれくらい経っただろう。

涙が止まり、チマの裾がずいぶん乾いてきた。翠嵐は今更ながら泥だらけの鞋を脱ぎ、足袋も脱いだ。身分の高い女性は素足など見せないものだが、翠嵐にはどうでもいいことだった。

「……ダンビ兄さんが捕まらなくてよかった」

小さな声で言うと、ダンビがこちらを見て頷く。

「……捕まったハヌルたちがどうなったか、知ってる？」

翠嵐が聞くと、ダンビは首を横に振る。

「ハヌルは笞で打たれて、もうすぐ遠くの炭坑に送られる。ヨンスとヨンホは笞はなかったけど、農場送りが決まった。私は……なにもできなかった」

なにも知らないダンビに、翠嵐は語る。

「石墨は高位貴族のひとり息子で、商人の子なんかじゃないの。あの日、私はある人から頼まれて、石墨に町を案内していて……。私も、この格好を見ればわかるだろうけど、本当は庶民ではないの」

ダンビが顔をこちらに向ける。その唇が（知ってる）と動く。え、と翠嵐が戸惑うと、ダンビはふわりと笑って翠嵐を指さし（きみは天女だ）と言った。翠嵐は泣き笑いみたいな顔をするしかない。

「……天女じゃないよ。私はたまたま身分の高い家に生まれた、ただの子供で……なんの力もない。ハヌルは私を友達だと言ってくれたのに……助けてあげられない。なにもできない」

牢に会いに行ったのだって、ハヌルに追い打ちを掛けただけだった。許してもらえるとでも思ったのだろうか。逆の立場で考えればわかりそうなものだ。身分を下に偽り、隷民の友を作る？　なんという傲慢。

小さな頃……初めて隷民街を見て衝撃を受けた。道端で蹲る子供が、生きているのか死んでいるのかもわからない。そんな光景が心底恐ろしかった。世の中の仕組みと成り立ちを、鶏冠老師範が丁寧に説明してくれたが、それでも混乱は収まらなかった。考えすぎたのか、突然高い熱が出て臥せった。熱に浮かされながらも、翠嵐はなぜ、なぜ、と考え続けた。

「いくら悩んでも、考えても、結局私は絹の布団にくるまっていて……」

なんの役にも立たないのだ。

世の中の多くを見聞きすることは大切だと、両親は言っていた。

きっとそれは本当だろう。翠嵐は宮中でも、山でも、町でもたくさんのことを学んだ。美しいものをたくさん見た。残酷な現実もだ。知識が増え、経験が増え、自分は多少なりとも賢くなったような気がしていた。それが恥ずかしくてたまらない。

友ひとり、守れないのに。

また涙が流れた。いちいち拭うのも気怠くて、頬を伝うに任せる。チチッ、と小鳥の声がした。小川の向こうで、美しい青い鳥が囀《さえず》っている。

ダンビが立ち上がった。

弓を手にしている。背負っていた矢筒から、とても短い矢を一本取った。確かこれは片箭《ピョンジョン》という矢だ。短いぶん速く、鋭く、曲がらずに飛び、威力が強いと母から聞いたことがある。

弓を構え、ダンビが静止した。

その姿は静謐で美しかったが、榛色の瞳が見据えているのが青い小鳥だとわかった時、翠嵐は声を上げそうになった。普段の翠嵐だったら、やめて、と言っていたかもしれない。けれど今は自分の言葉の総てに自信がなく、声は喉奥で詰まった。

なにが生きて、なにが死ぬのか。

誰が美酒を含み、誰が泥を啜るのか。

それを決めるのは翠嵐であるはずがないのだ。

矢音はたちまちに川を渡る。

あんな小さな鳥では、当たらないかもしれない……翠嵐のそんな期待はあっさりと裏切られた。ダンビの矢は見事に青い小鳥を射貫き、ザブザブと川を渡ると獲物を手に戻ってくる。そしてもはや動かなくなった小鳥から矢を抜くと、翠嵐に差し出す。

――あげる。

微笑んだダンビの唇がそう動く。

翠嵐は両手でその亡骸をそっと包んだ。まだ温かかった。

「……どうして、この鳥を射たの？　食べるところもほとんどないのに」

その問いに、ダンビは翠嵐に一歩近づく。翠嵐の手の中を覗き込むようにし、小鳥の翼を広げると、羽根を何本か毟り取った。もう死んだ小鳥がビクリと動いたような気がして、翠嵐は身を竦める。

ダンビは青い羽根を陽にかざして見つめ、（綺麗だろう？）と唇を動かした。綺麗だから、くれたというのだろうか。羽根を使ってノリゲでも作れというのだろうか。翠嵐はそんなことはしたくない。青い鳥が可哀想だと思った。けれど、ダンビの無垢な笑みを見ると言えなかった。この人に悪気があるはずもない。自分の見ていないところで絞められた若鶏を、美味しいと食べている自分のほうがよほど罪深いかもしれない。

ダンビは小鳥から抜いた羽根の中で、一番綺麗な一枚を選び取ると、それを翠嵐の髪に挿そうとした。その前に、あまりに乱れた髪を見てちょっと笑い、手ぐしで直してくれる。翠嵐はとても恥ずかしかったが、じっとしていた。

父以外の男性に、こんなふうに触られるのは久しぶりだ。天青師範ですら、最近は髪に触れたりはしない。

繊細に輝く青い羽根が、翠嵐の黒髪を飾る。

手の中の小鳥はだんだんと冷たくなっていく。

この小さな塊は、やがて腐って土に還る。けれど羽根の青はずっと綺麗だろう。どちらが真実の理なのか、難しすぎて翠嵐にはわからない。

――きみは天女だから、羽根が似合う。

ダンビは小枝を手にして、地面にそう綴った。落ち込んでいる翠嵐を慰めようとしているのが伝わってくる。その心遣いは嬉しかったけれど、まだ笑うのが難しい。

――ハヌルのことはきみのせいじゃない。

小枝が地面を削っていく。時々小石が邪魔なので、翠嵐はそれを摘まんでどかす。

――あの場にきみがいてもいなくても、ハヌルは捕まったよ。相手が誰だろうと、拐かしは罪なんだから。

「……誰かが、ハヌルを騙して利用したの。その証拠があれば、ハヌルは罪隷民として送られなくてすむかもしれない。石墨が証言してくれるのが一番いいんだけど……」

高熱で屋敷に臥せっているという。老師範ですら面会を断られているのだ。

「せめて、ハヌルたちに拐かしをもちかけたのが誰なのかわかれば……。ダンビ兄さんはなにか知らない？　ハヌルたちと一緒にいたんでしょう？」

そう聞きながら、ふと思い出す。

あの時にも、なにか違和感があったのだ。掘っ立て小屋でダンビを見た時……どうしてハヌルたちと一緒なのか、不思議だった。ハヌルがダンビを助けたと聞いたけれど、この人はそんなに弱いだろうか？　山奥の寺で、親もなく、鳥を射て生きて行くことは弱い人にはとても無理なのではないだろうか？

ダンビはハヌルたちと行動を共にしていた。石墨をうまく誘導したのもダンビだ。石墨は気が小さく慎重なので、簡単に人について行くことはないはずだ。けれど同時に優しい性格だから、口のきけないダンビに同情し、油断したことは十分考えられる。

そして、あの場に警邏武官たちが押し入ってきて……。

影と副事官のおかげで、翠嵐はぎりぎり逃げられた。正直、あとは全員捕らえられたと思っていた。あとからダンビはいないと知って、少しだけ安堵したけれど……。

「……ダンビ兄さんは、あの時どうやって逃げ切ったの……？」

ダンビは枝を弄びながら、ちょっと笑った。それから地面に〈覚えてない。とにかく走った〉と記す。そう……あんなことになったら、誰だって混乱し、動揺し、無我夢中で走るはずだ。ハヌルだってそうしただろう。それでも逃げ足自慢のハヌルは捕まり、ヨンスもヨンホも捕まった。警邏武官の数が多すぎた。

捕まらずにすんだのは、スイとダンビだけだ。

——俺はもうじき、この世で一番美しい鳥を射る。

唐突に、ダンビはそんなことを記した。

——そのためにずっと訓練してきた。その鳥を射たら、きっと褒めてもらえる。

書き終えると、誇らしげな顔で翠嵐を見た。

一番美しい鳥？　それはいったいどんな鳥なのか。孔雀、という夢のような綺麗な鳥がいるそうだけれど、翠嵐は絵でしか見たことがない。異国からの贈りものだったそうだか、山で狩れるものではないだろう。

「ダンビ兄さんならきっとできるよ。……誰に褒めてもらえるの？」

——山に捨てられていた俺を、助けてくれた人。

「恩人なんだね」

——命を救って、寺に託してくれたそうだ。そのあともずっと、金や食べ物を寺に寄進してくれてる。たまにだけど、会いにも来てくれて……スイにだけ教えるよ。俺はその人を父さんと呼んでるんだ。

「父さん……」

——もちろん違うのはわかってるけど、どうせ声には出せないし。

文字を書く速度が上がり、ダンビが嬉しそうなのがわかった。

「その人が、美しい鳥を欲しがっているの？」

——そうだ。俺はその人のためなら、なんでもする。だから鳥を射る。

だけど、と文字は続いた。

——それが終わったら、今度はスイの願いを聞くよ。スイの欲しいものを射る。

「ダンビ兄さん……」

——なにがいい？　狐でも、鹿でも、猪でも。毛皮で外套を作れば、冬でも暖かい。

だから悲しい顔はもうしなくていい。

ダンビが翠嵐の口元に指をあて、キュウと引き上げて無理に笑みを作ろうとする。そんな悪戯をするダンビに、翠嵐は少しだけ笑うことができた。そうしながら、やっぱり涙は滲んでくる。ダンビはきっと約束を守る人だ。だから翠嵐のために獲物を射るだろう。綺麗な毛皮や、美味しい肉の獣を。

けれど、ダンビからは違うものをもらいたかった。もっと別の、きれいな、生きているものがいい。

「……蝶がいいな」

——蝶？

「うん。もうすぐ、このへんも暖かくなるでしょ。そうしたら蝶々がたくさん飛ぶよ。羽が青緑色に光る蝶もいてね。小さいけど、とても綺麗。それを何匹か捕まえて、籠に入れてくれれば……うちの庭に放して、見られる」

──生きたままで捕まえるということ？

「もちろん。飛んでいるところが綺麗なんだもの」

ダンビは少し考えるような顔をして、唇が（難しいな）という形に動く。

──蝶は矢で射るものではないし……あんなに薄い羽だから、傷つけないように捕まえるのは大変そうだ。でも、やってみるよ。スイがそうしてほしいなら、やろう。

「ありがとう」

──いいんだ。スイは命の恩人で、俺の天女だから。

書き終えると、ダンビはポイと小枝を放り出した。急に顔を背けてしまったのはなぜだろう。その耳朶が、少し赤くなっているように見える。なぜか翠嵐もつられたように顔が熱くなって、ふたりとも黙った。

小川の流れだけがサラサラと歌う。

スイの手の中で、青い小鳥はもうすっかり冷たくなってしまった。

＊＊＊

屋敷の正門、裏口、庭にも見張りがいる。みな武官なみに体格がいい。部屋の片隅では使用人がずっと座って、石墨を見ている。ここに閉じ込められて、もう何日経っただろう。

石墨にとって宮中は楽しい場所ではなかったが、今ではそこに行きたくてたまらない。自分がこうして閉じ込められている間に、ハヌルはどうなってしまうのか。スイは大丈夫なのか。状況がまったくわからなくて、不安ばかりが募っていく。

もちろん石墨は必死に父に訴えた。普段は恐ろしくて、ろくに目を見て話すこともできなかったが、今回ばかりは勇気を振り絞った。自分は一切暴力を振るわれていないこと、ハヌルたちは誰かに依頼され、この拐かしを引き受けていたこと、そしてその連中は嘘をついていたこと、そういう意味ではハヌルたちもまた被害者であること——父の上衣にすがる勢いでそれらを訴えたのだが、まるで取り合ってもらえなかった。父は小虫にたかられたような顔で石墨を見ると「お前は余計なことを一切言ってはならぬ」とだけ言った。あとは閉じ込められて、それっきりだ。

最初は自分が情けなく、泣いてばかりいた。食事はきちんと部屋に運ばれたが、ほとんど手をつけることもなかった。軟禁されて三日目になると、食事が粥や、軟らかく煮た肉になった。ハヌルの胃腸に負担がかからぬよう、誰かが気を配ってくれているようだ。それが父ではないことは確かだった。石墨は粥を食べた。体力と気力を戻し、考えなければならない。メソメソ泣きながらも、ずっと思っていたのだ。絶対に変だと。

まず、石墨の父が悪徳商人だという偽り。

そして、普段は宮中から出ることのない石墨が、珍しく町に出たその日に、いきなり拐かされたこと。加えて、警邏武官がくるのもとても早かった。まるであらかじめ、あの場所を知っていたかのように。ハヌルが天青師範の名を口にしていたこと、そして宮廷神官の証である翡翠の連珠を持っていたことも、あまりに気になる。とどめは、それらの状況をすべて知っている石墨がこうして閉じこめられていることだ。

「……ここを出なくちゃ」

見張りに聞こえぬよう、ごく小さく呟いた。自分に言い聞かせるために。

けれどどうやったら出られるのか。中家に来て以来、ずっと感じていたことだが、この家の使用人は父をひどく恐れている。皆、常に父の顔色を窺い、びくびくしながら働いているのだ。使用人への体罰は日常茶飯事だし、使用人ばかりか……。

かつて偶然目にしてしまったことを思い出し、石墨は俯いていた顔を上げた。

「……粥を用意してくださったのは、母上なのですか？」

部屋の隅に控えている女の使用人にそう聞く。使用人は答えていいものか逡巡していたが、その程度なら問題ないと思ったのだろう「左様でございます」と言った。

「奥様が、石墨様のお身体を案じて、作るように命じられました」

「母上にお目にかかりたいのですが、私はこの部屋から出られませんよね……」

母と言っても、実の母ではない。中錫石の妻で、輝安王妃の生母である黄玉《おうぎょく》婦人だ。

「はい、坊っちゃまは出られませぬ」

「そうですか……お心遣いにとても慰められたので……お礼だけでも申し上げたかったのですが……残念です……」

これ以上首を落とせないというほど俯き、ため息混じりに言ってみた。使用人はしばらく考えていたが、「もしかしたら」とためらいがちな声を出す。

「奥様にこちらに来ていただくことならできるかもしれません。……今日はご気分もよいようですし、旦那様はお留守なので……」

「本当ですか。もしそうしていただけるなら、どんなに嬉しいことでしょう。是非母上に聞いてみてください」

石墨が言うと、使用人は頷いて席を立った。はたして、黄玉婦人は来てくれるだろうか。石墨の申し出を聞いて、不思議に思うかもしれない。なぜなら今まで、名目上の母である黄玉婦人とは、ろくに会話もしていないのだ。この屋敷に到着した折、もちろん挨拶はしたのだが、その後は言葉を交わす機会が設けられていない。この家では家族が集い、憩い語らうという習慣がないらしい。

来てくれるかどうかわからないが、準備しておこう。

石墨は座卓の上に紙と硯を用意した。筆を走らせながら、自分が今からしようとしていることが怖くて、心臓がいつもよりずっと早く動いた。うまくいかなかったら、かえってひどい結果になったら……そんな思いが何度も浮かんだが、懸命に押し戻した。

スイのことを思い出す。石墨に美味しい汁飯を食べさせてくれた。ハヌルのことを思い出す。石墨の詩を褒め、文字を教えてくれと言ってくれた。やっと友達になれそうなふたりを見つけたのに……失うのは絶対に嫌だった。

「石墨や。私を呼びましたか」

小一時間ほどした頃、黄玉婦人が顔を見せてくれた。

石墨は母に礼を捧げ、下座に移動する。改めて向かい合ってみると、黄玉婦人は化粧が不自然に濃く、表情は乏しく、なんだか老けて見えた。母と言うより祖母のようだ。部屋の隅に控えている使用人は、先ほどの者とは違い、もっと歳のいった女性になっていた。おそらく、黄玉婦人に長く仕えているのだろう。

「は……母上様」

石墨は頭を下げながら言った。

「この度はご心配をおかけして大変申し訳ありません。こ……この石墨、母上様に感謝の気持ちを申し上げたいのですが、な、情けないことに、は、話すのが、苦手ゆえ……」

話すのが苦手なのは本当だし、こんな時に言葉が詰まってしまうのもいつものことなので、ここは演技する必要はなかった。石墨は支度してあった座卓を手で示しながら、

「母上への感謝をお伝えすべく、詩を作ったのです」

と、さらに頭を下げる。黄玉婦人は何も答えず、石墨は下を向いたままなのでどんな顔をしているのかも分からない。とにかく今は続けるしかなかった。

「詩作だけは、老師範からもお褒めの言葉を頂戴しました。とはいえ、まだまだ未熟かと思います。どうかお読みいただけませぬか」

どれほどの沈黙が流れただろうか。さらりと衣擦れの音がした。黄玉婦人が立ち上がったのだ。ああ、きっと帰ってしまう。駄目だった、やっぱり駄目だった。こんなあからさまな策が通用するはずがないのだ。

石墨は自分の愚かさを嘆いたが、衣擦れの音はこちらに近づいてきた。

「……え」

顔を上げると、すぐそばに黄玉婦人がいる。白粉の下、頬の当たりに痣があるのがわかる。これを隠すための化粧なのだ。

「遠くから来た息子よ」

「……は、はい」

「かわいそうに……生みの母と引き裂かれ、無理やり連れてこられた石墨よ。目の下がこんなに荒れて……どれほど泣いたことか」

「は、母上……？」

「詩を読ませておくれ」

静かにそう告げる。

「そなたが心のままに書いたのであろう詩を、読ませておくれ」

石墨は息を呑んだ。この人はなにもかもわかった上で、読んでくれると言っている。

石墨は文字をしたためた紙を渡した。

婦人が連れて来た使用人は素知らぬ顔をしてくれている。誰も声はあげないので、聞き耳を立てているはずの見張り番にはなにも伝わらない。

すべて読み終えると、黄玉婦人は膝に手を置いた。

しばらく目を閉じ、真剣に思案しているようだった。石墨は待った。緊張のあまり、肩が強く強ばる。この詩を……実際は、今回の経緯と友を救いたいという自分の思いを記した文章、これを黄玉婦人がどう捉えるのか。内容はすなわち、夫への糾弾であり、中家にとって害のあるものなのだ。握りつぶし、夫に報告するか。石墨に同情はするが、耐えよと説得するのか。あるいは……。

「……ソヨン」

やがて婦人は使用人を呼んだ。ソヨンが「はい」と低く返事をする。

「我が娘に……王妃様に、布を贈らねば」

「出産用の清布にございますね」

「そう。……たくさん、たくさん贈らなければ……」

「は、母上？」

突然わけのわからない話になり、石墨は戸惑う。黄玉婦人は石墨の手を取ると、顔を寄せ、見張りには聞こえないように、「おまえが見たことが本当ならば、明るみに出さなければ」と言った。

「しかし、私にはその力がありません。おまえも見たであろう？　私が夫にどう扱われているかを……。今までは娘のために耐えてきました。けれど、それももう終わりにしてよいでしょう。時間がありません。ぐずぐずしているまに、そなたの友は遠くに送られてしまうかもしれぬ。だからそなたが直接、力ある方に直訴するしかないのです」

「ち……力ある方って……？　それに、僕は屋敷から出られません。母上が許して下さっても、使用人たちは父上の命しか聞きません……」

「その通りです。さらに、ここから出られて王宮まで辿り着いても、やはりそこには夫の息のかかった貴族らが大勢おります」

では、どうしたらいいのだ。

この身が透明にでもなれば、見つからずに行けるだろうけれど……。

「だから布を贈るのです」

手の力がさらに強まる。

「初産の娘のため、母が用意する清浄な白布は、ほかの者が手を触れることを禁じられています。今や我が娘は王妃です。この母が、初めてなけなしの勇気を見せたならば……あの子はきっと、わかってくれるはず。だから石墨、おまえも覚悟を決めなさい」

石墨は目を見開き、黄玉婦人を見た。

ふたりめの母の瞳には、さっきまでは感じられなかった強い光が生まれていた。

「山のような清布を、この屋敷で一番大きな櫃《はこ》に入れて運び出します」

7

内心の焦燥を、知られてはならない。

藍晶は意識して肩の力を抜き、ゆったりと玉座に腰掛けていた。少なくとも、臣下にはそう見えるように気を配った。王とはいつでも悠然と構えているべきなのだ。それが虚勢であり、虚勢だと相手が見抜いていたとしても、そうし続ければならない。

とくに若い王ならば、尚更だ。

心の鎧、とでも言おうか。

それがこんなにも重いとは思わなかった。覚悟していたが、想像以上だった。

「もはや時期を待つ必要はなかろう」

低めの声を作る。どちらかといえば細い骨格のせいなのか、藍晶の声はいくらか高めだ。よく通るのだが、威厳は足らない。

「瑛鶏冠の大神官任命儀式は十日後とする。日もよい」

「王様、どうかお聞き下さい」

またしても申錫石である。

先だって鶏冠に拐かしの罪を着せようとし、失敗したものの、この厚顔な男はなんら諦めていない。翡翠の連珠についての誤解は、己の非を認めたものの、相変わらず鶏冠の大神官就任には反対している。

「先だっても申しましたが、瑛鶏冠老師範はお優しすぎるのです。町にもよくお出かけのご様子、下々への配慮は素晴らしきことです。ですが、そのぶん気高き王族のみなさまや、我ら貴族に目が向かなくなることでしょう」

「老師範よ。錫石の懸念についてどう答える」

居並ぶ臣下たちの最前列にいる鶏冠は「恐れながら」と答えた。

「私がこのところ町に下り、諸々かまけておりましたのは事実です。大神官になれば宮中から出ることは滅多に叶わなくなりますゆえ、今のうちに」

「なるほど。いわば、大神官となる準備の一環だな」

もったいぶって答えてみたものの、この受け答えは昨晩のうちに相談していたものだ。天青が笞打たれるという騒動は、鶏冠の心を大きく動かしたらしい。この中途半端な状態がむしろ混乱を招くのだと、覚悟を決めてくれた。藍晶としても、今度こそ儀式の日程を固めるつもりだ。錫石が王妃の父であろうと、これ以上は譲れない。

「左様にございます。おかげさまで学処、文字処とともに、おおよその目処がつきました。これよりは大神官任命儀式に心を向ける所存ゆえ、皆様のご尽力を賜りたくお願い申し上げます」

　丁寧に頭を下げた鶏冠を見て、現大神官も「なにより、なにより」と笑顔で頷く。けれど錫石は「その文字処には、いささか問題ありと思いまするが……」と眉をひそめる。

　鶏冠がゆっくりと錫石を見た。

「どのような問題がありと仰せでしょうか」

「あの事件でございますよ。我が息子が拐かされた、あの重大な事件です」

「はい。私に嫌疑がかかったあの事件ですね」

「それは……まこと、いったい誰があのような偽の連珠を仕込んだやら。とんでもないことでございました」

　しゃあしゃあと言える錫石に呆れたが、それに対して「よほど私をお気に召さぬ方でしょう」と答える鶏冠もかなりのものだなと藍晶は思った。考えてみれば、この男も幾たびの修羅場を乗り越えてきたのだ。

「ともあれ、犯人があのハヌルという浮浪児なのは変わりませぬ。あの子が文字処に通っていたというのは、天青師範も仰っていたこと。ですがまあ、文字などどうでもいいのでしょう。そこでは雨露が凌げ、親切な大人がいて、時には菓子まで配られていたと聞きまする」

「ぎりぎりの暮らしを送る子供に、菓子を施してはなりませぬか？」

「いえいえ、それは素晴らしき善行。……ただ、文字処がそういった子供たちのたまり場になることを懸念しているのです。卑しき身分の者たちは、たとえ子供であろうと、時に手段を選びませぬ。金になるのならば、貴族の子供を拐かしもするのです」

「ハヌルは何者かに騙されたのです」

「やれやれ、またそれでございますか……。水掛け論ですなあ。よろしい、万にひとつ、騙されたのだとしても、金に目が眩んだことには変わりないのでは？」

「はて」

鶏冠は優雅な仕草でやや首を傾げると、周囲の臣下たちをゆっくりと見回した。

「この場に、金に目が眩んだことのない御方が、どれほどいらっしゃるでしょう？」

手厳しい言葉が放たれ、一堂は視線がふわふわと落ち着かなくなる。古参臣下の何人かが「老師範殿、失敬ですぞ」「言いがかりはやめていただきたい」などと苦言を呈する。だが鶏冠はそれらを綺麗に無視した。

今日の鶏冠は、いつもと違っていた。

感情の見えにくい顔は普段と変わらないが……なんというか、纏う空気がひんやりと厳しい。透明な氷に包まれているかのようだ。

「親すらなく、食うに困る隷民の子供が金を得ようとし、狡猾な大人に騙されたことが、それほど非難されるべきなのでしょうか？」

「だ、騙されたなどと、嘘に決まって……」

「しかもあの子はすでに罰を受けました」

ぴしゃりと、錫石の言葉を遮る。

「――半分は、私の弟子が笞を受けて」

その口調は明らかに錫石を批判していた。錫石は多少臆したように一度咳払いをしたものの、「左様にございますな。どうしてもそうしたいと、天青師範が仰ったので」と、あくまで自分に非はないという態度だ。

藍晶は、あの日のことを思い出す。

顔色を変えた櫻嵐が房に飛び込んできたかと思うと、「王医を天青のもとにお送りくださいと頼みこんできた。何事かと話を聞けば、隷民の子を庇った天青が、笞刑を半分その身に受けたのだと言う。今回の笞刑には、藍晶なりの配慮しておいた。子供を打つのだから強い力は必要ない……責任者である役人に、あらかじめそう言い含めておいたのだ。それぐらいのことしかしてやれない自分が情けなかったが、あの少年が実際に中石墨を拐かした以上、刑罰は遂行されなければならない。

だが、笞打ち役が替わったのだという。

天青の背に笞を入れたのは錫石の配下で、極めて苛烈だったと櫻嵐は話した。肉を裂き骨に響く音に、見物していた貴族たちも目を背けたそうだ。

藍晶はすぐに医師の手配をさせ、自らも天青のもとに向かった。外傷の場合、最も恐ろしいのが大量の出血で、次は傷に黴菌が入り感染を引き起こすことだ。それをよく知っている鶏冠が、手を血まみれにして天青の背中を洗っていた。打たれた天青はもちろんぐったりしていたが、顔色の悪さで言えば、鶏冠のほうが上だったかもしれない。

「慧眼児様には大変お気の毒でした。ですが、傷が化膿することもなく経過は良好だと聞いております」

「……はい。心身ともに健康な弟子ですので」

「なによりでございます。……しかしながら、慧眼児様とお呼びするのはもうやめたほうがよろしいかもしれませぬな」

きたな、と藍晶は心の中で身構えた。

「その身が危機にさらされた時、内なる慧眼児の力で双眸は蒼く輝く……そのように聞き及んでおりましたが、天青師範の目にはなんら変化がございませんでした」

天青は、今なお慧眼児であるのか。奇跡の能力は失われていないのか。それを確かめるのが、錫石の目的だったのだ。

「以前よりそこかしこで噂されておりましたが――このあたりではっきりしたほうがよろしいのでは。慧眼児に関わることならば、すなわちこの国に関わる大事。我ら忠臣も知る必要がございましょう」

「……なにを知りたいと仰せでしょう」

鶏冠が返すと、錫石は困ったような笑みを見せながら「老師範様にはおわかりかと思うのですが……」ともったいぶる。

「それでも言葉にせよと仰るのならば、そういたしましょう。天青師範は、すでに慧眼の力を失っておられるのでは？」

錫石はいよいよ直接切り込んでいき、臣下たちは静まり返る。この件に関しては、藍晶もまた、真実を知らない。天青を信じているので、問い詰めることはしたくなかったのだ。けれど、笞刑の件の後は……正直、不安もあった。

息を殺すように鶏冠の返答を待つ。

「お答えできませぬ」

その言葉に、場の空気がざわめく。答えられないということは——やはり慧眼の力は失われたのではないか。ほとんどの者がそう考えているはずだ。

「なぜお答えいただけないのでしょう」

「慧眼の力は人智の及ぶところにあらず。ならば私が答えられるはずもございません」

「要するに、わからないということですかな」

「解釈はご自由に」

「おお、これは困りました。王様、なんということでしょう。我らが麗虎国は慧眼児を失ってしまったようでございます」

「……老師範は、そうは申しておらぬ」

無意識に拳を握り込み、藍晶は答えた。

「王様、老師範様の口からは、仰ることができぬのです。自ら連れてきた慧眼児がその力を失ったとは……。老師範様の心中お察しいたします。しかし考えてみれば、慧眼児という名からして、その特別な力は子供だけが持てるものだったのでございましょう。

すでに立派に成人された天青師範が、ただの、普通の、我々と変わらぬ人間になったのは致し方ないこと」

藍晶は鶏冠を見た。

そんなことはない、天青はまだ慧眼児だと言って欲しかったのかもしれない。それはつまり王としての藍晶の弱さでもあり——そういう自分を嫌悪した。

だが、つらい顔をしてはならない。背中を緩めてはならない。

威厳と鷹揚とを併せ持ち、堂々と玉座に……………ああ、重い。心の鎧が重い。

コッ、と背中に僅かに振動を感じた。

その合図で、はたと藍晶は気づく。呼吸を詰めすぎていたのだ。ゆっくりと息を吐き、改めて吸う。玉座の背を軽く叩いたのは、すぐ後ろに立っている赤鳥だ。時折、無意識に呼吸を止めてしまう藍晶に、最初に気づいたのもこの側近である。

そしてふたりで合図を決めた。

おかげで藍晶は、自分の極端な緊張を客観的に見られる術を手に入れたのだ。

「……話が随分それているようです。私が大神官になることと、我が弟子が慧眼児かどうかは関係なきこと」

鶏冠が言うと、ここぞとばかりに錫石は「とんでもございません」と答える。

「老師範様にとって、慧眼児はそれは大きな存在かと」

「仮に慧眼児がおらずとも、瑛天青はおります。あれは私を助けてくれまする」

「お言葉ですが、慧眼児とただの師範神官とでは雲泥の差、お弟子が慧眼児ではないとわかった以上、いまだお若い貴方様が大神官になるのはいささか荷が……」

ふわり、と神官衣の袖を膨らませ、鶏冠が身体の向きを変えた。

その動きに伴い、長い髪も揺れる。錫石と目を合わせ——今までとは違い、かっちりと、まるで猛禽がその鉤爪で獲物を摑むかのように視線を捉え、

「どなたが負うても、重き荷でございますよ、大神官とは」

そう言いながら……微笑んだ。

笑ったのだ。鶏冠が。

「それがどれほど大変かは、現大神官、さらに前大神官……つまり私の師である胆礬大神官からもご教授いただきました。神官の役割とは神と人を繫ぐこと。ですが宮廷神官の場合、さらに独自の仕事がございます。すなわち、神事と政の均衡を取ることにございます。ここにいらっしゃる方々にこのようなことをお話ししますのは誠に僭越、しかしながらあえて語らせていただきましょう。政は理智と慈悲によって為される、実《じつ》の世界です。そして神事は精神と浄化……つまり虚の世界にあります。実と虚の均衡こそが肝要なのです。……大丈夫でしょうか？　私の話はもちろんおわかりですよね？　神学院においては中級で学ぶ基本理論ですから、ええ、当然おわかりでしょう。さて、虚の世界に身を置くべき神官にとって、実の世界である政を考慮しなければならぬのは、非常に難しいことです。それらは本来的に相反するものであり、並存は理不尽なのです。

まるで『明るい漆黒で塗ってくれ』と言われた塗装職人のような気持ちです。だとしても、神に与えられた役割であれば全うするしかありませぬ。明るい漆黒であれ、闇のような純白であれ、なりふり構わず――塗るしかないのです」

ほとんどの者がポカンとしていた。話の内容が難解なこともさることながら、鶏冠がここまで饒舌になるのも、ずっと微笑んでいるのも珍しい。藍晶ですら初めて見る。

以前、天青から聞いたことがある。

鶏冠が笑った時は……とても怒っていると。

だがこの場にいる中でそれを知るのは少数だろう。中には、滅多に拝めぬ鶏冠の美しい笑みに、うっとりと見入る者までいるほどだ。

「胆礬大神官は仰っておられました。大神官となる者は、自らの中にあるあらゆる矛盾を飲み込まねばならない。大神官は王を助け、同時に王を批判する。民を救い、同時にすべての民を救えぬと知る。欲に溺れた者を諫め、だがしばしば見逃しもする。神を常に思いながら、俗世にまみれなければならない。そして、それらを受け入れるが、決して慣れてはならない……。おわかりでしょうか。おや、おわかりではない方もおられるようです。そうですね、たとえば」

微笑んだまま数歩進む。そしてこのところ急に羽振りがよくなったと噂されている文官たちが居並ぶあたりで、ぴたりと止まった。

「どなた、とは申しませぬ」

鶏冠は、穏やかすぎて怖いほどの声で言った。

「存じてはおりますが、申しませぬとも。ご自宅の蔵に、それは見事な螺鈿《らでん》簞笥を十四も並べている御方。奥方のためでしょうか、絹の山を築いておられる御方。中には禁じられている那国《なこく》の品まであるとか。かと思えば、近頃評判の蝶々に入れ込み、日を空けずに通い詰めた挙げ句、花代のツケが溜まっている御方もおいでです。あろうことかその御方は、宮中薬房から高価な人参を持ち出し……いいえ、このへんにいたしましょう。ですがご忠告いたします」

鶏冠の声が……神官らしい、張らずともよく通る美しい声が合議の間に響く。

「気をつけられたほうがよい。人の目はどこにでもございます」

「な、なにが仰りたいやら……」

顔色を変えている臣下を代表するように、錫石が口を開いた。鶏冠はそちらを少しだけ振り返り、あくまで穏やかに「ご安心を」と答える。それからゆっくりと再び歩き、もとの位置、つまり最前列まで戻ってきた。

「細々とした不正をいちいち糺すつもりはございませぬよ。人の時間は限られているのですから、すべきことの優先順位というものはあります」

鶏冠がいったいどのように、貴族らの不正に関する情報を得たのか……藍晶はそれを知らない。胆礬大神官が築いた人脈を受け継いだのか、あるいは独自の脈があるのか。いずれにしても、真面目なこの男にとって、それは決して楽しい仕事ではないはずだ。

清濁併せ呑むとは言うが、相当の度量がなければその清濁に溺れてしまう。

「もうひとつ、申し上げておきましょう。錫石様のご子息を拐かしたハヌルですが、つい先刻、騙されたのだということがはっきりいたしました」

「これはこれは。証拠でも出たと仰せですかな？」

錫石が顔を歪めて嗤う。藍晶を欺いてきた、控えめな文官の仮面に次第に亀裂が入っていく。

「証人が現れました」

「隷民の子供が何人集まり、なにを言ったところで……」

「いまだ少年ですが、隷民ではございませぬ」

錫石が黙った。その喉仏だけが上下するのが、藍晶には見えた。

「そして、なにより確かな証人です。拐かされた本人なのですから」

「そ……」

「左様です、錫石様。ご子息の石墨が語ってくれたのです。拐かしはハヌルたちの計画ではないと。金になるからと話を持ってきた者がいて、さらに石墨は豊かな商人の息子だと思われていたと。石墨が臣下の子息と知っていたら、ハヌルたちも実行しなかったでしょう。隷民であろうと、それがどれほど大事になるかはわかるのですから」

「わ、我が息子は混乱しているのです」

錫石の視線が不安定に動き、必死に言い訳を探しているのがわかった。

「でなければ……ああ、そうです、きっと何者かに惑わされているのです。まだ子供である息子に、嘘を言えと……なんと困ったこと、わが息子ながら、あれは少し頭の弱いところがありまして……」

「やめよ。己の息子だというのに、なんということを」

錫石を遮り、藍晶は嫌悪を露わにした。

「その話を先に知ったのは余だ。余から鶏冠に伝えたのだからな」

もとより、裏で何者かが糸を引いており、それに錫石が深く関与していることは予想の範囲だ。だからこそ被害者である石墨が実家に閉じこめられていたのだろう。だが、その石墨は勇気を持って屋敷から逃げだし、貴重な情報を届けてくれたのである。

「む、息子が王様に拝謁したと……？」

「いいや。石墨は我が妃に真実を打ち明けたのだ」

刹那、錫石の身体からぶわりと立ちのぼった怒りの気は……慧眼などない藍晶にも明確なほどのものだった。

娘が、裏切ったのである。

輝安王妃は弟の話に驚き、おそらくは迷ったはずだ。事件の真相を明らかにすれば、すなわち父に反旗を翻すことになる。実家の後ろ盾をなくせば、王妃の立場が弱くなるのも事実だ。けれど彼女は決心した。信頼できる女官に命じ、すぐにある人物を呼び寄せたのである。

「ハヌルという少年には、可哀想なことをした。騙されたのであれば、刑罰はもっと軽いものでよかったのだ」

「はい。重く罰せられるべきは、ハヌルを騙した者かと」

「警邏庁……いや、義禁省《ぎきんしょう》に命じて調べさせよう。天青師範も打たれ損であったな」

義禁省は警邏庁よりずっと大きな裁量を持つ。貴族に対しても、強硬な取り調べを行うことができるのだ。

「ハヌルの代わりを引き受けたのですから、弟子は後悔しておりませんでしょう。ですが、私は」

王の前で、やや伏せていた顔を鶏冠はゆっくりと上げた。

「私は決して忘れませぬ――天青を打ち据えさせた者を」

鶏冠の顔からはすでに笑みが消えていた。

美しいが隙ひとつない眼差しが……そう、ちょうど彼の親友である景曹鉄が剣を構えた時のように揺らがぬ眼差しが、中錫石を見据える。

「我が弟子は、失神するほどに打たれてなお、蒼眼を現しませんでした。それは錫石様の仰る通りです。しかしながら、天青が慧眼児であろうと、そうでなかろうと関係ありませぬ。大神官になるのは、私です。この瑛鶏冠でございます。これは胆礬大神官の頃からの決定であり、王命のない限り覆せませぬ」

明確に言い切った。

　鶏冠は決心したのだ。かつてはあんなにも固辞した、大神官という地位に就くことを
……王座と同等の権力と、身も心も潰されそうな抑圧を引き受けることを、本当に受け入れてくれたのだ。

「若輩者なれど支度は調ってございます。あとは任命の儀式を待つばかり。それでもこの身が大神官ではお気に召さぬ、なんとしても反対するという御方は……」

　振り返り、臣下たちに向き直った。

「覚悟していただかねば」

　その厳かな声に逆らおうという者は誰もいなかった。ほとんどが自ら頭を低くして、次代の大神官に敬意を表す。申錫石だけはいまだ鶏冠を睨むように凝視していたが、まったく退かぬ鶏冠の強い眼差しに根負けしたのか……とうとう先に視線を落とした。

「王様」

　鶏冠に促され、藍晶は玉座から頷いた。

　そして、改めて大神官任命式を十日後に行うことを、高らかに宣言したのだ。

＊＊＊

「櫃から我が弟が出てきた時の驚きを、おわかりいただけますでしょうか」

輝安が言うと、卓の向こうで杯を手にした王が「さぞかしであったろうな」と笑った。やや遅い時刻だが、こうして訪ねてくれたのはなんと嬉しいことだろう。今は並べられた夜食を前に、ゆるりと杯を傾けている。

「石墨にとって、大変な勇気が必要だったのではないか？」

「そのとおりでございます。櫃の中で白布に埋もれ、ほとんど泣きかけておりました。それでも決して声は出さず、狭苦しい中に潜んで来たのです。あの隷民の子を助けるために……」

輝安の驚きは、弟が櫃から出てきたことだけではなかった。その手はずを整えたのが母であること、さらにあの石墨が……気が弱く、高圧的な父にいつも怯え、なにより父の思惑を優先していた石墨が、はっきりと自分の意志を口にしたことである。

――ハヌルを助けたいのです。

しかもそれは隷民の、浮浪児なのだ。

「石墨は、隷民の子を友なのだと言いました。私は正直なところ……その気持ちが理解できませんでした。私たちと隷民ではあまりに違うではありませぬか。友になるなど、不可能と思ったのです」

輝安は正直な気持ちを口にした。それは長い間、輝安にとってとても難しいことだったが、今夜は不思議とそうできた。きっと弟が、輝安にも勇気をくれたのだろう。

そして夫である王は、静かに、かつ真摯に自分の話を聞いてくれる。こんな風に自分の言葉に耳を傾けてくれる男性が存在するなど、輝安には奇跡のように思える。

「愚かな私は、弟に言ってしまったのです。隷民とは友になれぬであろう、と。すると石墨はそんなことはないと教えてくれました。あの子は良民の出ですから、私と違って世間というものを知っております。前の家にいた時は、隷民の子と一緒に遊ぶことも多く、中にはとても賢い子もいたと。そうかと思えば家柄が良くても勉学はできず、なのに威張って意地悪ばかりする子もいたのだと」

「そなたの弟は、真実を見る目を持っているのだな」

「ありがとうございます。そして石墨はもうひとつ教えてくれたのです」

出産間近となった腹をさすりながら、輝安は言葉を続ける。

「あの子の家は大きな宿を営んでおり、今までに三度、旅の途中で産気づいてしまう者を見たとか」

「それは大変ではないか」

「はい。私も驚きました。けれど、石墨の母は慣れたもので、産婆が来るまでは自分がつきっきりで世話をしたそうです。もちろん石墨は房の中には入らなかったものの、たくさんのお湯や布を準備したりと手伝い、廊下でずっとそわそわしながら、産婦たちの声を聞き続けていたのだと」

弟は言ったのだ。

──王妃様、同じなのです。まったく同じなのです。僕が知る三度のお産は、裕福な良民と、貴族の側室様と、商団で働いていた隷民でした。でもみな同じように、苦しみ、叫び、けれどそれに耐え抜いて赤ん坊を生んでいました。生まれたての赤ん坊も見ました。真っ赤で、しわくちゃな顔で、人というより猿みたいで……でも、それはそれは可愛くて。それもみんな同じでした。

目を真っ赤にして語る弟の言葉に、胸の奥が熱くなった。

身籠もってからの、様々な体験は綺麗事ではなかった。どんなに身分が高かろうと、王妃だろうと、悪阻はあるし、足は浮腫むし……時には理由もなく怒りと不安に襲われて手元の茶碗を投げつけてしまったことすらある。そんな自分があまりに情けなくて、これではまるで獣のようだと思ったほどだ。

けれど、それもきっと皆同じなのだろう。

王妃だろうと、商人の妻だろうと、隷民の母であろうと。

「……そして私はふいに思ったのです。王様は……王様の目指しておられる政は、つまりこういうことなのだろうかと。だからこそ、隷民への救済を手厚くなさったり、文字処をお造りになったり……つまり……ああ、すみませぬ。口ではうまく説明できぬのですが……」

「王妃よ」

王が杯を置き、すぐ隣まできてくれた。

　こんな風に近づくのは久しぶりなので、輝安はどきどきしてしまう。このお方の顔は、間近で見るにはあまりに美しすぎる。

「そうだ。その通りだ。我々は確かに違う身分に生まれてくる。ならば違う役割があるのだろう。けれど同じ人であることを忘れてはならぬ。怪我をすれば同じように痛み、血が出る。子を得れば喜び、失えば悲しむ。同じだ。余はそう考えている」

「王様……愚かな私はずっとそれに気がつきませんでした」

　輝安はいわゆる深窓の令嬢として育てられた。

　隷民どころか、常民とすらろくに接したことはなかったのだ。家に私隷民の使用人はいたが、直接口をきくことは父から禁じられていた。それがどうしてなのか考えたこともなかった。そういうものなのだろうと思っていた。

「私がまだ幼い頃、五つばかりでしたでしょうか。母が使用人の娘に食べ物をこっそり渡しているのを見たことがございます。なにをしているのかと母に尋ねましたら、顔色を変え『決して父上には言わぬように』と釘を刺されました。……父上は……お気に召さぬことがありますと、母に手を上げますので……」

「無体な。たとえ家長であろうと、女人に手を上げるなどあってはならない」

　王が力強く言ってくれたので、輝安は心底安堵した。このことも、ずっと心にしまってきた。自分の父の告げ口をするなど、なんと孝のない娘だと呆れられるのが嫌だったのだ。

「母は、教えてくれました。あの娘には病気の父親がいるのだと……その時私は驚いたのです。隷民にも親がいるのかと、そんなあたりまえのことに驚いてしまったのです。幼かったとはいえ、あまりに愚かすぎて……今まで誰にも話せませんでした。けれど、私も弟のように、勇気を持って自分の愚かさを告白しなければと……」

「そなたのせいではない。そなたを閉じこめ、世の中を教えなかった者のせいだ」

「勇気を持って行動したのは石墨だけではありませぬ。王様、どうか母をお助けくださいませ。母が石墨を私のところへ寄越してくれました。父が知れば、母はひどく折檻されるに違いありませぬ。我が父は……自分の利のためであれば、息子すら拐かしに利用する恐ろしい人です」

「わかった。早いうちに義母上をこの宮に呼び寄せよう」

王が請け合ってくれて、輝安は心から安堵した。

「義父上はいま義禁省に取り調べを受けている。もっとも、あの方のことだ、なにかしら逃げ道を用意してはいるだろうが、数日は監禁されるであろう。……だが王妃よ、そなたは……よいのか？」

その問いに、輝安は顔を上げた。優しさと懸念の眼差しが輝安を見つめている。

「このままだと、そなたは父上と袂を分かつことになる。錫石殿は、余とは考えが違うものの、大きな派閥を持ち、力ある外戚だ。それを失うことが、そなたにどう影響するのか……」

「はい。私は父の後ろ盾を失いましょう」

　けれど、と輝安はそっと自分の腹部に触れた。

「私にはこの子がおります。そして王様もおいでです。ほかにも……そう、最近は、櫻嵐様とも、心を許し、話せるようになって参りました」

「それはよい！　姉上がそなたの側にいるのはとても心強い」

「櫻嵐様はあまりに素晴らしき御方ゆえ、まだ少し緊張いたしますが……ご息女の翠嵐は本当に可愛い子です。この子がもし娘なら、あんなふうに育てたいものです」

「賛成だ。翠嵐は実に賢く、思いやり深い」

「あ……失礼いたしました。王様は王子をお望みですよね」

「正直なところ、最初のうちはそう考えていたのだが……」

　王の手のひらが、輝安の腹にそっと触れた。

「父となる日が近づくにつれ、それどころではなくなってきた。とにかく無事に生まれてくれと、祈るばかりでな」

「王様……」

　温かな言葉は少し照れくさそうでもあり、それがあまりに嬉しくて、自然と王の肩口にもたれ掛かってしまった。王はそっと肩を抱いてくれたが、その途端に輝安は我に返り、慌てて王から離れようとした。

「も、申しわけありませぬ。なんと馴れ馴れしいことを……」

けれど王の腕は輝安の肩を抱いたまま放してくれず、「王妃、なにを言っている？」ときょとんとした顔を見せた。

「我らは夫婦《めおと》であろう。妻が夫に寄り添ってなにが悪い」

「はい、あの、ですが……私のような妻では申し訳なく……」

「いったいなにが申し訳ないのだ？　確かにそなたの父上には手を焼いているが、此度のことでそなたは余を選んでくれたのだと、よくわかった。さらには、そなたがどれほど賢き王妃かもわかったのだぞ。石墨が着いた時、まず、紀希を呼んだことは素晴らしい機転であった」

「はい……櫻嵐様をお呼びしようかとも思ったのですが、あの御方がいらっしゃるとどうしても目立ってしまうため……」

櫻嵐づきの紀希は、信頼できる女官の筆頭だ。女官の中でも高い地位にあるので、王妃が呼んだとしても違和感はない。だが、その紀希はさすがに王である藍晶に会うことは難しい。藍晶から紀希を呼びつけるのは容易いが、その逆はあり得ないのだ。拝謁を望んだとしても、数日はかかってしまう。

「次の選択はさらに秀逸であった。紀希から、我が腹心に話を伝えるとは」

輝安は紀希に「そなたから、いそぎ赤鳥に伝えておくれ」と頼んだのだ。

王である藍晶の周りもまた、間諜が多く潜んでいる。数でいえば王妃の比ではない上、時と場合で味方にも敵にもなり得る者も多く、判断が難しい。

だが赤烏だけは別だ。

あの男は文字通り命を賭して藍晶を護ってくれる。そのために生きていると言っても過言ではない。とはいえ、赤烏のそういった絶大な献身ぶりを、王妃に話したことはなかったはずだ。

「姉上から聞いたのか？　赤烏が余に絶対的な忠誠を持っていると」

「いいえ。けれどわかりました。あの者の働きぶり、身のこなし、そして常に王を見つめている視線……そういうものを見ていればわかります」

天が落ちようと、地が割れようと、王を護るのだという決意。

それを赤烏から感じ取ったのは、輝安もまた、いつもいつもこの若く美しい王を見つめていたからだ。実を言えば、輝安は少し羨ましかった。赤烏はいつも王の背後に控えるので、王を好きなだけ見つめていられる。けれど輝安は、王に気づかれないように、見つめなければならなかったのだから。

「ふむ、そういうものか。……で、話は戻るがな。いったいなにが申しわけないと？」

もう忘れてくれたかと思ったのに、再び尋ねられて輝安は困惑する。

「そ……その……確かに夫婦ではありますが、あまり馴れ馴れしいのは……」

「ああ」

王はややばつが悪そうに頷いて、少し身体を離した。

「そうであったな。そなたは馴れ馴れしくされるのを好まぬので……」

「いえっ、わっ、私はいいのです！」

慌てるあまり、声がひっくり返る。あまりにおかしな声が出てしまい、自分でも呆れて顔が熱くなってしまった。

「……すまぬが、よくわからぬな……その……いいのか、悪いのか？」

下を向いたので顔は見えないが、王はどうやら困っている様子だ。

「余は……いいや、私はな、そなたは馴れ馴れしくされるのは嫌いかと思っていたのだが。こう、触れようとすると、よく身体を引いていたし」

「そ……それは……」

恥ずかしかったからです、などと言えるはずもない。

「顔を見ると、目を逸らすしな」

だって、王様の顔は美しすぎるから……ともやっぱり言えなかった。

「それでも嫁いできた者の義務として、私に尽くし、子を宿してくれたそなたに感謝してはいたのだが、気持ちというものはどうしようもなかろうし……」

え、と輝安は顔を上げた。まだ赤ら顔だろうから恥ずかしかったが、そんなことを言っている場合ではないと気づいたのだ。この方はまさか、まさか……。

「お、王様は……私が王様を嫌っていると、お思いなのですか……？」

「嫌いというか、まあ、好かぬのだろうなと……」

「そ……」

「よいのだ、気にするな。王族の婚姻など、好き嫌いの問題ではないのだし」

「おっ、おっ……おっ……」

言葉が詰まる。恥ずかしい。言いたくない。

けれどここで言わなければ、誤解はずっとこのままだろう。それは嫌だった。お腹の子のためにも……いいや、子を言い訳に使うのはやめよう。輝安が嫌なのだ。王に誤解されたままでは嫌なのだ。

「お慕いしているに、決まっているではないですか……っ」

しまった。必死のあまり、いくぶん失敬なもの言いになってしまった。だが王は気分を害した様子もなく「そうなのか？」と綺麗な目を見開いて聞いてくる。輝安がコクコク頷くと、今度はフワッと笑って、

「そうか。よかった。それはよかった」

とまるで少年のような笑顔を見せた。それだけで、輝安の心の臓がキュウとなる。

「お、お慕いしております。……けれど、私は容貌も冴えず、気の利いたことも言えず、挙げ句に王の前で粗相などする始末」

「以前私の衣に吐いたことか？　悪阻だったのだから仕方あるまい」

「ああ……思い出すと死にそうでございます……。それに、父のこともございましたし……ですから、いいのです。王様のご寵愛を期待するほど愚かでは……」

「なにを申すか。だいたい、容貌が冴えぬとはなんだ。そなたは美しいではないか」

「……お気遣いいただかずとも……」

「美しいがだめならば、可愛らしいと言えばよいか？　なんというか、こう、ふわっとしていて……冬の雪原で見る、真っ白なウサギのように愛らしい。肌も雪のように白く、漆黒の髪は豊かだ。そしていつもいい香りがする」

「香は……王のお好みを櫻嵐様からうかがい……」

「うむ。嬉しい心遣いだ」

「……それでも私など……美しいというのは、櫻嵐様や紀希様のような……」

「そうだな。姉上や紀希も美しい。そしてお強い。とにかくお強い」

美しいは一回で、強いは二回……王にとってはそちらの印象が勝るようだ。

「だが私はもっとさらなる美女を、以前見たぞ」

自慢げに言われ、輝安は少し沈んだ気持ちで「さようにございますか」と返した。

「あれはもう何年前であろうな……。宮中にて競い舞いの行事があってな。そこで勝者となった者だ。花の精か、仙女かと思うような美姫であったな」

「どなたなのでしょう」

「もうおらぬよ。……うん、何年も見ておらぬな。まだいけると思うのだが……いや、それならむしろ私が…………いやいや、いくらなんでも」

ひとりぶつぶつ考え始めた王を見つめていると、やがて「とにかく」と輝安に向き直り、手を取ってくれる。

「美しいのはよいことであろう。しかしなにを美しいとするかは、そなたが思っているより千差万別だぞ。翠嵐は森に棲む蛙を宝石に喩えていた」

「……あの子らしゅうございますね……」

「それに、私が妻に求めるのはもっと大事なことだ」

「はい。承知しております。正妃として、国の母として、民たちの……」

「いや、それもむろん大事だが、もっと単純なことなのだ。輝安よ」

呼ばれて、目線を合わす。

「私の味方でいてくれ」

若き王の言葉は決して強くなかった。それは命令よりも懇願に近いほどだ。

「私はあまりに敵が多い。宮中に暮らし、働く者は千に近い。だが信頼できる者はほんの僅かなのだ。だから、そなたが……私との子を産んでくれるそなたが味方でいてくれるなら、どれほど心が安まるであろうか」

王の顔は微笑んでいたが、同時に憂いも含んでいた。

まだ若くして王となったこの方が、日々どれほどの重圧と戦っているのか――今になってやっと、輝安はそこに思い至る。歴史を辿れば、麗虎国の王は時に妃に毒杯を与えている。また、正妃の外戚は時に王を廃位に追い込んでいる。血を分けた者同士が争い、血を流す。宮中とはそういう場所なのだ。

「お味方いたします」

輝安は言った。

王とここまで長く視線を合わせたのは、初めてかもしれない。

「必ず、いつでも、お味方いたします」

王の手を握り返した。こんなに強く握ったことはない。すると王が同じくらいの力を込めてくれる。少し痛いほどで、けれど輝安は初めて、自分はこの人の妻であると実感することができた。医師から身ごもったと聞いた時よりも、夫を近く感じた。もしかしたら、それは王も同じだったのかもしれない。

いつのまにか、微笑みあっていた。

胸にじんわりと広がる温かさ、これがきっと幸せというものなのだろう。輝安としては、やっと辿り着いたこの幸福に、いましばらく浸っていたかったのだが……。

「……あ」

この世に出たがっている命が、早く仲間に入りたがったようだ。

「王妃？」

下腹の違和感に輝安は王の手をますます強く握り、ふぅとまずは息を吐く。自分に落ち着くように言い聞かせながら、「破水いたしました」と夫に告げる。

品の良さや愛らしさを装う余力などなく、低く唸るような声になってしまったが、夫のほうも女官を呼ぶ声がひっくり返っていたので、お互い様だなと思えた。

8

晴れ着に袖を通す。

チマを飾る膝襴《スラン》は二段、金襴で花々が描かれている。重要な儀式の時のチマだ。母は圓衫《ウォンサム》を纏い、それはそれは美しいが、さっきから「袖が邪魔くさい」「付け髪《カチェ》が重い」と文句が多い。けれど翠嵐の姿を見ると、

「おお、美しいな」

と言ってくださった。牡丹のごとき母に比べれば、自分など道端の小花程度だろうが、それでも嬉しい。けれど、続いて支度部屋に現れた父が「なんと、我が娘は天女のようではないか」と大袈裟に言った時には、ついプイと顔を背けてしまう。

「翠嵐？　どうした、怒ってしまったのか？」

慌てる父に「そうではありません」と返したものの、頬が赤いような気がしてなかなか顔を戻せない。天女だなんて、ダンビみたいなことを言うからだ。

「うーむ、娘とは難しいな……どう褒めれば正しいのか、父にはよくわからん。さあ、こっちを向いてくれ」

父に請われ、改めて向き直る。にこやかに翠嵐を眺める父が「元気になってくれて、本当によかった」としみじみ口にする。心配をかけてしまったことを反省し、翠嵐は父に軽く抱きついた。

北嶽で号泣したあとも、ずっと自分の房に閉じ籠もっていた翠嵐だが、ハヌルの罪が軽くなったと知り、だいぶ安堵したのだ。もちろん翠嵐がハヌルたちを騙していたことは変わりないし、もう会ってはくれないだろう。それでも、ハヌルがつらい労働に送られないのはよいことだ。天青師範が真っ当な主を探してくれると聞いている。

すべては、石墨が王妃様に事実を伝えてくれたからである。

――櫃に隠れて王宮に入ったと聞いて、とても驚いたの。

昨日、翠嵐は王妃の宮を訪ね、石墨と会うことができた。

――お、驚いたのはこちらです。スイが……翠嵐様がお、女の子……そればかりか、あの櫻嵐王女様のご息女でらしたとは……。

頭を低くして畏まる石墨に、翠嵐は敬語はやめてほしいと頼んだ。

――男の子のふりしてたのはごめん……。でも、私は翠嵐だけどスイでもあるんだ。どっちもほんとの私……そう思うことにしたの。

――そっか……うん、わかった。じゃあ、ふたりの時は、友達のように話そう。僕もそれが嬉しい。ねえ、聞いてよ、スイ。大変だったんだ。櫃の中は狭くて、暗くて、もう泣きそうだったよ……。

──でも我慢したんだね。すごいよ石墨。

──僕もびっくりした。自分にこんなことができるなんて……。でも、ほんとにハヌルとスイのことが心配でたまらなかったんだ。

──ありがとう、嬉しい。石墨も……気をつけてね。

あえて言葉少なに翠嵐は言った。石墨は今とても微妙な立場なのである。いわば、息子が父を追い詰めてしまったわけで、帰る場所を失い、引き続き王妃のもとに身を寄せている。石墨を逃がした黄玉婦人も同様である。

石墨の父、中錫石は取り調べを受けたが、狂言誘拐を仕組んだという証拠は見つからなかった。王妃の父であることから、牢ではなく、罪に問われた王族が監禁される石塔に入っていたが、三日前に釈放されている。

恩赦が出たのだ。輝安王妃が、王子を出産されたからである。

この報せに麗虎国中が歓喜し、寿いだ。藍晶王は在位以来、身分の低い者への救済を手厚くしていたので、ことに常民や隷民たちはおおいに沸いたそうだ。この王子が成長して世子《セジャ》となれば、中錫石は『未来の王の祖父』なのだから、疑惑だけで石塔に繋いでおくことはできない。

「いやあ、しかしめでたいことだな。大神官任命と王子誕生がほぼ同時とは」

父が座り、重そうな剣を置いて言った。今日の大神官任命式で、いよいよ鶏冠老師範が大神官となる。

「中錫石の事件がうやむやになり、ますますのさばると思うと、あまりめでたくもないがな……。ところで曹鉄、娘ばかり褒めているが、妻は美しくないのか？」

母に睨まれ、父がすぐさま「言うまでもなく美しいぞ！」と早口に言った。

「まったく、おまえはなにを着ても美しい。絢爛な圓衫《ウォンサム》だろうと、麻のパジだろうと美しい。なんなら、なにも着ておらずとも……」

「そのへんでいい。おまえはそのままか？　鶏冠の任命式だというのに」

いつもと同じ武官服の父に、母が聞く。王族である母を娶った父は、王族に準ずる豪奢な衣を纏い、貴族の最前列に立つ権利を持っているのだ。

「俺はこれでいいのだ。王をお守りする仕事があるし、きらきらした衣は苦手でな。軍帽《ポンゴジ》を被っていたほうが落ち着く。だが、鶏冠のきらきらぶりは楽しみだ。大神官の儀礼衣はすごいんだろう？」

「本来はそうなんだがな……」

母がやや落胆したように言うので、翠嵐は思わず「え、違うのですか」と聞いてしまった。鶏冠老師範の晴れ姿を楽しみにしていたのは父だけではない。

「大神官が代替わりする時には、儀礼衣を新調するのが慣わしだそうだ。基本の形はほとんど決まっていて、陰陽を表す五色の絹を特別な手法で織らせて作る。そこに金糸銀糸の飾り刺繍が入るので、やたらと派手だ。たいてい、着るのはシワシワのおじいちゃん神官なわけだから、衣裳だけでもド派手にしておく必要があったのだろう」

身も蓋もない母の言葉に父は笑い、「なるほど、鶏冠はその格好を嫌がったか」と言った。母が頷き「もったいないと拒んだそうだ」とやはり笑う。父と母が笑い合っているのを見ると、翠嵐はとても幸せな心地になる。

「鮮やかな五色に染めるには金も人手もかかる。それを知った鶏冠は白でよいと……神官なのだから白であるべきだと主張したらしい。なんともあの者らしい」

「老師範……いえ、大神官様は、白がお似合いだと思います」

翠嵐がいうと、両親ともに「そうだな」と同意してくれた。

父は持ち場に戻り、翠嵐も紀希に花冠《ファグワン》をつけてもらい、支度が終わる。紀希は目を細めて翠嵐を見つめ、またしても、「本当に、母上様によく似て……」と言った。

「紀希。気を遣わなくていいよ」

翠嵐は思い切って言ってみた。すると紀希はきょとんとした顔になる。すぐそばで聞いていた母も不思議そうにこちらを見ていた。

「……あのね。私を母上そっくりだって言ってくれるのは、母上と父上、それから紀希や天青師範や老師範……つまり、私の身近な人たちだけなんです。女官たちは、陰でこう言ってます。美しいお母様に似なかった、可哀想な姫って」

「……なんと……翠嵐様、いったいどこの女官がそんな失敬千万を」

柳眉を吊り上げた紀希に、翠嵐は「それはいいの」と慌てて言う。

「噂話なんて、どこでもしてるでしょう。私が母上に似ていないのは本当だし……。

ひょろひょろと手足ばかり長くて、色黒で、そばかすで……。でも、まあ、世の中のどこかには、背の高い女子を好む殿方もいるかもしれません」

それに、翠嵐を天女だと言ってくれた人もいた。

「だから気を遣って、母上に似てるなんて言わなくていいからね」

やっと言えてスッキリした翠嵐に、紀希はすっかり困惑した様子で「翠嵐様……私は気を遣ってなど……」とおろおろし始め、縋るように母のほうを見た。

「……似て、ないのか……？　私と我が娘は……いやしかし……」

首を傾げ考えていた母が、やがて「ああ、そうか」と合点のいった顔になる。

「翠嵐、我らを似ておらぬと噂していた女官たちはどれくらいの年頃であった」

「え……おそらく二十歳前後かと……」

「やはりな。その者たちは知らぬのだ、かつての私を」

「かつての母上……？」

「ああ！　そういうことでございましたか」

紀希も、目をパッと見開いて声を上げる。ふたりはなにかに気がついたようだが翠嵐にはさっぱりだ。

「うーん、そうか……私はそんなに変わったか……まあ、宮中に戻って歳月が流れ、結婚して子も産んで……そりゃ変わるなあ……」

「母上？」

「翠嵐。確かにその恵まれた体格は曹鉄の血であろうし、しっかりした眉なども父譲りだと思うがな、それでもそなたは、どちらかといえば私に似ているぞ。厳密に言えば、若い頃の私にな。山から王宮に戻って来たばかりの頃は、まだかなり痩せていたし、肌も日焼けしていた。そばかすも、ちょっとあったな」

「……そうなのですか……？」

「うむ。そなたはあの頃の私に似ているのだ。少年の格好をしても誰も疑わないあたりもまるで同じだな」

「では……私もいずれは、母上のように美しくなれるのですか……？」

「まあ、お前も中年になって、落ちにくい肉がつけばこういう雰囲気になるだろうよ。しかしな、親のひいき目なしに、今でもそなたは美しい娘だと思うんだが……」

「櫻嵐様、環境が悪いのではないでしょうか」

紀希が真剣な声で言う。

「翠嵐様の周囲には、王様や鶏冠様、天青様もいらっしゃるのです」

「おお、それはあり得るな。よいか翠嵐、勘違いしてはならぬぞ。あのあたりはもはや常軌を逸して美しいのだ。美の基準の参考にしてはならぬ」

母もまた大真面目に言うので、翠嵐は頷くしかなかった。その「常軌を逸して美しい」に母や紀希も入ると思うのだが……なるほどそう考えてみると、自分は大輪の花園で暮らしているようなものかもしれない。

「……美しいかどうかも……正直、気になっておりましたが……母上に似てることがわかって、翠嵐は嬉しく思います」

素直な気持ちを述べると、母は優しく微笑んでくれた。

「もちろん母似だぞ。内面的なことを考えれば、母より優れた娘といえよう。そなたは賢く、弱き者への思いやりが深く、自制心は強いが時に大胆で、友を助けることをためらわず……ああ、そうか。このへんは師の影響なのだな」

母の隣で紀希が微笑み「まことに」と頷いた。

「鶏冠様と天青様……お二人は幼い頃から翠嵐様の師でいらっしゃいました。似ていても不思議ではございませんね」

「うむ。蛙を摑んだまま鶏冠に纏わりついていた頃が懐かしい」

「……わ、私がですか？」

「そうだ。そなたは鶏冠と天青が好きでなあ。まだよちよち歩きだというのに、ちょっと目を離すとすぐ神学院に行ってしまって、紀希を青くさせていた」

母と紀希が懐かしそうに笑うので、翠嵐はいくらか恥ずかしい。

言われてみると微かに覚えているような気もする。鶏冠の神官衣の香りは、今でも翠嵐をほっとさせるのだが、幼い頃に纏わりついていた記憶なのだろうか。天青に肩車された記憶にいたっては、はっきりとある。いや……そういえば、赤鳥にもしてもらったような……。

「さあ、鶏冠の晴れ姿を見に行こうではないか」

母がチマの裾を捌いて言い、「それにしても色々重い」とまた愚痴りながらも、凜と美しい姿勢で歩き出す。

翠嵐もその後ろについて、房を出た。

いい日和だ。外廊下から、美しく青い空が見えた。

＊＊＊

美しく青い空を見上げ、ダンビは目を細くした。

東の空に薄い雲がかかっている。しばらくすれば、あの雲がもう少しこちらに来てくれるだろう。そうすると眩しさが和らいでちょうどいい。ダンビが都に来て一番戸惑ったのは、空がとても開けていることだ。複雑な陰影をなす山の中で鳥を射るのは得意だったが、こうも陽光を遮るものがなく、しかも下が白い石畳では反射が強くて戸惑った。光に目を慣らすのに数日かかってしまった。光だけではない。町では風のにおいも山とはまったく違っていた。人が多すぎて空気が澱み、風の流れを読むのが難しい。けれど澱んだにおいは下に沈むので、少し高いところに上がれば風は読みやすくなる。

竜仁の町は浮き足立っていた。とてもおめでたい行事があるからだ。

——王宮前の広場で餅を配るってよ。お前らはもらってこい。楽隊や踊り子も出て、賑やかだと思うぞ。——……俺はまだ動きたくねえや。

牢から出てきたハヌルは、痛々しい痣だらけの顔で弟分たちに言っていた。それからダンビを見て、

——ダンビ兄貴も行ってきなよ。運がよけりゃ、王宮に入れるかも。新しい大神官が見られるって、前に天青師範が言ってた。

ハヌルが牢から出てきてから、再びダンビは彼らと合流していた。ダンビが調達した膏薬はよく効いたので、打ち身だらけのハヌルに感謝された。牢に繋がれ、笞打たれたハヌルはかなり弱っていて、元気がなかった。ハヌル団の頭として、いつも明るくよく喋っていたのに、戻ってきてからは黙って考え込んでいることも多かった。

昨日の夜は、下の子達が寝静まってから小さな声で聞いてきた。

——なあ、ダンビ兄貴。

——友達だと思ってた奴が……嘘をついていたらどうする？

手近に書くものもないので、ダンビが答えられないことはわかっていたはずだ。けれど、もし筆談ができる状況だったとしても、ダンビはただ首を傾げたことだろう。「友達」も「嘘」もダンビにはよくわからなかったからだ。

どういう相手を友達と言うのか。

語り合える相手？　そもそもダンビは喋れない。「嘘」が「本当とは違うことを言うこと」なのは知っている。けれど、「本当のこと」とはいったいなんだろう。ダンビを育ててくれた僧は言っていた。人には赤く見える花も、虫にはそう見えていないらしい。ならば本当の色とは？　鳥を射る時、ダンビは風の声を聞く。風の声は、その方向を、強弱を、揺らぎを教えてくれる。けれど僧たちにはわからないらしい。そうなると、風の声は本当にあるのか？

――でもそいつに悪気があったわけじゃないのは、わかるんだ。

筵《むしろ》に寝転んで、ハヌルは勝手に喋っていた。

――嘘をつかなきゃ俺たちと一緒にいられなかったってことも……今考えればわかるんだ。でも、あの時はカッとなっちまって……。

本当と嘘の違いはわからないが、カッとなるのはよくないことだ。怒ったり焦ったりすると心が乱れて、弓も乱れる。すると矢は獲物には届かない。

――俺のこと、心配してくれてるのもわかってた。本当は謝りたいけど……たぶん、もう会えない。

ハヌルは少し泣いているようだった。もう会えないならば、考えたところで仕方ないだろうに、なぜそんな風に悲しむのだろう？　寺の僧の言葉を思い出した。持っているものを失うから悲しいのだと。だから、最初からなにも持っていないダンビは幸せなのかもしれないと言っていた。

その話には、いまひとつ納得できなかった。確かにダンビは捨て子で親も兄弟もいないし、友もいない。

それでもたったひとり、ダンビを必要としてくれる人がいる。

その人がダンビに生きる意味をくれた。理由をくれた。生きるというのは「ただ死なないでいること」ではなく「為すべきことがあること」なのだと教えてくれた。それだけで世界はずいぶん変わって見えた。

花が咲くのは、虫を呼んで花粉を運ばせるため。

獣が死んで朽ちるのは、土に還って養分になるため。

みんな理由がある。意味がある。だからダンビも、自分の仕事をする。

それが終わった後のことはあまり考えていなかった。目的を失い、ただ息をするだけの日々になるのかと思うと、あまり楽しい気分ではなかった。けれど、都にきてダンビは新しい生きる理由ができた。あの子と約束したのだ。

天から降ってきた女の子と。

ダンビは半身を起こし、隣で横たわっているハヌルの肩をそっと撫でた。ハヌルが「ありがとう」と小さくいうのが聞こえた。

明けて今日、いよいよ大神官任命式の日だ。

ダンビは風を読みながら、民迎門《みんげいもん》へと向かっている。他の子供たちは王宮正面の広場で餅や音楽を楽しんでいることだろう。

民迎門はそこからは少し離れていて、最近になって作られた門だそうだ。内側はかなり大きな広場になっていて、特別な行事の時に、一定数の民がここに招かれる。今日は王と大神官のお披露目があるらしい。

もちろん近い距離で見るのは無理だ。

広場の奥には人工の大きな池が作られ、その向こうの高い石段の上に、王と大神官が立つそうだ。武官もたくさん配置される。どう配置されるかはすでに頭に入っている。

そして一番ありがたいのは、この広場が高い塀で囲まれているという点だ。

高い場所なら、風が読める。

人の流れに乗って、ダンビは進んだ。

民迎門の通行証は、あらかじめ渡されていた。門では武官が民をひとりひとり調べている。怪しい者はいないか、武器などを持ち込んでいないか、――もちろんダンビはなにも持っていない。愛用の片箭はすでに中にある。

そして、武官のほかにもうひとり……神官服の男が門の入り口に立っていた。

＊＊＊

大神官の任命式は荘厳につつがなく行われた――と、思う。

なにしろ翠嵐は見ていないので、想像するしかない。王族や貴族の居並ぶ中で行われる王の即位式とは違い、大神官の任命儀式は神殿の中で密やかに行われる。入れるのは玉、現大神官、次の大神官、以上の三名きりだ。

けれど、そのあと新しい大神官が祝詞を奏上する儀式には、王族と高位貴族が参列する。歯がゆいことに、中錫石も大きな顔でそこにいた。残念ながら、産後まもない輝安王妃様はおでましにならなかった。王子は健康そのものだが、王妃は回復がやや遅れているらしい。

神殿前の広場、新しい大神官が姿を見せた時は――みな、息を呑んだ。

白。

煌めく白。

母の言っていたとおり、五方色を使った派手で煌びやかな衣装ではなかった。鶏冠自らが望んだという白ではあったが――恐らく、宮中のお針子の意地もあったのだろう、白地の絹には金糸で見事な鶴が刺繡され、鶏冠の背中で大きく羽ばたいていた。絹の光沢と金糸の刺繡が陽の光にきらきらと輝き、文字通りのまばゆさだ。鶏冠は大神官だけに許された冠を頭につけ、髪は緩く一束にしていた。衣の裾は長く、それを持つのは天青師範だ。師と揃いの生地の衣だったが、刺繡は控えめだ。けれど必ず、白鳥とともに白虎が入れられる。

衣裳が白いので、鶏冠の美しい黒髪がよく映えていた。なんだか夢のような眺めに、翠嵐はほとんどぼうっとしていたが、母が隣で「多少イラッとするほど美しいな……」とぼやいたのには、少し笑った。

鶏冠の耳に心地よい声が、この国への献身を誓う。

鶏冠のしたためた誓いの書状を王が受け取る。藍晶王もまた、いつも以上に立派な御姿で、やっと鶏冠を大神官に迎えられたことに感無量のご様子だった。

休憩を挟み、新しい大神官が民にお披露目となる。

今頃、広場は心待ちにした民で埋め尽くされていることだろう。予め、抽籤の入場札を手に入れた民だけが入れるのだ。王様もその場に同席し、民とともに寿ぐそうである。歴代の王で、こんな大胆なことをした方はいない。藍晶王が、どれほど民を大事に思っているのか、皆によく伝わるはずである。王様が「姉上たちも、ぜひご一緒に」と仰せになったので、母と翠嵐も広場に出ることにした。警備のこともあり、さすがに民と距離は近くなく、大きな池を挟んでいるそうだ。

「天青師範がおらぬようですな」

「なんでも、景曹鉄殿の依頼で、広場警備の助けに向かったとか」

翠嵐たちの後方から、休息を取っている王族の声が聞こえた。確か、先の王様の従兄弟だったような……こういった儀式の時だけ出てくる王族も多いので、全員を覚えるのはなかなか大変なのだ。

「警備？　あの天青師範がなんの役に立つと？　慧眼はもう失われたというのに」

「しっ、この場で滅多なことを仰るのは……」

「はは。もはや公然の事実ではないですか。何年も聖なる蒼眼を見た者はおらぬし、王もその力を貸せと仰せになってはおらぬ。さらには、過日の笞打ちに晒されてもなお、蒼き瞳は現れなかったと言いますぞ」

「ああ、その話は聞きました。王様は落胆されているでしょうなあ。せっかく慧眼児を手に入れたはずでしたのに」

「瑛鶏冠を大神官にするとこだわっていたのも、天青師範の師であったからでしょうが、まあ、嬉しさも半分というところではないですかな」

　ふたりの王族は老齢のせいか、自分たちの声の大きさに無頓着だ。

「天青が慧眼児であろうとなかろうと、どっちでもよかろうに」

　舌打ちでもしそうな声で、母が不機嫌に言った。

「……はい。私もそう思います。天青師範という御方がいてくださるだけで、翠嵐は嬉しいです」

「母もだ。あれは私の一生の友だからな」

「けれど母上、これほど大きな式典の時であれば……慧眼児がその力で、邪悪な思いを抱える者をあらかじめ排除できたらと、いくらかは思います。王様や大神官様はより安全になるでしょう？」

「まあな。しかしそれだと新たな問題が生まれるぞ」

「え……新たな問題とはなんです？」

深刻そうな母に聞くと「父上の仕事がなくなってしまうではないか」と返され、翠嵐はつかのま呆気にとられる。娘の顔が可笑しかったのか、母が口もとを隠しもせず、快活に笑った。

母は時々、こんな風に真面目な顔でふざけるのだ。

翠嵐は「もう」とややむくれ、けれどその後すぐつられて一緒に笑ってしまった。

宦官が合図の鐘を鳴らす。

民たちの前に出る刻となったのだ。

＊＊＊

ダンビは難なく、民迎門を通過した。

門のところには、神官服の男がひとり立っていた。まだ若く、どこか不思議な雰囲気を纏っている。武官のように睨みを利かせるでもなく、役人のように偉そうに睥睨するでもなく、ただそこにいて民たちを温かく見守っているのだ。

その男の周囲には、とてもよい風が吹いていた。もしかしたら、慧眼児なのだろうか。悪しき心を見破る力を持った特別な存在――その話もあの方から何度も聞いていた。あの方はずいぶん慧眼児を気にしていたようだが、最近は慧眼の力を無くしたという噂もあるらしい。

慧眼児は人の心を見抜くという。

もしあの男が慧眼児ならば、ダンビの心も見えただろうか？　心とは、目に見えるものなのだろうか。形や色があるのだろうか？　たとえばダンビは鳥が好きだけれど、そんなことも見えるのだろうか。

美しい鳥が好きだ。それを射落とすのが好きだ。

自由に空を翔けるものを、地上に落とすと胸がすく。その瞬間だけは、自分の生きている意味を感じ取れる。実際、ダンビの弓の腕はたいしたものなのだ。僧たちは言っていた。おまえに落とせぬ鳥はいないだろうと。

もっとも、射てもいない天女が落ちてきた時は驚いた。

少女の姿をした天女は、ダンビの命を救ってくれた。あの蛇はダンビの棲む山にはいなくて、毒であることも知らなかった。死にはしなかっただろうが、しばらくは動けずに往生しただろう。

彼女のために、なにか射ようと思っていた。なんでも射落としてやろうと。

けれどあの子は蝶がいいと言った。

もうじき、青緑の綺麗な蝶が飛ぶからと。そんなに蝶が好きなのだろうか。そういえば、彼女の衣には小さな蝶の刺繍がしてあった。

何度か、彼女の夢を見た。

夢の中であの子は、文字通り空を飛んでいた。蝶たちと一緒に。ダンビはそれを地上から見上げていた。仏画で見た天女のように優雅ではなく、どちらかというとはしゃぐように飛んでいた。あの子らしくて、可愛かった。

現実のあの子は、天女と呼ぶと少し不機嫌にもなった。自分は美しくないと言っていたけれど、どうしてそんなふうに考えるのかまったくわからない。ダンビは都に来て大勢の着飾った女たちを見たけれど、あの子ほど美しい者はいなかった。

あの子は山に湧く泉のようにきれいで、渇きを癒やす。

酷暑の夕暮れに突然降る優しい雨のように、乾きを癒やす。

青い小鳥を射た時、彼女は少しだけ悲しそうな顔をしたように思う。その理由を、今度会ったら聞いてみたい。

ああ、奏楽が聞こえてきた。

ダンビは楽器の名を知らないけれど、綺麗で厳かな音色だ。人々が我先にと、広場の前方に集まっていく。どうやら王と大神官が姿を現す頃合いらしい。

「おい、おまえ」

ひとりの武官が近づいてきて、ダンビに声を掛けた。

目つきが鋭く、顔に傷がある。その武官はダンビの腕を掴み、ほかの民たちとは別の方向へ引っ張っていった。ダンビはおとなしく従った。

＊＊＊

まずは列席する王族たちが、白い石の階段を上る。

池の向こうには、興奮気味の民たちが見えた。翠嵐は高い場所から民を見下ろすのは好きではないが、こういう設えのほうが、民からもこちらが見えやすいだろう。

「櫻嵐王女様！」

「王女様万歳！」

そんな声がずいぶんと聞こえてくる。

母は王女の慈善として、町にいくつかの無償治療院を作った。そこで働くための鍼医師を育てることにも尽力している。その治療院で、怪我や病気を治した民も多いのだろう。母が軽く手を振った。誰かが「下々に手を振るなど、嘆かわしい」と言うのが聞こえたが、そんなものはすぐかき消されるほど、民たちはワッと沸いた。翠嵐は母が誇らしく、幼子のように抱きつきたい気持ちを抑えるのが大変だったほどだ。

王の入場を知らせる銅鑼が鳴る。

その響きが空に高く昇っていく。ああ、本当にきれいな空だ。

＊＊＊

銅鑼が鳴る。

その響きが空に高く昇り、やがて消える。雲はあまり流れてこなかったようで、やはり少し眩しいが、そのぶん風は弱い。これならば問題ないだろう。

「ちょっと待て、その子は？」

べつの武官がこちらを見て、大股で近づいてきた。かなり若い武官だ。顔に傷のある武官は小さく舌打ちをしたが、ダンビにしか聞こえなかっただろう。

「その小僧をどこに連れて行くんです？」

「具合が悪いらしくてうずくまっていたのだ。広場の隅の日陰で休ませてやろうと思ってな。王様や大神官様の前で、倒れるようなことがあっては不敬であろう」

「ああ、そうですか。……失礼ですが、見ない顔ですね。どこの部隊からです？」

「今日だけ配備されたんだよ。ふだんは町境の警備だ」

具合の悪いふりをする必要があったので、ダンビは脱力し顔を俯けたままでいた。若い武官は「今日は人手が足りませんからね」と納得したような声を出す。人の話を素直に信じる、よい若者のようだ。

若い武官は去り、ダンビは広場を囲む高い塀のそばまで連れて来られた。塀の四隅には四神の像が建てられている。ここは北側にあたるので玄武の像で、ダンビひとりくらいが身を潜めるにはうってつけだ。

偽武官から、愛用の弓矢が渡される。

「しくじるなよ」

顔に傷のある男は、それだけ言うとすぐに去った。

しくじる？　まさか。山の中、嵐の夜でもあるまいし。こんなに明るく、拓けた場所で、大きく美しく目立つ鳥を――鳳凰を射るのだ。しくじるはずがない。

ダンビは顔を上げ、風を読む。

ああ、心が浮き立つ。

＊＊＊

まずは王様がお出ましになった。

鮮やかな紅は王だけの色、胸と肩を飾るのは、精緻に刺繡された龍と鳳凰だ。王様は普段から龍の刺繡が入った衣服を身に纏うが、大きな儀式の時はさらに鳳凰が加わる。戦の時には龍となり、平和ならば鳳凰となるのが理想の王である、という言い伝えからきているそうだ。

そばには凜々しい武官姿の父もいる。王直属の護衛隊の長として、王様よりやや下がった右側を護っている。左側に立つのは赤鳥で、ふたりはいつも以上に周囲に目を光らせているようだった。

人々は若き王の立派な姿に喝采を送る。

宦官が礼をさせようと号令をかけるのだが、興奮した声にかき消されてしまい埒が明かない。鷹揚な王様は宦官に、一斉の礼はなくてよいと、軽く合図を送った。王様万歳の声が幾重にも折り重なり、小さな子供たちは必死に背伸びをして手を振っている。王様は笑みを湛え、自らが護るべき民たちを見つめていた。みな王様を見るのは初めてで、同時にこれが最後になる可能性が高い。涙を流しながら仰ぎ見ている人も少なくなかった。用意されている椅子に王様が腰掛けたあとも、歓声はなかなか収まらない。

そんな中、新しき大神官が現れた。

報せの銅鑼も、賑々しい楽曲も、なにもなかった。

瑛鶏冠大神官は、ごく自然に、スッと現れたのだ。そしてやはりごくあたりまえに、王様に向かって歩みを進める。周囲は興奮のるつぼなだけに、まるでそこだけは穏やかで静謐な別の時間が流れているかのようだ。

民の中、誰かひとりが大神官に気づく。そして黙る。

もうひとり、またひとり……いつしか、広場はずいぶん静かになっていた。みな鶏冠をぼんやりと見ているのだ。見つめながらそれぞれが自問自答していたのかもしれない。これは本当にこの世の人なのか、と。

翠嵐にもその気持ちはわかる。

美しいとか壮麗だとか、そういう話ではないのだ。

もちろん鶏冠は母がイラッとくるほど美しい。最初は確かにその美貌に目を惹かれる。けれど、目を離せなくなる理由はほかにある気がするのだ。それがなぜなのか……翠嵐にもうまく説明できない。

ただ時々、思う。

鶏冠はまるで鏡のような人だ。鶏冠が悲しげに見える時、たいていは翠嵐自身が何か悲しみを抱えている。鶏冠が思いつめているように感じれば、それはむしろ自分の問題な場合が多い。鶏冠自身は感情の起伏が少なく、いつも静かな湖面のようであり、そしてその湖面は自分自身の顔を映す。

どこからか、頑是無い声がした。

「あのかたが、あたらしい神さま?」

幼い子が、一緒に来ている親に聞いたのだろう。池を越えて、その声は届いた。微笑ましい疑問ではあるが、子供でなくとも、同じように思っていた人は多かったかもしれない。それくらい、新しい大神官は神聖さを放っていた。

「私は神ではない」

驚いたことに鶏冠はその問いに答えた。

鶏冠という人をよく知る翠嵐ですら驚いたのだから、民たちは肝を潰したことだろう。王と並び立つ、雲の上の存在が自分たちに向かって喋ったのだ。

頑是無い子供だけが「でも、神さまみたいにみえるよ」となおも言葉を発した。隣に立つ父親らしき男は顔色を変えている。鶏冠は王に一礼してから、民のほうにより近づいた。人工の池がなければ、当然のごとく彼らの中に入っていったかもしれない。

質問者は最前列にいた幼い女の子だった。そちらに向かって、鶏冠は語る。

「よくお聞き。私はただの神官だし、神様は目で見えないのだよ」

罰せられるのではとヒヤヒヤしていたはずの父親だが、大神官の穏やかな様子に意を決したのだろう。女の子を抱え上げ、会話しやすいようにした。

「大神官さまなら、神さまは見えますよね？」

「いいや」

「えっ、見えないの？」

「うむ……見えぬな」

そんなぁ、と女の子は驚き、嘆くようにこう続けた。

「だいじょうぶ？　神さまが見えないのに、大神官になったりして……」

この問いかけには、鶏冠もさすがに軽く目を見開いた。

女の子の父親は大慌てだ。娘の口を塞ぎ「お、お許しを……子供の言うことです、どうかお許しを……っ」と声を上擦らせ、周囲の大人たちも色をなくしている。

その時、ぶふっ、と噴き出したのは……王の後ろにいた父だ。翠嵐は確かに見た。すぐに真面目顔に戻したが、我慢出来なかったのだろう。王様も笑いを噛み殺して口元が歪んでいたし、母にいたっては顔を両手で覆って肩を揺らし、明らかに笑っていた。

鶏冠は、女の子の父に向かって、気にしなくてよい、という意味で軽く右手を振った。

そのあと、女の子に視線を戻すと、

「すまぬな、心配をかけて」

そう口にした。

なんと、謝ったのである。大神官が、民に向かって。

「そなたの懸念どおり、私はまだまだ未熟な神官だ。大丈夫かと問われれば……正直なところ、心許ない。けれど私はひとりではない。たとえば、王様がいらっしゃる」

そう言うと、王の座しているほうを手のひらで示した。王様は微笑み、しっかりと頷く。女の子は「ふうん」と言った。

「ほかにも私を支えてくれる者がいる。皆の助けを借り、精進することを約束しよう。

……信じてもらえるだろうか？」

女の子は小首を傾げ、少し考えているようだった。やがて、にっこり笑って頷き「しんじます」と愛らしく答えた。すると鶏冠も静かな笑みを見せる。

女の子を抱く父親は、口を開けたままボロボロと涙を零していた。周囲の者たちも、涙ぐんだり、手を合わせたり、胸を押さえたりしている。そのうちに誰かが「大神官様……」と抑えきれないとばかりの震え声を出した。それはさざ波のように広がっていき、そこかしこで声が上がり出す。

「大神官様！」

「王様万歳、大神官様万歳！」

民の声で、広場の空気が震えている。高揚は最高潮に達していた。翠嵐は胸をどきどきさせながら、その様子を眺めていた。これが民の声、民の力……王様がなぜ、民心を必須とするのかがわかるような気がした。

民の歓喜に包まれて、戴冠へと儀式は進む。

王が大神官に冠を授ける儀式だ。実のところ、すでに神殿の中で同じ儀式がすんでいるそうだが、民の前で今一度披露される。冠をつければ、大神官の姿が完全に整うことになる。

王様と大神官が向かい合って立つ。

飛翔せんとする金の鳳凰。

そして吉祥と信仰の象徴である白鶴。

麗虎国を支える二本の柱が、ともにこれだけ若いことはかつてなかったそうだ。きっとよい御代になる。民たちもそう信じ、あんなにも歓声を上げている。この喜ばしく晴れやかな日に同席できたことを、翠嵐は一生忘れないことだろう。

胸が一杯になって、空を見上げた。

自分を落ち着かせようと、目を閉じて大きく息を吸う。

春の空気が肺腑に入ってくる。
チ、チチ……チッ……。
ふいに小鳥の鳴き声がした。

高い音だが、ごく小さな鳴き声だ。なぜ聞き取れたのか翠嵐にもよくわからない。けれどはっきり聞こえた。なにかを知らせるような、警戒を促すような……そんな音に感じられて、翠嵐は目を開けた。

「あ」

青い小鳥。

チチッ。

あの日の、翡翠《かわせみ》のような。

それが飛んでいる向こう側に——。

＊＊＊

広場は歓声に包まれていた。

なるほど、王や大神官というのはたいしたものだと、ダンビは素直に感心した。ただそこにいるだけで、人々の心をここまで摑むことができるらしい。見張りの武官たちも、その様子に心酔しているようだ。おかげで警戒がだいぶ薄れていて、ダンビとしてはありがたい。

玄武の像の陰で、ダンビは最後の確認をした。

方角、風、光の具合。申し分なしだ。

問題があるとすれば、射たあとだった。以前はその後のことなど考える必要はなかった。毒を飲んで、その場で死ぬつもりだったからだ。

――そなたを失うことはつらいが、それが一番よいだろう。私のために鳳凰を射たそなたのことは、決して忘れぬ。

あの方もそう言って、わざわざ丸薬を用意してくれた。長くは苦しまないと教えてもくれた。

けれど少し事情が変わった。

ダンビにはスイとの新しい約束ができたので、この場で死ぬわけにはいかない。この数日で逃走経路を検討したが、うまくいくかどうかはわからない。北嶽まで逃げおおせれば、なんとかなるだろう。

歓声がいっそう増し、銅鑼がまた鳴った。

戴冠の儀の合図だ。つまりその時がきた。ダンビは今までのすべてを、その瞬間に集約しなければならない。好機は一度きり。一射で決める。

僅かな足がかりを巧みに使って、塀の上に立った。

ああ、よく見える。

山育ちのダンビは目がいい。これだけ距離があっても、王の顔まで見ることができた。

なるほど、若く美しい、堂々たる鳳凰だ。

この鳳凰が射られるべき理由をダンビは知らないし、知りたいと思ったこともない。愛着はないが、恨みもない。まだ若いのに気の毒だな、くらいは思う。けれど人はそんなものだ。赤子でも、幼くても、若くても、死ぬ時は死ぬ。王は今日死ぬ運命にあり、ダンビは王を殺す運命にある。それだけの話だ。

王と対峙しているのが大神官だろう。

このあと、大神官は屈み、膝をつく。王に冠を載せてもらうためだ。その時、鳳凰はダンビの射程に入る。

急所に命中させる必要はなかった。強い毒矢なので、どこに当たろうと死ぬ。けれどなるべく急所を狙いたい。あんなに美しい鳳凰ならば、苦しませずに死なせてやるべきだろう。

片箭を手にし、竹筒《トンア》に矢を仕込む。

気脈を整えるため、大きく息を吸う。春の空気が肺腑に入ってくる。

チ、チチ……チッ……。

ふいに小鳥の鳴き声がした。

高い音だが、ごく小さな鳴き声だ。なぜ聞き取れたのかダンビにもよくわからない。けれどはっきり聞こえた。なにかを知らせるような、注意を促すような……そんな音に感じられて、ダンビは目をこらした。

「あ」

青い小鳥。

チチッ。

あの日の、翡翠のような。

それが飛んでいる向こう側に——。

チチッ。

小鳥は旋回する。

塀の上に立つのは、ダンビではないのか？

こちらを見ているのは、スイではないのか？

弓を手にして？

美しいチマを纏って？

この世で一番美しい鳥を射ると言っていた。

本当は庶民ではないと言っていた。

チチッ。

青い小鳥は去った。

ダンビは我に返る。与えられた時間は短い。もう大神官は身を低くしている。王の身体は見やすい位置だ。スイのことは今はいい。忘れて、射るのだ。

鳳凰を射るのだ。

そのために生まれてきて、そのために生きてきたのだから、そうするのだ。

弓を引き絞る。

声が届いた。ふたつだ。ひとつはスイだった。

「だめ！」

こっちに向かって、悲鳴のように。

もうひとつは男の声で「玄武だ！」と鋭く叫んでいた。もうひとり、ダンビを見つけた者がいるらしい。

矢を放つ。

いい手応えだ。空を裂いて飛んでいく。

鳳凰へと向かって。


瞬きのあいだのことだった。

翠嵐はダンビに向かって叫んだが、ほぼ同時に別の声が叫ぶのも聞こえた。

「玄武だ！」

その声に弾かれたように、父が動いた。

王様と向かい合っていた大神官が振り返り、白い絹が揺れる。そのまま王に駆け寄り、庇おうとしたのを、父が突き飛ばした。

父の剣が鞘から抜かれる。

赤鳥は剣を抜かなかった。その間を惜しんで王をがばりと抱きかかえる。文字通り、自分の身体を盾としたのだ。翠嵐は母に抱きかかえられ、護られた。母に縋るようにして、けれど翠嵐は目を離さなかった。王様からではない。もうひとり、見ておくべき者がいると気づいたのだ。

カッ、と硬い音がする。

父の剣が矢を捉えたのだ。

ダンビの矢が父の剣で折れ、砕ける。

だが矢先は生きていた。それは勢いを失い、方向を変え、それでも突き刺さった。王様ではなく、王様を抱える赤鳥の手の甲を貫通する。鞋音を鳴らしほかの武官たちも駆けつけて、王様の周りをぐるりと取り囲む。一番前に、父が立ちはだかっている。塀の上にダンビの姿はなく、もう矢は飛んでこない。

「せ、赤鳥……」

「王よ、お怪我は」

「私はなんともない。そなた、手に」

「触ってはなりませぬ。毒矢かもし………」

赤鳥の声が途切れた。

武官に囲まれているので、ふたりの姿は見えない。

王が赤烏を呼んだ。何度も、何度もだ。
呼び声はやがて叫びになる。
その声には、初めて聞く王の恐怖と動揺が表れていて——翠嵐もまた、立ち尽くして
戦慄していた。

9

この場を収めなければならない。

王が狙われ、その側近が矢に倒れ、ほかの王族たちは逃げ惑い、武官が駆けまわって叫ぶ。それを民たちは呆然と眺めていたが、いくらもしないうちに騒ぎ始めた。

広場は不安と混乱に支配され始めていた。

すでに「なにが起きたんだ」「王様が倒れた」「いや大神官様だ」「ここは危険なのか」という声があちこちから起きている。混乱のままに大勢の民が四方八方に逃げ出せば、統制など取れるはずもない。人々はぶつかり、倒れ、出なくていい怪我人や……この人数ならば死人すら出るだろう。大神官任命の儀式に、そんなことがあってはならない。

頭ではわかっているのに、櫻嵐はなぜか動けなかった。

全身を強わばらせている赤鳥に取り縋る王に、弟に、しっかりせよと言うべきだ。王として、この場を収めるのがそなたの仕事だと、活を入れるべきだ。そうできるのは自分だけだというのに……身体が竦んでいた。王の動揺がそのまま自分にも伝染したかのように、震えている。

「櫻嵐様、いったいなにが……」

控所から駆け寄ってきた紀希を見た時、そうか、と思い至った。

王にとっての赤烏は、櫻嵐にとっての紀希にほかならない。無意識のうちに重ね合わせてしまっているのだ。もしあれが紀希だったなら――紀希が自分の代わりに毒矢を受け、倒れたならばと。その時きっと自分は、今の王のように我を失う。だからこそ今の王にどう言葉をかければいいのか、焦るばかりで判断がつかないのだ。

民のざわめきは増していく。

広場を守る武官たちの「落ち着け」「騒ぐな」と命ずる声もやはり動揺している。本当に、このままでは――。

「王様、お立ちください」

言ったのは鶏冠だった。

だが王はその言葉に反応せず、ただ必死に赤烏の名を呼んでいる。

「王様。民を鎮めなければなりませぬ。すぐに立ち、お言葉を」

鶏冠は王の肩に触れて再度促した。けれど王には届かない。赤烏、赤烏、目を開けよ、医師はまだか、医師を早く、赤烏、頼むから――その必死な声を聞いていると、櫻嵐の胸まで痛くなる。

「王よ！」

鶏冠は無礼なほどに強く肩を摑み、無理やり自分のほうを向かせた。

王はさらに強い力でそれを振りほどき、再び赤鳥に組ろうとする。

けれど鶏冠はそれを許さなかった。

無礼を通り越して乱暴に王を赤鳥から引き剝がす。さらに、あろうことか――。

「藍晶王、お忘れか！」

王の顔を打った。

平手で叩いたのである。

これには櫻嵐も度肝を抜かれた。もちろん周囲も同様だ。王の玉体を打つなど、しかも大勢の前で顔を打つなど……もし赤鳥が倒れていなければ、その場で鶏冠は殴り飛ばされていただろう。全員が、両者から一歩引くほどに驚いていた。曹鉄ですら、剣を落としそうだった。

「お忘れか。民の前でございますぞ」

「……鶏冠……せ、赤鳥が……」

王は鶏冠を認識したが、またすぐ赤鳥に視線を戻してしまう。

「あなた様が今すぐ民の前に立たないならば、私が赤鳥を殺します。曹鉄、剣を」

鶏冠は本気だった。王と同じぐらい真っ青な顔で、本当にそうしようとしていた。曹鉄にもそれは伝わったのだろう、無言のまま剣が差し出される。鶏冠が持つにはだいぶ大きすぎる剣だが、新しき大神官はしっかりとその柄を握った。

王は呆然としている。

当然だろう。自分が最も信頼し、長きにわたり大神官にと望んでいたその人が、自分の半身も同然の側近を殺すと言っているのだ。櫻嵐にはその混乱が手に取るようにわかり……同時に鶏冠の思いも理解した。この生真面目な男がずっと大神官になることをためらい、先延ばしにしていた理由もわかった。

大神官になるというのは──こういうことなのだ。

唯一、王を打てる者になるということなのだ。

この国のためになるならば、王としてすべきことをせよと、残酷なまでに強制できるのが大神官なのだ。それをためらってはならないのが大神官なのだ。そのせいで、たとえ王に憎まれ、疎んじられようと。

「こ……殺してはならぬ……」

藍晶王が、少年のような口調で言った。

ちょうどその時医師が現れ、赤鳥の傷を調べ始める。王は後ろ髪を引かれるようにもう一度側近を見たが、医師に「必ず助けよ」と告げ、やっと立ち上がった。鶏冠も剣を曹鉄に返し、周囲で息を呑んでいた武官たちもようやく呼吸を再開する。

武官たちが場所を空け、王と大神官は再び民の前に立った。

「王様だ」

「大神官様もいらっしゃる。おふたりともご無事だ！」

「ご無事だぞ！」

逃げだそうと門に向かって駆けていた民たちも立ち止まり、振り返った。転倒した者は少しいたようだが、大きな怪我人は出ていないようだ。櫻嵐は胸を撫で下ろす。しかし、事態を把握していない民たちからは不安の色が消えていない。

「神はこの身を試された。大神官に相応しいのかと」

鶏冠が民に向かって声を張った。

白い衣の袖をなびかせてゆっくりと天空を指差すと「天から矢が降ってきたのだ」と語る。民たちはどよめいた。

「私がこうして無事なのは、王様が庇ってくださったからである」

もちろん嘘だ。とはいえ、時には必要な嘘もある。櫻嵐はそう割り切れるけれど、鶏冠は違うだろう。民のためとはいえ、こういった作り話など本来は嫌いな男なのだ。融通のきかぬ、頑固者なのだから。

だがそれでも、嘘を、作り事を、その場凌ぎの言葉を口にしなければならない。

鶏冠はもう、大神官なのだから。

「さらに、王様を身を挺して守った側近が矢を受けた。……どうか、その者が生き延びられるよう、祈ってはくれまいか」

鶏冠の呼びかけに、あちらこちらから「お祈りいたします」「どうかご無事で」と声が上がった。その場で跪く者もいた。それを真似する者が出て、前へ、後ろへと、民たちは自らの意志で膝を折っていき、祈りを捧げる。

櫻嵐も心の中で祈った。

赤烏を失うことがあれば――藍晶王にはあまりに大きな痛手だ。

「……感謝する」

王の弱々しい声は、民には届かなかっただろう。

届かなくていいと櫻嵐は思った。藍晶王の聡明さは抜きんでているにしろ、若ければ未熟な部分もある。弱い部分もある。人としては当然だけれど、同時に彼は王なのだ。王は民にとって、ほとんど人ではない。大神官もまた似たような立場だ。その神聖さを保たなければ、国は治められない。そこが櫻嵐は少しだけ不安だった。民に近くなりすぎると、神聖さは失われやすく――。

「櫻嵐様……あれは……」

紀希が声を上擦らせた。

門の上空あたりに薄青い光の筋がすうっと現れ、一直線にこちらに向かっている。きらめく光は民たちの頭上を越え、王と大神官まで届いた。

ふたりが光に包まれる。

清浄で優しい光は、陽に煌めく小川の水のように、王と大神官を包む。

祝福、癒やし、慰め、希望……そんな言葉たちが自然に胸に湧いた。誰しもが声を失い、その奇跡を見つめている。

民たちはどんなに安堵しただろうか。

麗虎国の神聖さを確信し、王と大神官を信頼したことだろうか。

櫻嵐もまた、ぼんやりと見とれていたのだが、ふいにあることに気づいた。すぐに周囲を見渡すと、やはりそうだ。天青がいない。

さらに、我が娘まで消えていることに気づき、身体が凍りついた。

「……曹鉄」

声を硬くして、夫を呼ぶ。恐らく、曹鉄は櫻嵐とほとんど同時に気づいたようだ。携えた剣をカチャリと鳴らし「うむ」と全身を緊張させた。

翠嵐は、どこへ行ったのか？

あの子は誰より早く、矢に気づいていた。だめ、と叫んでいた。矢を射た者を知っているのだ。

影のひとりがやってきて、紀希になにか囁いた。紀希は声を低くして、「刺客は逃げおおせたそうです」と教えてくれる。櫻嵐は必死に自分を落ち着かせ、頭の中で王宮の詳細な図を展開させる。刺客は玄武の像のあたりにいた。広場の北だ。あの場からなるべく武官に出くわさずにすむように逃げるのならば――。

「山だな」

曹鉄が言い、櫻嵐は頷く。

王宮を護る北嶽。

刺客はそこへ逃げ込み、翠嵐もなんらかの理由で追ったのだ。

＊＊＊

町ではないと思った。

ダンビが隠れるのだとしたら、町ではない。きっと山だ。彼はずっと山で生きてきたのだから。それに、あの広場からならば北嶽に繋がる裏道は遠くない。武官の多くが広場に集められていたので、王宮から出ることは可能だろう。

追ってどうするというのか。

息を弾ませて走りながら、翠嵐は思った。仮に見つけて、どうすると？　ダンビは王様を殺そうとした。庇うことなど到底無理だ。どんな理由があったとしても実際に矢を放った以上――極刑が待っている。

それでも、会わなければと思う。

翠嵐を天女だと言ったあの人と。

山道を走り、藪を掻き分け、あっというまに汚れてしまったチマをたくし上げ、小川をザブザブと渡る。

日暮れが近い。完全に暗くなったら、山では動けない。

そうなる前に身を潜められる場所に行かなければならないはずだ。水が手に入り、獣に襲われる可能性が低く、そして人からは見つかりにくいところ……この山は翠嵐の庭だから、いくつか思い当たる。その中で、日暮れまでに辿りつけそうな場所から当たってみるしかない。

明日の朝になれば、武官が大勢山狩りに入るだろう。いや、もう今夜から始まるかもしれなかった。王様はきっとお怒りだ。あの屈強な赤鳥が倒れてしまった。それほど強い毒矢だったのだ。ああ、そうだ、せめてダンビから毒について聞ければ……解毒の薬があるのならば、処遇は少しはましにならないだろうか。

いいや、なるまい。

「……………っ」

胸が詰まる。けれど涙は流れない。絶望という名の堰が、涙を押しとどめているかのようで苦しい。ダンビを逃がす？　できるはずがない。翠嵐にそんな力も知恵もないし、大好きな叔父上を殺そうとしたのは事実なのだ。逃がしていいはずがない。でも死んでほしくない。本当は逃げ切ってほしい。

なんで、なんで、あんなことを。

ダンビが王様を射るなんて。

山が暮れ色に染まっていく。どんどん赤くなっていく。

急がねばならない。翠嵐は足を速めた。

この山はさほど大きいわけではない。だが起伏が激しく、山道は入り組んでいて、獣道はもっと複雑だ。ある程度ここを知っている者でなければ通り抜けられない道を抜けると、いくらか拓けた場所に出る。

そこに二頭の馬を見つけ、翠嵐は止まった。誰かがここまで馬で来ているのだ。馬具からして、身分の高い者だとわかる。

そこから先は慎重に進むと、やがて声が聞こえてきた。

「ダンビよ。よくここまで逃げ切ってきた」

そう言った人の姿を見て、翠嵐は内心でやはりと唇を噛んだ。申錫石……王妃様の、そして石墨の父親である。

王の矢を赤烏が受け、大混乱に陥っていた時——翠嵐は錫石を見ていた。

確信があったわけではない。けれどずっと気になっていたのだ。石墨を使い、ハヌルを騙し、鶏冠老師範を陥れようとし、あげくに天青師範を笞打つ、それらの策略の中で、ダンビだけが錫石にまったく関与していない……それがどうにも不自然に思えた。盤上遊戯《チャンギ》をしていて、ひとつだけどこに置けばいいのかわからない駒がある、そんな感じだ。けれどもし、ハヌルとダンビが知り合ったのが偶然ではないなら……。

ダンビがあの掘っ立て小屋で、警邏武官から逃げ切れたのが……偶然ではないなら。

「儂はな、そなたを責めたくはない。だが失敗したことは残念であった。そなたならば必ずや鳳凰を射落とすだろうと思っていたのだが」

ダンビはその人の前で片膝をつき頭を下げていた。もちろん言葉はないが、謝罪の気持ちはその姿勢から明らかだ。

もう、疑う余地はない。

赤子のダンビを助け、支援し、彼に生きる意味……鳳凰を射るという目的を与えたのはほかならぬこの申錫石なのである。

「なぜ約束を守らなかった？　矢を放ったあとは、自ら丸薬を飲むはずではなかったのか？」

丸薬とは、おそらく毒薬のことなのだろう。命を遂行したなら、自死しろと？　なんという身勝手さなのか。翠嵐は怒りに震えそうになる。

「儂が悲しいのはそこなのだぞ、ダンビ。この儂はずっとおまえを助けてきたというのに……約束を守ってくれぬとは。おかげでここまで急がねばならなかった。さて……どうしたものか。そなたの矢が、まさか剣に弾き返されるとは。一瞬だが、怯んだな？

やれやれ、あの小娘が叫んだせいであろう？」

ダンビは動かず、ただじっと頭を下げるのみだ。

「まさしく千載一遇の機会であったというのに……。今までずいぶん、あの王には苦労させられたものよ。せめて大神官を我が一族から迎えていれば、儂ももう少しやり方を考えたのだが……結局は瑛鶏冠だ。そなたを使い、隷民の小僧どもに石墨を攫わせたが、それもうまくはいかなかった」

まるで自分に酔ってるかのように、錫石は語った。

「ところが、我が娘はやってくれたのだ！」

錫石の顔が明るくなる。

「見目も冴えず、愚鈍な娘だが初めて褒めてやりたい。あの子は王子を産んだ。丸々した健康そうな御子であったぞ。ならばもう藍晶王など必要ない。そうであろう？　次の王はもういるし、儂はその祖父なのだ。なんと、なんと素晴らしい」

その笑顔に翠嵐は心の底からぞっとした。いかにも悪人風情の、ゆがんだ毒々しい笑顔ではなかった。好々爺が孫に見せるような、心底嬉しそうな幸福そうな笑顔だったのだ。中錫石という人は、藍晶王の暗殺に罪の意識などない。悪だとは思っていないのだ。自らにとって利益となるならば、してはならぬことなどないのだ。

「けれど、おまえはしくじった。残念なことだ。しかも自死すらせず、ここにいる」

ダンビがやっと顔を上げた。その表情に驚きはなく、ただ尊敬してやまない人を見上げ、申し訳なさそうな顔をしていた。どんな悪人であろうと、ダンビにとっては命を救い、ずっと援助してきてくれた存在なのだ。

「ずっと寺で育ってきたおまえには、欲というものがなかった。周りで世話をしていた僧たちも驚くほどに、純粋であった。ただひとつ、鳥を射るということのほかは、なんら欲することのない無垢な者であったのに……そんなおまえでも、竜仁の町に穢されてしまったのかもしれぬな」

悲しげな声は芝居がかっていた。ダンビは今一度深く頭を下げ、それから指を土に突き立てるようにして地面になにか書いた。翠嵐からは文字は見えない。

「……蝶が飛ぶまで？　何の話だ」

翠嵐は思わずチョゴリの胸元をぎゅっと握る。蝶が飛ぶまで待ってほしいと、ダンビはそう書いたのだ。翠嵐との約束を守るために。

「さっぱりわからぬが、諦めてもらうしかない。まして失敗したのだから、責任は取らねばな。さあ、恩人である儂の手に掛かって死ぬがよい。そなたの死体を持って行けば、王の信頼をいささかは取り戻せるかもしれぬ。最後に役に立つことができるぞ？」

優しい口調に吐き気がした。けれどダンビはその場から逃げようともせず、錫石を見上げたまま、諦めたような笑みを見せる。

錫石は腰に下げていた短剣を手にした。武官が持つものに比べれば小さいが、よく研がれて光っていた。ダンビはゆっくり立ち上がった。両腕をだらりと下げたばかりか、錫石が刺しやすいように胸の袷を少しはだける。

いいというのか。

死んでいいと。殺されていいと。鳳凰を射ることができなかったのだから、それを受け入れると。それが運命だと？

そんな運命ならば、壊してしまえ。

翠嵐は限界だった。

　ダンビがあの男に刺されて死ぬところなど、見ていられるはずがない。

　その場から飛び出した。驚いた錫石が一瞬動きを止め、そこに思い切り体当たりする。どすんと尻餅をつき、錫石は剣を落とす。普段剣を振るっていない文官、しかも若くはない錫石である。翠嵐が剣を持てば、十分有利になるはずだったが――、

「う……っ、ぐっ……！」

　短剣は拾えなかった。背後から圧倒的な力で首根っこを掴まれたからだ。そのまま軽々と引き寄せられ、動きを封じ込まれる。

「な、な……いったい何事かっ」

「錫石様、この娘は話を聞いていたようです」

　今までどこに潜んでいたのか、錫石の手下だ。羽交い締めにされているので顔は見えないが、力が強く、逃げるどころか苦しくて声もあげられない。

「これは驚いた。……櫻嵐様のご息女ではありませぬか」

　錫石は言いながら立ち上がり、泥に汚れた衣に舌打ちをした。ダンビは驚きに目を見開き、すぐに錫石に取りすがるようにして、激しく首を横に振った。

「……あの子を放してやれと？　やれやれ、いったいいつ知り合いになったのだ。母親同様、うろちょろと目障りなこと……。なるほど、この忠実な犬が儂を裏切ったのも、貴方様が関係していたわけですかな、翠嵐様」

　錫石は押さえつけられている翠嵐を見下し、憎々しげに言う。

自分の懇願が届くことはないのだと悟ったのだろう、ダンビは素早く距離を取ると、矢籠に手をやった。弓を構え錫石を狙う。狙いを錫石にしっかり定めたまま、翠嵐を捕まえている男を強く睨んだ。

「娘を離さなければ、旦那様を射ると言いたいようです。どういたしましょう」

「……少し腕を緩めてやれ」

男が主の命に従い、力を弱めた。翠嵐は激しく咳き込みながら、「ダンビ」とその名を呼ぶ。ダンビは構えを解かない。その全身から緊張の色が立ちのぼっている。

「儂を射るというか、ダンビ。おまえの命を助けた儂を。だが次の瞬間には、その娘の首の骨が折れているぞ。それでよいのかな」

「ダンビ……っ、逃げ、て……！」

「おお、おお、なんと優しい姫であろう。その身を挺して、隷民の暗殺者を護ろうとしている。ダンビよ、あの子の命が惜しいならば弓を下ろしなさい」

だめだ、言うことを聞いてはいけない。

翠嵐は咳き込みながらそう叫んだのに、ダンビから次第に殺気が失われていく。結局は錫石に従って弓を下ろした。翠嵐は必死にもがくが、逃げられない。

「それでよい。おまえが言うことを聞けば、あの子にはなにもしないと約束しよう」

「……っ、そんなわけ、な……っ」

嘘だ。すべてを知った翠嵐が、解放されるはずはない。

「賢い姫よ、お黙りなさい。ダンビが困るだけだ。……考えてみれば、暗殺者の死体を儂が見つけ、王に届けるというのはいささかできすぎているな……。うむ、あまりよい案ではない。ではこうしよう。ダンビ、そのまま後ろを向くのだ。そう、見えているだろう？　少し行けば崖だ」

「ダンビ！」

「そこから飛び降りるがよい」

楽しい遊びを見つけた子供のように、錫石が言う。

翠嵐は言葉を失い、ダンビを見た。ダンビも翠嵐を見ていた。やがてその視線は翠嵐から外れ、少し上を向いて、榛色の目が空を見る。暮れていく赤い空を。

再び翠嵐を見て、少し笑う。唇が動いた。

ごめん、と。

「い……」

躊躇など一切なかった。

ダンビは踵を返し、軽やかかと言っていいほどに歩き出す。いや……もう、駆けだした。崖に向かって、走って行く。

「いやッ！　いやだ、ダンビ！　いやあッ！」

翠嵐は全身で叫んだけれど、ダンビは止まらない。

「いやだ！　たすけて！　誰か、誰か、ダンビを止めてッ！」

誰もいないとわかっていたけれど、そう叫ばずにはいられなかった。うるせえな、と男の腕の力が強くなる。

「小僧のあとにはおまえが飛ぶんだ。すぐに会えるだろうよ」

首の圧が強まる。太い血管を押さえつけられて、翠嵐はもう声が出ない。視界も次第に狭くなり、それでも必死にダンビを見つけようとした。

その姿はどんどん小さくなる。

かすれていく。

……見えなくなって、いく。

もうほとんど見えなくなっていたダンビが、崖の手前で急に転んだように思えたのは気のせいだろうか。あるいはもう翠嵐は意識を失っていて、夢でも見ているのだろうか。

失神しかけた曖昧な意識の中で、翠嵐は咆哮を聞いていた。

ひとつではない。いくつもの咆吼。

怒れる神聖な獣の叫び。

それも夢なのかと思った。子供の頃の記憶が……ほとんど忘れていたけれど、心の片隅に残っていた記憶が織りなす、都合のいい夢。

そんなものを見ているのかと思った。

「翠嵐、目を開けて」

首への圧がいつのまにかない。そして翠嵐を抱える腕はなぜか優しくなっている。

言われた通り頑張って目を開けた。息をしっかり吸い、瞬きをして自分が見ているものを確認する。

腰を抜かしてへたり込んでいる錫石。

立ちすくみ、青ざめている手下の男。

両者の眼前で四肢を踏ん張り、唸り声をあげ、鋭い牙を見せ——今にも飛びかかろうとしている神獣、白虎たち。

「ダ……ダンビ、は」

「大丈夫だ。ほら、そこに」

翠嵐を抱き支えているのは、天青師範だった。

ダンビは崖の寸前でひときわ大きな白虎に体当たりされ、呆然と座り込んでいる。

翠嵐は天青師範から離れ、よろけながらもダンビに駆け寄る。そして自分もぺたんとその場に座り込んでしまった。

ふたりで、しっかり手を握り合う。ダンビの手は、ちゃんと温かい。

信じがたいほどに巨大な白虎がじっとこちらを見ていた。耳をピンッと動かすと、のしのしと近づいてくる。翠嵐はダンビとくっついたままで身を竦めたが、白虎は翠嵐の身体を熱心に嗅いだかと思うと、今度は喉を鳴らしてグリグリと大きな頭を押しつけてくる。まるで大きな猫が懐いているかのようで……天青師範が笑い、「ハク、ちゃんと覚えているんだな」と言った。

ハク……。

ハク。ああ、そうだ。

翠嵐の中で記憶が蘇る。忘れていたことが不思議なほど、鮮やかに思い出す。この白く温かな毛皮と獣のにおい。幼い翠嵐にとって、もっとも安全な場所。ベロベロと舐められるのだけが、ちょっとだけ苦手だった。

「こ……この白虎は……子供の頃の、あの……？」

「そう、よく一緒に遊んでいただろう？　普通の虎なら、もうおじいちゃんのはずなんだけど……なにしろ神獣だからなあ。ここまで大きくなるとは、俺もびっくりだよ。あっちはハクの子供たちだ。全部で五頭いる」

五頭の若い虎たちは、二頭が錫石を囲んで唸り、三頭は手下の男を睨みつけていた。どれも立派に育った、堂々たる体軀だ。手下の男は剣を振り回して牽制しているが、その顔は明らかに恐怖で強ばっている。

「おい、あんた。剣を捨ててじっとしてろ。そうすれば白虎たちは人を襲わな……」

「なにをしている！　さっさとその獣を切って儂を助けるのだ！」

天青師範の言葉を、錫石が遮った。さらに「報酬は望みのままぞ！」と付け加える。

金の力は、男の恐怖を薄めたらしい。腕に自信もあったのだろうが、三頭もの俊敏な獣の前で、その過信はたちまち崩れ去る。大きな剣を振り回したはいいが、白虎たちはすべて軽々と避けた。やがて一番身軽な若虎が、男の喉元に食らいつく。

後はもうあっという間だった。

肉食の獣は、獲物の弱点をよく知っている。男はすぐに動かなくなった。

「……だから忠告したのに」

天青師範が眉を寄せた。

「錫石殿も死にたくなければ、いいかげん諦めることです。王様の前ですべて話していただきます」

天青師範の言葉に、錫石は「はっ」と歪んだ笑いをしてみせた。

「儂になにを白状せよと言うのか」

「たくさんありすぎてわからなくなりましたか？　ええと、まず、この少年を使って王様を亡き者にしようとした企て、さらにご自分の息子を使い、拐かしの罪を隷民になすりつけたこと。加えて、偽の翡翠連珠など作り、我が師にして養父、今は大神官である瑛鶏冠を陥れようとしたこと……」

「は、ははは、笑わせる。瑛天青よ、力を無くした慧眼児よ、本気で言っているのか。そう、そうだとも。儂がしたことだ。だが、それを認めれば儂が死罪になるだけではすまぬ。中家は取り潰し、我が娘は廃妃となって宮中から追われる。そなたの教え子でもある石墨もまた、隷民の身分に落とされるであろうよ。まだあるぞ。ダンビと交友のあったその娘も罪に問われる。拷問を受けるかもしれぬな？　なにしろ王殺しと親しかったのだから」

動揺と興奮でひっくり返った声ではあったが、錫石の言葉は天青師範を黙らせた。王妃と石墨にまで累が及ぶであろうことは本当だからだ。さらに、廃妃とのあいだの子となれば、生まれたばかりの王子の未来も明るくはない。それが宮中という場所なのは、まだ子供である翠嵐にもわかっている。

「よいのか、それが望む結末か？」

錫石の大声に反応し、白虎たちは唸りながら距離を詰めてきた。じりじりと尻で下がっていく錫石は、もはや崖からそう遠くない位置だ。振り返ってそれを確認すると、顔を青くして「ダ……ダンビよ」と声を上擦らせた。

「儂を助けよ。こ、こちらに来るのだ」

錫石がダンビを呼んだ。翠嵐はしっかりとその袖を摑んで「だめ」と言った。

「来なさい、き、来てくれ。ダンビよ。……わ、我が息子よ」

その言葉に、ダンビの身体がピクリと反応した。

「よ、よいか。本当のことを話そう。聞くのだダンビ。お前は真実、儂の血を分けた息子。母の身分が低すぎたため、ずっとこのことを告げられず、儂がどれほど苦しんだことか……おお、ダンビよ……息子よ……」

「だめだよ、ダンビ兄さん！　あんなの口からでまかせだよ！」

「でまかせなどではない！」

錫石は四つん這いのまま、ダンビに近寄ろうと動く。

けれど白虎が牙を剥いて威嚇すると「ひっ」と動きを止めた。

「ほ、本当だ。でまかせではない証拠に、おまえの母のことを話そう。おまえの母はな、流氓であった。先祖は遠い南の島から渡ってきたと話しておって、父親が薄い褐色の、不思議な色の瞳をしていたそうだ。旅の一座で踊り子をしていたぞ。儂の赴任地に、その一座が流れてきたのが始まりだ。おまえの母は憐れなほど愚かだったが、とても美しかった。だが座頭が赤子のおまえを連れて来た時には驚いた。儂は、子ができたことすら知らなかったのだから。おまえの母はおまえを産んだときに死んだそうだ。だがな、流氓の女が産んだ子など、息子とは言えぬ。中家に連れ帰ることなど到底できぬ。そうであろう？　だから隷民の赤子を扱う商人に、売ってしまってもよかったのだ。しかし、儂はそうしなかった」

助かりたいという焦りがあるのだろう、錫石はやたらと饒舌だった。

「そなたを寺に預けたのだ。いつかなにかの役に立つかもしれぬと、米も送ってやった。七年ほど経ち、気まぐれに寺に寄ると、おまえは巧みに鳥を射た。幼いというのに、見事な腕前であったので、褒めてやった。覚えているか？　おまえは嬉しそうにしていたのだ。儂はな、おまえに価値を見いだしたのだ。おまえに生きる意味を与えた。誰も望まぬのに、生まれてきたおまえにな。半分は穢れた血といえ、儂の子だ。おまえは期待以上に育ってくれたのだ。さあ、息子よ、父のもとに来るのだ」

ダンビは錫石を見つめていた。父、と唇が動く。

「だめ、ダンビ兄さん」

翠嵐はダンビを摑んだ腕に力を込める。けれどダンビは立ち上がり、一歩踏み出してしまう。

「い、いや」

翠嵐はダンビを離さず、ますます力を込める。けれどダンビの強い指が、翠嵐の指を一本ずつ外してしまう。そうしながら、唇が（大丈夫）と言った。なにが大丈夫なものかと思った。こんなのぜんぜん、大丈夫ではない。たとえ錫石の話が本当なのだとしても、それで父親と言えるのか。息子を暗殺者に育てる父親ならば、いないほうがましだ。けれど、そう思ってしまうのは……翠嵐が慈愛に溢れた両親に恵まれたからなのか。たとえどんな父親でも、いたほうがいいのか。ダンビには大切な存在なのか。

ダンビが翠嵐から離れ、錫石に近づく。

天青師範はそれを止めず、白虎たちに「さがれ」と言った。まるで人の言葉を理解するかのように、若虎たちは退く。

――本当に、父さん？

ダンビの唇の動きを、錫石もまたある程度読めるようだった。

「そうだとも。おまえは儂の息子だ」

――父さん……。

ダンビはゆっくり頷くと、へたり込んでいた錫石に手を差し伸べる。

よたよたと、錫石はダンビの手を借りて立ち上がった。ダンビは体格に恵まれているので、錫石よりもすでに背丈が高い。錫石の膝はガクガクと震えて、ダンビに縋ってようやく立っているほどだ。

そんな父をダンビはしっかりと支えていた。

風が吹く。

崖上に強い風が吹く。ダンビと出会った日のように。あの日はダンビを毒蛇から助けることができた。けれど今日の翠嵐には、なにもできない。錫石という毒蛇から、引き離すことができない。

日が沈もうとしている。

最後の力を振り絞るように、世界を赤く染める。白虎の毛皮すらも。

ダンビが翠嵐を見た。

もう一度、その唇が言った。大丈夫。そして今一度、錫石をしっかりと支えた……というより、抱えた。

ダンビの足が地を蹴る。力強く。

崖はすぐそこだ。ダンビがなにをしようとしているのかを覚り、翠嵐は叫ぼうとした。叫びたかった。身体から大声を出せば、心の衝撃は多少ましになる。けれど無理だった。声など出なかった。心だけが悲鳴を上げた。

ダンビは崖から身を投げた。

錫石を抱えたまま。

それとほとんど同時に、天青師範が「ハク！」と声を上げた。神獣は放たれた矢のごとく駆け、ためらいもなく崖から飛ぶ。天青師範はすぐに崖の際まで駆け寄って、下を確認した。翠嵐にはできなかった。その場で突っ立っていただけだ。

「ハク、頑張れ！」

天青師範が崖下を覗き込みながら言った。

それを聞いて、翠嵐はやっと一歩踏み出す。足が震えてうまく歩けない。よろけて転びそうになる。ほかの若虎たちがまるで翠嵐を励ますように、後ろから軽くぶつかってくる。前に進めと押してくるのだ。

やっと天青師範の隣まで来ると、その場に膝をついて下を見た。神獣が、僅かな岩場の足がかりを使って、登ってこようとしているのがわかる。その口にしっかりとダンビを咥えているのを見て、翠嵐は「ハク！」と涙声を上げた。

「お願い、頑張って……！」

白虎は翠嵐の期待に応えた。

神がかった動きで、険しく厳しい崖を巧みに登り切ったのだ。そして、ぐったりとしたダンビの身体を翠嵐に返してくれる。何度か岩に叩きつけられたのだろう、ダンビは満身創痍で、右腕は不自然な方向に曲がっていた。明らかに折れている。目を閉じたままでなんの反応もしなかった。額にすうっと血が流れていく。

「ダンビ、ダンビ兄さん」

翠嵐は必死に声をかけ、天青師範は脈動を確認していた。もう脈がないと言われるのが怖くて、翠嵐は天青師範を見ることができない。ひたすらダンビの顔を見て、声をかけ続けた。

やがて、瞼が軽く痙攣するのがわかる。まだ生きている。

「ダンビ……！」

目が開いた。

しばらくぼんやりと視点が定まらなかったが、やがて翠嵐を見る。

「ダンビ兄さん、私だよ、スイだよ」

――スイ。

唇が動き、微笑む。

ダンビの顔がよく見えない。涙の膜でぼやけて見えない。いやだ。翠嵐は瞬きを繰り返す。ぽたぽたと、ダンビの顔にその水滴が落ちていく。

――ごめん。

唇の僅かな動きで、翠嵐に謝った。なんで謝るの。ダンビは悪くない。ダンビがこうなったのは、ダンビのせいじゃない。だから謝らないで、目を閉じないで。翠嵐はそう答えたかったのに、嗚咽ばかりがこみ上げて、言葉の邪魔をする。

――泣かないで。

また唇が動く。翠嵐は瞬きで涙をどかす。ダンビの瞳は穏やかで、痛みや苦しみは感じていないようだった。天青師範から白っぽい光が滲むように出ていて、もしかしたらそのおかげなのかもしれない。だとしたら、その光でどうかダンビを助けて欲しい。慧眼児の力で、ダンビの命を……。

――スィ。

ダンビが翠嵐を呼ぶ。両手が弱々しく動き、なにかを形作ろうとしている。天青師範は「動いたらいけない」と言ったが、ダンビは言うことを聞かなかった。

傷だらけの両手の、親指が触れ合う。

そして交差し、他の四本の指は軽く広げられて――ヒクヒクッと動く。

蝶だ。

蝶が羽ばたいたのだ。

もう少し、暖かくなれば。山にも春がくれば。

たくさん綺麗な蝶が舞い飛んで、ダンビはそれを追いかけて、きっとうまく捕まえられなくて、翠嵐は笑って、一緒に追いかけて――春がくれば。

ダンビの手が力を無くす。

ぱたりと落ちて、蝶はいなくなる。

約束、したのに。

10

翠嵐は幼い頃から背が高く、実年齢よりふたつほど上に見られることも多かった。上背に関しては、恐らく父である曹鉄の血なのだろう。食べても太りにくいところも似たのかもしれない。

──天青しはん……。

まだ六歳くらいの頃、翠嵐はしょげた様子で天青に尋ねた。

──ヒョロ姫、とはどのようないみでしょうか。

また口の悪い女官が、囁いているのを聞いてしまったようだ。紀希の指導がしっかりしているので、翠嵐自身の周囲にそういう女官はいない。だが宮中は広く、相変わらず櫻嵐と対立関係にある貴族もいる。その配下たちが、大人げなく幼子の心を傷つけているのだ。

──百合の花のように、すらりと美しいという意味だよ。

──うそですよね。

──まあ、嘘だけど、そう思っておけばいい。

――女の子はもっとふっくら、ふんわりしているのがかわいいのだと。

――好みは人それぞれだと思うけどな。

――すみません……こんなこと言われても、しはんも困りますよね。……どうか、母上には言わないでください。母上がおこると、おおごとになってしまうから。

六歳にしてこの言いようである。本当に賢い子だったが、そのぶん大人に気を遣いすぎる傾向があった。両親である櫻嵐と曹鉄も、同じ心配をしていたらしい。

だから天青は、翠嵐を山につれていった。

息苦しい宮中を抜けだし、走り回り、木に登り、小川で泳いだ。翠嵐は両親譲りの優れた運動神経を持っていて、天青ですらしばしば驚かされる動きを見せたものだ。

同時に、翠嵐は勉学も好きだった。

物覚えがよく、字も上手で、書物も大好きだ。書物に集中し、微動だにせず耽っている姿を見て、鶏冠によく似ていると天青は思った。人の気持ちをよく慮り、他者の痛みに敏感なところも似ている。翠嵐は王族の女児なので、表だって学問はできない。櫻嵐の頼みで、鶏冠が個人的に教えていた。三歳から文字を学び始めており、毎日のように鶏冠がそばにいたのだ。影響を受けて当然だろう。

かくして、優れた骨格と筋力は父から、聡明さと時に大胆な行動力は母から、繊細な優しさは鶏冠から、そして木登りと食いしん坊を天青から受け継ぎ、翠嵐は成長した。機転の利くところは紀希の影響も大きいだろう。

いまだに本人は自分の見目を冴えないと思っているようだが、幼い頃の心の傷がそう思わせているにすぎない。会ったばかりの頃の櫻嵐とよく似ているので、あと数年すれば王宮の花と呼ばれるようになる。まだ蕾なだけだ。

その蕾は今、元気がない。

このまま枯れてしまうのではと、皆が心配するほどに打ちひしがれている。あの櫻嵐ですら、娘の気持ちに寄り添い、しばしば涙しているのだと、曹鉄が話してくれた。もちろん父である曹鉄も心配は深い。頰がいくらか削げて、瘦せたようだ。

けれど天青は信じている。

翠嵐はきっと立ち直ると。

あの子は強い。物心つく前から、生命力に溢れていた。まだろくに歩けないのにいなくなり、皆が真っ青になって捜すと、ハクの腹毛に埋もれてすやすやと眠っていたりした。神獣は翠嵐から放たれる、命の輝きをうっとりと見つめていた。

この神獣もまたすくすくと育ち、あまりに目立つようになったので北嶽へと住まいを移した。王宮を護る山なので、神獣の住まいとしては最適だ。ちゃっかり伴侶も見つけて、父ともなった。

王を射ようとしたダンビ、そして翠嵐が北嶽に入ったと知り、天青もすぐに追った。山に武官を入れず、天青に任せるべきだと進言してくれたのは鶏冠だったとあとから聞いた。もっとも、きっとそうしてくれることは知っていたが。

——それはならぬ。

王は怒りと不安で顔色を変え、拒絶したそうだ。

——すぐに武官に山狩りをさせる。百名……いや、二百だ。私を狙い、赤烏を傷つけた者を捕らえ、処罰する。命を以《もっ》て償わせる。

王の動揺は無理もない。赤烏は危ない状態だった。毒を確認した医師は青ざめて王に告げた。すぐに腕を切断したほうがよいと。手の甲からの毒は全身に回りはじめていて、このままでは命を落とすだろうと。だが腕を切断すること自体が、賭だ。その出血で命を落とす可能性も高いのだから。

——いいえ、王様。あの山を知らぬ武官をいくら入れたところで意味はございません。よく知る天青を行かせましょう。あの山にはハクもおります。

——だめだ、下手人が逃げたらどうするのだ。赤烏を、赤烏の腕を……。

——天青は逃がしませぬ。

鶏冠は断言したそうだ。

——ハクとともに、山の風を読み、足跡を追い、必ず捕らえます。ですが大勢の武官がいては、それもできませぬ。

——王様、どうか天青にお任せください。我が娘も恐らくあの山に……。

櫻嵐もまた説得に協力してくれたという。娘を懸念するあまり蒼白な顔で、それでも「私は天青を信じまする」と言ってくれたのだ。

そして天青は、ハクたちとともに翠嵐とダンビを見つけた。同時に暗殺者を育てた元凶をも発見した。その元凶――つまり申錫石は、のちに崖下で遺体として発見された。だが、なぜ錫石がそこにいたのかは不明とされている。

翠嵐はその秘密を一生抱えて生きて行く。大きな悲しみとともに。

天青と翠嵐は、誰にも気づかれないように宮中に戻ることができた。

天青はすべてを鶏冠に報告した。山で感じたある気配についても……実のところ、この数日、しばしばその気配を感じ取っていたことも、これを機に伝えた。

翌日、鶏冠だけが山に入った。ダンビの遺体を確認し、葬ってやるためだ。天青は王に呼び出されたため、同行しなかった。

戻ってきた鶏冠は、ダンビの髪を括っていた飾り紐を手にしていた。

そしてそれを、形見として翠嵐に渡した。

翠嵐は黙ったままそれを受け取ると一礼し、また自分の房に閉じ籠もってしまった。

なぜダンビは、父親である申錫石もろとも、崖に飛び込んだのか。

理由はいくつか思いつく。翠嵐に害が及ぶことを避けたかったのも大きいだろう。だが怒りもあったように思う。申錫石が、ただダンビを援助していただけではなく、また、ただ利用していただけでもなく……血をわけた父だったこと。それはきっと、ダンビを深く傷つけた。他人のほうが、どれほどましだったことか。捨てた父親が拾い直したのだと知るより――遥かに救いがあったのだ。

一方で錫石は、それを知れば息子が傷つくであろうことすら予想できなかった。人の心に寄り添って生きることを知らないまま、申錫石は死んだ。

申家は、石墨が継ぐこととなった。

当面は錫石の妻だった黄玉婦人が後見となる。この母と息子の間に血縁はない。けれど先日天青が様子を見に行ったところ、ふたりは互いを思いやり、穏やかに暮らしているようだった。錫石の死に関して黄玉婦人は多くは語らず、「申家は石墨が立派に継いでくれるでしょう」と静かに微笑んでいた。もう少し落ち着いたら、石墨は神学院に戻ることになっている。ダンビのことを心配していたが「行方がわからない」と告げるに留めておいた。

「こんちは〜。おばちゃん、うちの師匠来てる？」

行きつけの飯屋に入り、天青は女将に聞いた。女将は熱々の石鍋をどっさり載せた盆を、逞しい腕でしっかり支え持ち「奥においでだよ」と教えてくれる。賑わう中庭を抜けて、天青は奥まって目立たない卓へと向かった。

ケナリが満開で美しい。

歴史に残るであろう、波乱に満ちた大神官任命式から半月ほどが経ち、竜仁の町はすっかり春だ。山もだいぶ暖かくなったことだろう。

「串焼き肉は頼まないんですか？」

麦と野菜の混ぜご飯、数種類の漬物が載った卓を見て、天青は聞いた。

「宮中では我慢してるんだし、外に出た時ぐらい肉を食べて力をつければいいのに」

　そう言いながら、師匠の斜向かいに腰掛ける。

　師であり、今や家族でもある鶏冠はきれいな眉をツッと寄せて「誘惑するでない」と愛想なく返す。この人に愛想がないのはいつものことだが、僅かに不機嫌が感じ取れた。いつでもそばにいる天青でなければわからないほどの、小さな感情のささくれだ。

「あれ。文字処でなにかありました？」

「……西の文字処が、隷民の子を追い返していたのだ」

「ああ、あそこの師範はこのあいだ代わったばかりですね。以前は金持ちの商家で、坊ちゃんの師をしていたようだから、まだ文字処の理念がわかっていないようだ。あとで俺がよく話しておきます」

「……口頭でな。おまえ、このあいだも師範をひとり蹴り飛ばしただろう」

「あっ、燕篤め、喋ったな……」

「あの温厚な燕篤ですら『腹に据えかねるような男でしたので』と話していた。よほどだったのだろうが、それでも手や足を出してはいかん。いったい何年宮廷神官をやっているのだ。まったく、いつまでたっても……なにをニヤニヤしている」

「いえ、お説教は久しぶりだなと思って」

　天青がそう答えると、鶏冠はまた眉を寄せて黙ってしまった。

　ここしばらく、宮中で鶏冠に叱られることはめっきり減っていた。

大神官となった鶏冠があまりに多忙だったこともあるし、鶏冠の出世に伴い、天青の位も上がったことも関係している。位の高い天青が、最高位の鶏冠にしょっちゅう小言を言われている図というのは、ほかの宮廷神官に示しがつかない。まして神官書生たちは面食らってしまうので、控えているわけだ。

「お兄さん、今日はどうするね」

女将が注文を取りに来てくれたので、天青は汁飯と青菜の炒め物、そして串焼き肉を頼んだ。ここの女将は、天青たちが宮廷神官だとは知らない。もちろん衣服も神官のものではなく、庶民も纏う薄青い上衣を着ている。文字処や学処の雇われ師範、という程度の認識だろう。それでいいのだし、そのほうがありがたい。ここの串焼き肉は大蒜《にんにく》だれが香ばしく、天青の好物だ。いつも半分だけ食べてわざと残す。そうしてやっと、鶏冠が箸をつける。

「あれ、師匠、髪になにつけてるんですか」

天青に指摘され、鶏冠は自分の長い髪に手をやった。赤い一筋の前髪は巧みに隠し、背中で軽く結わえている。その髪に小さな葉っぱや花がいくつかついていたのだ。

「どこでそんなものをつけて……あ、また文字処の子供らと遊びましたね？　きっとその時にいたずらされたんですよ」

「……悪い子たちめ」

「ああ、もう、そんなに髪を引っ張らない。ちょっと待って下さい」

見かねた天青が立ち上がる。

鶏冠の背後に回り「失礼します」と言ってから、髪をまとめていた紐を解いた。懐に入っていた櫛を取り出し、師匠の髪を梳きながら、小さな葉や花を取っていく。

「天青、こんな場所で身繕いするのは……」

「若い娘でもあるまいし、誰も気にしませんって。はは、ケナリもついてる。久しぶりに師匠に会えて、子供らは嬉しかったんですね」

「……最近はなかなか宮中から出られぬからな」

「仕方ありません。そういうお立場です」

天青は丁寧に、注意深く、師の髪を梳いていく。

細くしなやかで、艶のある綺麗な髪だ。時折宮中の女官達が、鶏冠の髪質を羨ましがっている噂話を耳にする。一度触ってみたいと言う者すらいるほどだ。天青は噂の輪に入って教えてやりたくなる。本当に、絹糸のような髪なのだと。

大神官となった鶏冠は、宮中の一角に専用の立派な殿が与えられ、今はそこで寝起きしている。天青も殿内に房をひとつもらった。通常は数名の神官や神官書生がその宮に配属され、大神官の身の回りの世話をするのだが、鶏冠は人の出入りが多いのを好まない。おかげで天青がこうして髪の手入れや、着替えの手伝いなど、細々としたことをすることになるわけだが、なかなか楽しい仕事なので、このままでいいと思っている。そもそも鶏冠は、慣れない相手に触れられるのが苦手だ。ならば天青が適任だろう。

櫛の目を滑っていく黒髪を見ながら、天青はふいにあの人を思い出した。

あの人も、時折鶏冠の髪を梳いていた。あの頃の鶏冠は、あの人だけにそれを許していたのだ。

亜麻色の髪。榛色の瞳。

ああ、そうだ……それからあの子も。

「ダンビの……」

天青が言うと、鶏冠の肩がかすかに反応する。

「あの子の目、榛色だったんですよ。母親が外つ国から渡ってきたとか……どこまで本当かはわかりませんが」

「そうか。任命式の時には遠すぎて見えなかったな」

「綺麗な目でしたよ」

「…………」

「櫻嵐様から翠嵐の様子を聞きました。ようやく、食事を取るようになったそうです」

「それはなによりだ」

「早く元気になってほしいです。木登りができるくらいに」

「……天青、翠嵐様はもう十二だぞ。いつまで木登りをさせる気なのだ」

「それを俺に言われても……。このあいだは櫻嵐様が、久しぶりに挑戦するぞ、ってよじ登り始めて……曹鉄が必死に止めてましたよ」

「………あいつも苦労するな……」

同情まじりの口調に天青は笑い、梳き終えた髪を改めて一束にする。ちょっとした悪戯心で、括り紐にケナリの花を一輪飾っておいた。ほかの男がしていれば笑われるだけだろうが、鶏冠に花はしっくりと似合う。

綺麗に整った師匠から離れ、自分の席に戻ろうとした時――。

「あれ」

天青は上を見た。

母屋の屋根の上である。目ではなにも見えないが、そこに誰かが潜んでいるのがわかったのだ。扱いやすい短刀は護身用に持ち歩いているものの、こちらは地上で相手は屋根となると、距離がありすぎる。上から矢で射られるのはごめんだ。

「うーん……。師匠、ちょっとあの木の陰に移動してください」

天青が言うと、鶏冠はなぜだと理由を聞くこともなく、素直にスィッと動いてくれた。

さらに天青は「おばちゃーん、これちょっと借りるぞー」と女将に声を掛け、母屋の壁に立てかけてあった洗濯物を干すための長竿を手にする。そういえば、翠嵐がもっと子供の頃は、竹竿で遊びながら格闘訓練をしたなあ、などと思い出した。

竿を持った天青は、庭の隅にある竈に行った。下働きの少年が沸かしていた鍋の湯を指さし「これ、使わせて？」と言った。まだ十くらいの少年はきょとんとし「お客さん、これはただのお湯だよ、鍋の焦げを取るための熱湯……」と説明する。

「うん、大丈夫、知ってる。美味しい出汁とかじゃなくてよかったよ。もったいないからな。じゃ、ちょっと拝借」

天青は竹竿の先に鍋の取っ手を引っ掛けた。そして、

「よい、せッ！」

ぶうんっ、と長竿を大きく回す。

少年は熱湯がこぼれるのではと「ひっ」と身を小さくしたが、遠心力が働くのでそうはならない。そのまま長竿の先は屋根近くまで届き、一番高い位置で鍋の取っ手が竿からスルッと抜け――。

「ぎぃやぁぁぁぁぁぁ!!」

屋根の上からものすごい悲鳴が聞こえ、少年まで「ひっ！」と叫ぶ。さらに、ゴロンゴロンと回りながら男が滑落してきた。数枚の瓦と一緒に、地面にドスッと落ちる。さぞ熱かったのだろう、起き上がれないまま、身悶えていた。その背には矢袋があり、弓も落ちている。天青は矢を調べつつ、

「おばちゃーん、店の屋根に変な男登ってたぜー？」

そう声を上げる。

「なんだってぇ？　ウチの出汁の秘密を盗もうなんて、容赦しないよ……！」

女将が恐ろしい形相でのっしのっしとやってきた。火傷と打ち身でいまだ体を丸くしてる男の襟首を摑んで引きずっていく。警邏武官に引き渡されることだろう。

「いやあ、さすがおばちゃんだ。お、鍋ありがとうな」

天青はまだ呆気に取られている少年に鍋を返すと、もとの席に戻り、「はーやれやれ」と白菜の漬物を食べ始める。

「……私が狙われていたのか」

師匠に聞かれ、「おそらく」と返した。

「でも心配いらないと思います。安物の矢で、毒の鏃でもなかった。悪事を探られるとまずい貴族が、腕の悪い悪漢を雇ったってとこでしょう」

「落ち着いて食事もできぬな。……だがまあ、おまえがいれば大丈夫だろう」

天青を滅多に褒めない鶏冠にしては、珍しい言葉だ。天青はつい嬉しくて、「そうなのです。俺がいれば大丈夫！」と調子に乗った。調子に乗ったことを叱られるかなと思っていたが、

「これからも頼むぞ」

などと真面目に返され、なんだか調子が狂ってしまう。

「……師匠、大丈夫ですか。頭痛とかしてませんか」

「してない。なぜだ」

「いやいやいや、だって。俺のことをそんなふうに頼るなんて。……俺はもはや、慧眼を失ったと噂されてるんですよ？　大人になったらただの人、麗虎国にもう慧眼児はいないと。王様ですら、言葉にはなさらないものの、内心はそう……」

鶏冠は、天青が手近に持って行ってしまった漬物の小皿を奪い返しながら言った。この白菜の漬け物が好きなのである。

「……え？」

「慧眼児はいる。私の目の前に。もちろん力も失われていない」

「師匠……」

「私まで騙そうとしても無駄だ。今だって、おまえは屋根の上の不穏な色に気づいたではないか。男の姿はまったく見えなかったのにな」

「………」

「大神官任命儀式の時もだ。おまえは私の必死の芝居に合わせ、王様を清浄な光で包んだ。いつのまにか壇上からこっそり消えるとは、悪い弟子め。王を狙うダンビの存在を、曹鉄に知らせたのもおまえだった。玄武の位置だと叫んだではないか。私がおまえの声に気づかぬわけがない」

「……ですよねぇ」

こうなっては苦笑するしかない。

やはり我が師はよく見ている。天青を……いつも見てくれている。

「だが、なぜダンビが広場に入るのは見逃した？」

「ああ、あれは見逃したんじゃないんです。わからなかった」

天青の答えに鶏冠はやや首を傾げたので、詳しく説明する。

「あの子は……ダンビは、明らかに人とは違う色を纏ってました。色の説明をするのはなかなか難しいんだけど……簡単に言えば、普通の人より綺麗すぎたんです。混じり合っていない、綺麗な色味。誰かに害を為そうとする人間の色じゃなかった。だから門を通したわけですけど……やっぱりなんだか気になって。師匠も知ってのとおり、綺麗な色を持つ人間が、他者を傷つけることもあります。どす黒い色を纏った人間が、人の役に立つことだってあるし」

「……そうだな」

「だから俺は、ダンビの気配をずっと気にしてました。儀式が始まっても、前のほうにこないのでおかしいなと思っていた。ただ、さすがに、王様を狙う刺客だとは……そんな大胆な真似をするとは思わなくて。あの時は焦りました。曹鉄の剣の腕に感謝です」

「あれは頼りになる男だ」

「はい。ただ……赤鳥は気の毒なことをしました」

赤鳥は命を取り留めたものの、右腕を失った。肘下を切断したのである。

利き手を失くした以上、もう王を護ることはできないと、赤鳥は王宮から辞することを願い出たそうだ。

それを聞き、藍晶王は烈火のごとく怒った。その場にいた女官たちは逃げ、宦官は恐ろしくて腰を抜かすほど激しい怒りだったそうだ。

――許さぬ、絶対に許さぬ！

後にも先にも、王があれほどの癇癪を起こしたことはないだろうと、側で見ていた曹鉄が教えてくれた。

政務の房にいたそうだが、手近にあったものを手当たり次第に投げ飛ばし、曹鉄にももう少しで玉でできた立派な文鎮が当たりそうだったらしい。実際、赤烏には茶杯がぶつかり、額を切ったそうだ。

だが赤烏もまた、頑固な男だ。王を護る能力に欠けた自分が、王の側にいる資格などないと、一歩も引かない。許さぬというなら、この場で斬り殺してくれとまで言った。

すると王は、曹鉄から剣を奪ったという。

顔を真っ赤にして剣を持つ王と、額から血を流して跪く赤烏。

このままでは、本当に王が赤烏を斬り殺すのでは……そう思って怖かったと、曹鉄は真面目な顔で語っていた。

「場を収めたのは王妃様だそうですね」

天青の言葉に、鶏冠は頷く。ちょうどそこに料理が運ばれてきた。湯気をあげる汁飯は天青の前に置かれ、串焼き肉はふたりのあいだに置かれる。鶏冠は少し迷惑そうな顔をして、肉の皿を天青の方に軽く押しやった。

「王妃様が、それほど強い一面をお持ちとは」

串焼き肉にかぶりつき、天青は言った。

——なにごとです、王様！　王子の父として、民の父として、そのような醜態は見せてはなりませぬ！

天青にとって輝安王妃は、いつも目を伏せ、自信なげにしていた印象が強い。実際、とても抑圧された気の色を纏っていたのだ。けれどその芯には、また別の色が隠れていた……いや、新しい色が生まれたのか。

そう、変わるのだ。

人の色は、人の気は、人は、変化する。

我が子を抱えたまま、王妃は仁王立ちで夫に叫んだそうだ。生まれたばかりの王子はもちろん泣き叫び、王妃の後ろで乳母がおろおろしていたそうだ。さすがに藍晶王もややたじろぎ、剣をその場に落とすと、座にドスンと腰掛けた。さらに王妃は、ひたすら頭を垂れている赤烏を「そなたもいいかげんにせよ！」と叱った。

——王様がどれほどそなたを必要としているか、そんなことは百も承知であろうが！　そなたはこれからも、最も近くで王様をお守りするのだ！

——しかしながら、私は右腕を……。

——ならば左腕を鍛えよ！

厳しい声に、赤烏は顔を上げた。

——その左手で剣を握り、自在に振るえるようになるまで稽古せよ。簡単ではなかろう。もともと腕の立つそなただけに、どれほど歯痒く、悔しい思いをすることか……。

それでも、するのだ。しなければならぬ。王の為に、そうしなければならぬ！

王妃はそう命ずると、玉座に歩み寄り、赤子をズイッと王に差しだした。王はわけがわからぬまま、それでも泣いている我が子を受け取り、軽く揺すってあやしたそうだ。

「両手が自由になった王妃様は、王様が落とした剣を拾われた。そしてそれを赤鳥に差しだし、取れ、と命じられたそうだ」

「うわ。王妃様かっこいいですね……」

そして赤鳥は剣を左手で拝受し、再び誓ったそうである。

王を護ること。さらに王妃を、王子を、命を賭して護ると。

「曹鉄から、赤鳥の訓練に付き合っている話を聞きました。何百回剣を落としても諦めないそうです。すぐに強くなるだろうと、感心していました」

「そうか」

「たまに、櫻嵐様が稽古に交じりたがるので、大変だと」

鶏冠が小さく笑って「まったくあの方は」と呆れながらも楽しげな声を出した。

「師匠がすべてお見通しだったとはなあ……慧眼の力はもうないんだと、みんなに思い込ませるつもりでいたのに……。心苦しかったけど、曹鉄にだって本当のことは言ってないんですよ」

「大きすぎる能力は隠したほうがよい——そう考えるおまえの気持ちはわかっている。だから私も知らぬふりでいるから安心しなさい」

そう言ってくれた師は、だが次にジロリと天青を睨んで言葉を続けた。

「だが私まで騙せると思ったら、大間違いだ、馬鹿者め。おまえの力はなくなるどころか、完全に制御できている。もはや、目を蒼くする必要すらない。涼しい顔で、力みもせず、人の光を見る。おまえに棲んでいた慧眼児がどうなったのかは知らぬがな。完全におまえに溶け込んだのか、あるいは力だけ置いてどこかへ去ったのか……」

「慧眼児はたぶん、まだ俺の中にいますよ」

天青は答えた。その存在を、どこかにまだ感じるのだ。

「たぶん、俺がどうしようもないヘマをやらかしたら、出ていくんじゃないかな。それにしても、ばれていたとは……うーん、参りました。さすが、鶏冠」

久しぶりに師を名で呼び、天青は肩を竦める。

「ふん。何年おまえといると思っている」

鶏冠が綺麗な眉をひょいと上げ、いくらか偉そうに言った。こんな顔は天青にしか見せないので貴重だ。大神官となったこの人は、これからもずっと、自分の感情よりも周囲の事情を優先することだろう。あって当然の悲しみや喜び、悔しさ、嫉妬、憎しみ、そんなものを押し殺して生きていくのだ。稀に零れるであろう、その人間らしい感情を天青は受け止めたい。せめて自分にだけは、それを見せてほしいと思う。

「だいたい、神獣である白虎が従うのは慧眼児だ。おまえがハクたちとともに捜してくれたから、翠嵐様が見つかったのだ」

「ハクは翠嵐がお気に入りだったから。ほら、翠嵐がまだ小さい時、よくいなくなっちゃって、さんざん捜すとハクと寝てた、ってことがあったでしょう？」

「ああ……懐かしい。度々あったな」

「あれ、翠嵐がよちよちとハクのところへ行ってしまう……と皆は思ってたわけだけど……本当は逆なんですよね」

麦飯を掬う鶏冠のスッカラが止まる。

「……ハクが翠嵐様を連れていったと？」

「はい」

天青は頷く。

実は、何度か見ているのだ。健やかに眠る翠嵐を、ハクがぱくりと咥えて、慎重に運んでいるところを。天青と目が合ったハクは、ややばつが悪そうにしたものの、そのまま歩き続けた。念のため天青があとをつけると、宮中でも屈指の居心地のよい場所で翠嵐を下ろし、一緒に昼寝をするのだ。

「翠嵐は覚えてないと思いますけどね」

天青の話を聞き、鶏冠は「……大好きなのだな」と呟いた。

そのとおりだ。ハクは翠嵐が大好きなのである。翠嵐が成長してからも、山に来るたびに見守っていただろう。けれど、天青が慧眼の能力を表に出さぬと決めてからは、ハクもまた人前には姿を現すことをしなかった。

「このあいだも、ダンビに縋って泣く翠嵐のそばで、ずっとうろうろと……おわっ！」

背後からドンッと置かれた大きな皿に驚き、天青は顔を上げた。またしても女将がやってきて、春雨の炒め物と、辛味噌焼肉の合わせ盛りを出したのだ。

「お、女将、これ頼んでないよ？」

「屋根の悪人を見つけてくれたお礼だよ。さあ、お食べ。師匠さんもたくさん食べてくださいよ。あんたはもうちょっと肉をつけないとねえ」

女将に言われ、鶏冠は微妙な面持ちになりながらも「それではありがたく」と頭を下げた。この店特製の味噌ダレを纏った、焼きたての肉のにおいが広がっていき、鶏冠が眉をツッと寄せた。もちろん、食べたいのだ。毎回こんな具合に葛藤している。

女将と入れ替わるようにして、どやどやと大勢の気配が近づいてきた。

「ありゃあ、また肉なんか食うて……悪い神官様やなあ、天青」

「兄ちゃん、しっ。ここでは神官とか言うたらあかん」

「おまえも今言うたぞ」

「あっ」

「老師範、こちらにおいででしたか。あっ、すみません、もう老師範ではなく、だ……ええと……どうお呼びすれば」

「燕篤、ここでは老師範でいいと思うぞ。なあ、曹鉄？」

「うむ。文字処や学処を取り仕切るという役割は変わらんのだからな。なんだなんだ、うまそうな肉があるじゃないか。さあ、スイ、食べよう。父の隣に座るといい」

「……父さん、その前にちゃんとご挨拶をしないと」

勝手に押しかけてきた大人たちの中、今日は少年の装いをしている翠嵐が、一番きちんとしていた。鶏冠に向かって頭を下げ、

「老師範様、失礼いたします。卓をご一緒してもよろしいでしょうか」

と聞く。燕篤も慌てて同じように頭を下げ、乱麻《らんま》と風麻《ふうま》の兄弟も「せやった、せやった。偉い御方やった」と笑いながら礼をする。その隙に曹鉄が肉を摘まみ食いし、櫻嵐が「こら」と夫を叱る。鶏冠は涼しい顔のまま「構わぬ。座ってくれ」と答えたが、内心はとても嬉しいはずだ。やっと翠嵐が、町に出られるまで心を回復させたのだから。

「なんだいなんだい、大勢さんになったね。そら、そっちの卓をくっつけるといいよ」

女将に言われて卓を移動させつつ、天青は「えーと六人増えたのか。おばちゃん、おまかせで持ってきて」と頼む。ここはなにを頼んでも美味いので大丈夫だ。乱麻が「スンデも頼んますー！」と女将のたくましい背中に叫ぶ。

「乱麻、風麻。久しぶりだな。いつも力を貸してくれて助かる」

名高い西の商売人の家に生まれた兄弟に、鶏冠が言う。兄の乱麻が「相変わらずですな」と笑った。

「たかだか商人風情に、まず礼を仰るとは。これではますます、文字処に寄進をしなければあきませんな」

「うむ。そういう魂胆で申している」

鶏冠の返しに「おっと、やられた」と兄弟が笑う。このふたりとも、もう長いつきあいだ。結局西の本家は弟の風麻が継ぎ、乱麻は竜仁の都で手広く商いをしている。また、鶏冠の求めで、学処や文字処の資金援助もしてくれているのだ。

「翡翠の連珠についても、礼を言わねばならぬな。あれだけの粒を揃えるのは大変であっただろう?」

鶏冠の言葉に、隣で肉を齧っていた天青は「ウッ」と喉を詰まらせそうになる。

「し、師匠、なんでそれを……」

確かに、あの時の偽連珠は乱麻たちに手配してもらったのだが、鶏冠には話していなかったし、今まで聞かれもしなかった。鶏冠は「あんな高価なものを、おまえひとりで調達できるはずなかろう」と当然のように言う。

「ははあ、さすがお師匠さんのご明察。いやあ、突然翡翠を何十粒もですから、たいそう焦りましたわ。なあ、風麻」

「せやなあ、あん時は駆けずり回ったなあ、兄ちゃん」

兄弟はしみじみと苦労を思い出しているようだ。天青はふたりに「ま、ま、食べて」と炒め物の皿を勧めつつ、

「でも、ちゃんと代金は完済したので……!」

と鶏冠に報告しておく。曹鉄が「よく払えたな、天青」と感心した。

「まあ、なんとかね。軟翡翠だったから……」

するとと鶏冠が「軟翡翠？」とこちらを見た。

「あれは硬翡翠だったはずだ。おまえ、柱に思い切り打ちつけていたではないか」

だからこそ、天青の持つ翡翠連珠が本物だと、あの場にいた臣下たちを説得できたはず……鶏冠はそう思っているようだった。

「いえ、あれは軟翡翠なんです……。実は、手のひらに翡翠などよりもっと硬い石を隠し持っていましてね……柱にぶつけたのはその石で……」

「なんだと？」

いつも淡々としている師が、目を丸くして呆れた。語ってしまえば、なんとも稚拙な種明かしである。あまり格好のいいものではないので内緒にしておきたかったのだが、こうなったら仕方ない。

「……ですから、今師匠がつけているのも……軟翡翠の連珠です。すみません、一番偉い神官なのに、安い翡翠を下げさせて……」

つきあいのいい風麻と乱麻も、天青につきあい「えらいすんません」「さすがに硬翡翠は無理でした」と頭を下げてくれる。鶏冠はしばらく呆れたように天青を見ていたが、やがて衣の下の連珠を軽く押さえるようにしながら、

「……よい。高価な翡翠より気楽だ」

気抜けしたように、そう言った。

「むしろ安堵した。高価な硬翡翠を揃えるため、いったい我が弟子はなにをしたのだろうかと……実のところ怖くて聞けなかったほどだ」

そんな気苦労をかけていたとは知らず、小さくなる天青である。

「まあ、翡翠の連珠などただの飾りだからな」

キュウリの漬物をパリパリと摘まんで言うのは、櫻嵐だ。庶民のおかみさん風に結った髪がよく似合っている。どんな格好だろうと、櫻嵐はいつでも櫻嵐らしい。

「もっと言えば、どんなに偉かろうと、位もただの飾りだ。飾りがあると、なんとなく価値があるように見えるが、人ひとりの能力など、もともとたかが知れている。だからなにか大きな事をやり遂げようとするなら、集まるしかないのさ。こうしてな」

卓を囲んでいる皆を見て、櫻嵐はそう続けた。

控えめに座していた燕篤が「まことに」と感慨深げに頷く。さらには、

「それでも私は、隷民である自分が、立派な商家の方や、神官様、武官様、まして……王族、とここで言葉にするのは憚られる。燕篤はしばし迷い、「とにかく、このような皆様と、卓を同じにしていることが、いまだ夢のように思えます」と続けた。この場では燕篤だけが隷民という身分なので、やはり気が引けるだろうし、居心地がいいとも言えないだろう。それでも天青の友として、こうして集ってくれる。

実のところ、この卓にはもうひとり隷民がいる。

本人はそれを片時ですら忘れてはいないはずだ。けれど永遠に語られることはない。

天青を含め、知る者は全員、墓まで持っていく。その者の弟も、兄に迷惑がかからぬよう細心の注意を払い、手紙にも偽名を使っている。最近天青も一通見せてもらったが、ずいぶん達筆になっていて驚いた。妻とともに、慎ましいながら幸せに暮らしているとしたためてあった。

「確かにこの卓は、風変わりだな。あちこちから実に面白い面々が集まったものだ。でもいつか、これが普通になるんじゃないか？」

パリパリパリとキュウリの止まらない櫻嵐が言った。かなり気に入ったらしい。曹鉄が妻を見て、「身分制がなくなるということか？」とやや声を抑えて聞く。身分制の批判は王政の批判と等しいからだ。

「時間はかかるだろうがな。ずっと先にはそうなるかもしれん」

「もしそんなことが起きれば、奇跡です」

燕篤が目を輝かせる。

「櫻嵐様、お聞かせ下さい。なぜそのようにお思いなのでしょう？」

燕篤の問いに櫻嵐はもはやキュウリ漬けの小鉢を抱え「酢の具合が絶妙」と感心声を出した。それからようやく、みなが自分の答を待っていると気づいて、

「いや、なんとなく」

と肩透かしを食らわせる。せっかくの美貌だというのに、キュウリのかけらが口の端についていて、曹鉄がそれを取ってやっている。

「せやけど、それで世の中が回りますやろか。今はそれぞれの身分に応じた仕事がある
けど、身分がのうなったら、みんな好き勝手に、したいことしかせえへんのでは。つら
い仕事は、誰もせんようになったり……」

かもな、と櫻嵐は返した。

「だが、したいことと、できることは違うぞ」

「身分制の代わりに……人々を統制できるものがあるとすると……」

燕篤の呟きに、風麻が当然のように「金やな」と言う。すると曹鉄が「それはそれで、
なんとも世知辛いな」と腕組みした。

「学識は金銭に劣りますでしょうか」

「劣るとはいわんけど、学識をありがたがる人は多くはないやろ。けど金はみんな好き
やもんなあ」

「待て待て、剣の腕はどうだ。金があっても命がなければ」

「曹鉄、今は戦国の世ではないぞ」

「剣豪はたいてい、金で偉い人のお抱えになるんちゃいます？」

「兄ちゃん、人の信頼は金では買えんやろ？」

「金貸しが金を貸すのは相手を信用してるからやろ。ま、証文取るけどな」

「信用しとらんやん」

届き始めた料理を囲み、それぞれ勝手に好きなものを食べ、思いついたことを話し、

皆で国の未来を語り合う——。

天青は思った。奇跡はもうある。

今、ここで起きている。

おそらく鶏冠も同じように考えているのだろう、穏やかな表情を浮かべ、曹鉄が回してきた肉の皿から、さりげなく二切ればかりを取った。もちろん皆は見てみないふりがお約束だ。

「スイ。食べよう」

天青は隣で静かにしている翠嵐に、チャプチェの皿を差し出した。翠嵐は微笑んで頷いたが、まだ少し無理をしているのがわかった。

「美味しいです、天青師範」

少年の姿でも、長い睫が綺麗だ。頬のそばかすは少し薄くなったのではなかろうか。

「そっか」

「……昨日、ハヌルから手紙をもらいました」

「ああ！　あいつ、何か一生懸命やってると思ったら、それを書いてたんだな」

数日前に文字処に行ったとき、ハヌルが真剣に筆を執っていたのだ。

文字の練習をしているのならば見てやろうと近づくと、全身を使って隠し「だ、だめっ、これはだめ！」と激しく拒絶されてしまった。ハヌルはまだ文字を習い始めて日が浅い。物覚えの良い子だが、例の事件に巻き込まれて手習いが遅れてしまっている上、今は官隷民として役所で下働きをしているため、時間がなかなか作れない。せめて文字処に来られた時は、なるべく指導をと思ってのことなのに……それでも、絶対に見せてはくれなかった。

「その……聞いていいかな……なんて書いてあったんだ？」

翠嵐は一度うつむき、それから顔を上げて「詩でした」とまた笑った。俯いたのは、泣きそうになったのを隠すためだろう。この子がなんとか笑おうとしているのを見ると、天青まで心が痛む。そんなことしなくていいと言いたくなる。

けれど天青はなにも言わず、静かに見守ることに決めていた。

大切な人を失った時、人はすぐにはもとに戻れない。……いいや、もとに戻るなど、もう無理なのかもしれない。以前と同じにはなれない。それでも少しずつ少しずつ、回復していくしかない。心は傷だらけでも、喉は渇く。泣き疲れれば眠りに落ちる。身体は、生きようとしているからだ。すでにこの子はさんざん泣いて、食事も喉を通らぬほどに泣いて、ようやくもう泣かぬと決めたのだろう。ならばその気持ちを尊重したい。

「どんな詩だった？」

「それは言えません。私だけに書いてくれた詩なので」

だよなぁ、と天青は苦笑いする。石墨ならばともかく、ハヌルの詩か。とても気になったけれど、確かにそれは翠嵐だけのものだ。

「題だけ、お教えしましょうか」

「おお、ほんとに？　ぜひ教えてくれ」

請うと、翠嵐は微笑んだ。少しだけ恥ずかしそうに、詩の題を口にする。

友、と。

「とても嬉しかったのです」

翠嵐が言い、天青は頷いた。

もう十二歳の翠嵐に、こんなことするのはどうかなと思ったが、自分が我慢できずに頭を撫でる。翠嵐は嫌がらず、ちょっと照れた顔で許してくれた。髪を後ろで括っているのは、あの飾り紐だ。

きれいに磨かれた、川べりの小石。

とくに希少なわけでもなく、どこにでもあるようで、けれど同じものはふたつとない。そういう石たちは、大切な「なにか」の象徴のようにも思えた。その「なにか」は、きっと人によって様々なので、言葉にすることは避けよう。

けれど誰の胸にも、その石はある。密やかに光っている。

子供たちは、それを磨きながら成長していく。翠嵐はどんな大人になるのだろう。ハヌルは読み書きを修得し、生かすことができるだろうか。泣き虫の石墨はもはや中家の当主だ。名家の重責に堪えられるだろうか。

きっと大丈夫だ。天青は彼らを信じている。

人は、誰かに信じてもらうことで強くなれる。かつて天青自身がそうであったように。

「お、蝶々や。スンデ食いたいんかな？」

乱麻がやや顔をあげて言い、弟に「兄ちゃん、蝶は蜜を吸うもんや」と諭されている。

小さな蝶が懸命に羽ばたき、青緑色に輝いていた。山ではよく見かける蝶だが、町に下りてくることは少ない。

ひらひら、きらきらと――。

なにかを探すように舞いながら、翠嵐のまわりを一周する。翠嵐は蝶を静かに見守っていた。まるで懐かしい誰かに会ったかのように、その目が潤む。

「翠蝶《すいちょう》だな」

鶏冠が言い、天青も思い出した。

そう、山に春の訪れを知らせるこの蝶はそう呼ばれているのだ。

蝶はやがて空へ帰っていった。

翠嵐は顔を上げ、ずっと蝶を見送っていた。完全に蝶が見えなくなった頃、どうしても堪えきれなかった涙が一筋だけ流れる。それは薄いそばかすの頬を伝い、綺麗な形の顎へと落ちていった。

それを拭わないいまま、翠嵐は大人たちを見てにこりと言った。

食べましょう、と。

＊＊＊

息をしている。

自分はまだ息をしている。ダンビはそれに気がついた。目を開けようとしたけれど、開けられたのかどうかわからない。瞼を上げる力がもうなかったのか。あるいは、開けたけれどあまりに闇が深くて、なにも見えないだけか。

獣のにおいがした。

自分の血の臭いもした。ならば、この身を食べに来たのだろうか。けれどその獣の気配はとても穏やかで、少しも恐ろしくなかった。

なんだか、暖かい。

おかしいなと思う。春でも、山の夜は冷え込むはずなのに。獣のにおいはとても近くて、息づかいすら聞こえた。ゆっくりと、穏やかな……ああ、この大きな獣は眠っているのだ。ダンビを包み抱くようにして。

そんな馬鹿な。あり得ない。

だからこれはきっと夢だと思った。だとしたら、どこから夢なのだろうか。

美しい鳳凰を射損ねたところから？

スイがダンビを助けようと、飛び出してきたところから？

あの男が自分は父だと喚き出したところから？

わからない。考える気力もない。こんなに暖かいのは困る。寒ければいいのに。寒ければ息も止まるだろうに。獣にべろりと顔を舐められた。何度も舐める。ダンビの涙がうまいのだろうか。

父は死んだだろうか。

スイは無事だろうか。

少しずつ……明るくなる。

静かに夜が明けていく。自分を温めていた白く大きな虎がのっそりと起きる。虎の目は澄んだ青だった。しばらくダンビをじっと見つめていたけれど、やがて静かに去って行く。

それとほぼ同時に、サクサクと草を踏む足音が聞こえてきた。

警邏武官が山狩りに入ったのか。それにしては足音が軽い。どっちにしても、ダンビは動けない。動きたいとも思わない。

「おや。生きている」

会ったこともない男がダンビを覗き込み、微笑んだ。きっとこれも夢だと思った。ダンビを見下ろす男が、あまりに現実離れした容貌だったからだ。

彫りの深い顔だち、亜麻色の波打つ髪……異国の美しい神仏像を思わせる。

瞳は榛色だ。自分と同じ色の瞳を、ダンビは初めて見た。

「確かに似た色の瞳だが、私はおまえの血縁者ではない。赤の他人だ。もっとも、祖先をずっと遡れば、どこかで繋がっているのかな？　まあ、それもどうでもよいこと……さて、どうする？　もしおまえが望むなら、このまま殺してやってもよい」

優しく微笑み、男は聞いた。

ならばこれは夢ではなく、自分はまだ生きているのだろうか。

「生きているとも。しぶとくな」

ダンビは無論喋っていないし、手話も使っていない。なのにこの男は、ダンビの言いたいことが明確にわかっているようだった。

「脈は相当に弱くなっていたが……どうやら峠を越したようだな。どうする？　さっさと死ぬか？　それとももう少し、生きてみるか？　とはいえ二度と竜仁の都には来られぬし、あの娘にも会えぬ」

スイ。

スイに、もう会えない。

約束を……蝶を捕まえる約束を果たせない。

「天青の奴め、私の気配を察知していたらしいな……。とはいえ、私が面倒を見る義理などない。なのにおまえを置いて行くとは、傍迷惑な」

ぶつぶつと言っているのに、男はどこか楽しそうだった。

「しかも白虎がおまえをひと晩護った。それがなぜなのかは知らぬし、興味もない。だが、おまえはなかなか面白いものを見せてくれた。惜しかったな？　もう少しで玉座の主が変わりそうだったのに。……ふ、退屈極まりない身の上としては、久しぶりに楽しめたのは事実だ。生きたいというならば、まともに動けるようになるまで手を貸してやろう。このまま死にたいなら、すぐ楽にしてやる。どちらでもよいぞ」

生きるには理由がいる。

スイに会えないなら、その理由がない。

死ぬにも、多少は理由がいるだろう。親殺しとなったのだから、その理由は十分にあるように思えた。あの男を心の中で父と呼んでいたけれど、父であってほしいと思ったわけではない。それはまったく違うのだ。

待つ人もない。帰る場所もない。

それに、もう疲れた。神経を張り詰め、研ぎ澄まし、狙いを定めて鳥を射るのに疲れた。もう弓を緩めたい。目が醒めない眠りにつけるなら、それに身を委ねたい。

だから、死にたい。

殺してくれ。

唇でそう言おうとした時、目の端をなにかがかすめて行った。

ダンビは視線でそれを追う。それは一度いなくなり、また戻ってきて頬をかすめる。

操ったい。

蝶だ。

小さな、青みがかった緑色の。

羽化してまもないのか、まだ風を捕まえるのが下手らしい。ひらひらと頼りなげに飛ぶ。ダンビの顔の近くをうろつき、少し強い風によろけたかと思うと、鼻の頭にふわりと止まり、羽を休める。

生きていた。

それは生きていた。恐らくはたった数日の命であろうけれど、生きていた。

生まれて、生きて、死んでいくために生きていた。

きっと、スィの好きな蝶だ。健気で、愛おしかった。

あの子の笑顔、頬のそばかす、ダンビ兄さんと呼ぶ声——春が巡るたびに、きっと鮮やかに思い出す。天から降ってきた少女を。けれど死んでしまえばそれもできなくなる。

ダンビが死ねば、ダンビの中のスィも死ぬのだから。それは少し惜しい気がした。

そんな思いで、男を見る。

男は静かに頷いた。ダンビの気持ちは伝わったらしい。

男はダンビの上半身をゆっくり起こすと、まず折れた腕を布で縛って固定する。さらに、ダンビの身体のあちこちを調べた。頭の傷は浅い。肋《あばら》はひどく痛むが、内臓を傷つけてはいないようだ。ひびは入っているだろう。幸い、脚は折れていなかった。

次にダンビの髪を括っていた紐を外そうとした。スイにもらった飾り紐だ。弱々しく抗うと「我慢しろ」と軽く睨まれる。

「あの子への形見が必要なのだ。あの子はおまえが生きていると知らぬほうがいい。知れば、また厄介ごとに巻き込まれるだけだ」

ダンビは力を抜き、抗うのをやめた。男の言葉はもっともだ。スイとの思い出に持っていたかったけれど……大丈夫だ。

なにも持たずとも、ダンビはなにひとつ忘れない。

「二度と会えぬ相手でも」

男の声は耳に心地よく、まるで歌うようだった。

「同じ時、同じ空の下、遠い雲のあの先で、その者が生きていると思うだけで——それだけでよいと、思える瞬間もある」

そう言うと「ま、偶《たま》にだが」とつけ足して、いくぶん自嘲気味に笑った。

男は小刀を取り出して、自分の髪を一房切る。

もったいない。綺麗な亜麻色の髪なのに。さらに、それを飾り紐で括ると、片膝を地に突き、今までダンビが横たわっていた場所に置く。

どうしてそんなことをするのだろうか。

「なに、手紙のようなものだ」

男は軽い口調で説明した。

「こうしておけば、おまえが消えた理由をあれはすぐ理解するだろう。そして誰も入っていない墓を作ってくれる。歳月に鍛えられたのか、だいぶ打たれ強くなったようだが……生来の情深さは変わらぬな……」

誰のことを話しているのか、さっぱりわからない。

男の伏せ気味の長い睫に宿るのは、なにかを懐かしみ、惜しみ、悲しみと憎しみを携えながらも慈愛が滲むようでもあり――あまりに複雑な感情で、ダンビにはとても読み切れなかった。人の心を読むのは、風を読むより遥かに難しいのだと知る。けれどあの子は言っていた。それでも、人の気持ちを想像するのだと……。

男は静かに立ち上がった。

その時、小さな声が風に流され、けれど耳のよいダンビはそれを聞き逃さなかった。

男は確かにこう言ったのだ。

私の兎は立派になった、と。

本書は書き下ろしです。
この作品はフィクションです。実在の人物、団体等とは一切関係ありません。

宮廷神官物語《きゆうていしんかんものがたり》 十二

榎田《えだ》ユウリ

令和３年 ３月25日　初版発行

発行者●堀内大示

発行●株式会社KADOKAWA
〒102-8177　東京都千代田区富士見2-13-3
電話　0570-002-301（ナビダイヤル）

角川文庫 22599

印刷所●株式会社暁印刷
製本所●本間製本株式会社

表紙画●和田三造

◎本書の無断複製（コピー、スキャン、デジタル化等）並びに無断複製物の譲渡および配信は、著作権法上での例外を除き禁じられています。また、本書を代行業者等の第三者に依頼して複製する行為は、たとえ個人や家庭内での利用であっても一切認められておりません。
◎定価はカバーに表示してあります。

●お問い合わせ
https://www.kadokawa.co.jp/（「お問い合わせ」へお進みください）
※内容によっては、お答えできない場合があります。
※サポートは日本国内のみとさせていただきます。
※Japanese text only

©Yuuri Eda 2021　Printed in Japan
ISBN 978-4-04-109124-1　C0193

◇◇◇